中国四千年の策略大全

天下の奇書
『智嚢(ちのう)』を読まずに
中国人が分かるか!!

Asogawa Shizuo
麻生川静男

ビジネス社

はじめに

中国は古来「地大物博」（土地が広大で、物産が豊か）と形容されてきた。この言葉を聞くと、中国人は平穏で豊かに暮らしてきたかのように想像されるかもしれないが、名著の誉れ高い歴史書『資治通鑑』を読むと、中国の庶民の生活は想像を絶するほど過酷で悲惨なものであったことが分かる。『資治通鑑』には、次々と発生する盗賊や軍閥の理不尽な寇掠と暴行、それに引き続いて起こる大飢饉、まさに広大な生き地獄の世界が際限なく描かれている。つかの間の平和も、官吏の底なしの苛斂誅求と宦官や悪徳官僚の桁違いの賄賂にまみれていた。どこを見ても、義などは存在しないように見える悖乱の世界、それが、文化栄えたる中華と言われた所なのだ。

しかし、過酷で悲惨な状況をしぶとく生き抜いてきた中国人は特異な才能 ― 比喩的にいえばＤＮＡに組み込まれたもの ― を身に付けた。それが〝策略〟である。策略というと一般的には謀略・奸計のような薄汚く、人を騙す手段と考えるかもしれないが、人助けをするための計略も策略のうちだ。中国文明の根底には策略を是とする考えがあるが、これは誠や正直を旨とした日本文明とは全く正反対で、とても口が裂けても「日中は同文同種、一衣帯水（いちいたいすい）の関係だ」といえたものではない。

策略は、古くは『春秋左氏伝』や『孫子』に見られるが、これら中国4000年の策略を網羅した『智嚢』という本を明（みん）末の文人・馮夢龍（ふうむりゅう）が出版した。智嚢とは見慣れない漢字であるが「知恵がいっぱい詰まった袋」という意味である。この『智嚢』という本は中国の文学や歴史に相当詳しい人でもほとんど聞いたことがないであろう。その通り、現在の日本では『智嚢』は無名の書であるのだ！　しかし、本場中国では毛沢東や習近平などの政界のトップの人たちだけでなく、庶民にも広く知られている本であり、アマゾンの中国サイトでは『智嚢』の全訳あるいは抄訳の本が数多く見つかる。

ところで、近年、一帯一路、台湾、ウイグル族、ファーウェイなどの問題で米中対立が先鋭化している。思い返せば30年ほど前に鄧小平が改革開放路線を本格的に始めた頃、米国をはじめとした西側諸国は「中国が経済的に発展すれば、民主主義となり、西側と価値観を共有するはずだ」との希望的観測を抱き、盛んに中国に経済的、技術的に支援した。しかし、その後の中国の経済発展の結果は西側の希望をあっさりと裏切るものであった。西側の淡い期待がはずれた最大の原因は中国人の策略的性格を知らなかったせいだと私は考える。本書で紹介する『智嚢』の策略の数々を読めば、中国人の言動の裏には常に隠された意図があることが分かる。善人や君子といえども、時にずる賢い策略を使うことも中国では是認される。つまり「策略を使う人は、ずるくて不正直」ではないのだ。本書にもその例がいくつか見える。例：孔子（89ページ「孔子のウソと言い訳」）、蘇軾（245ページ「殺人を犯した警察官をこっそりと殺す」）、王陽明（43ページ「継母のいじめをやめさせる」）など。要は中国には、日本人が考える「ずるい手、汚い手」という感覚がなく、また、賢いとずる賢いの区別もないのである。

日本人は、得てして中国人の言動を日本人の流儀で理解しようと努めようとするが、それは完全に間違っている。このような考えではいつまで経っても中国人を正しく理解することはできない。本書は、中国と付き合いのある人に向けて書かれている。というのは遅かれ早かれ、いずれは中国人の巧妙な策略にひっかけられること必定であるからだ。「備えあれば憂いなし」（有備無患）の諺にもあるように、事前にケーススタディを通して中国人の策略の数々のパターンを学んでおいて損はない。

２０２２年１月

麻生川静男

第2章★瞬発力のない智、キレのない智は役立たない

第3章 ★ 男尊女卑の固定観念を打ち破る女性の智

第4章 ★ 策略を成功させる第一要件は冷静さだ

第5章 ★ 策略に「賢い」も「ずる賢い」もない

第6章 ★ 策略の落穂ひろい（パラリポメナ）

序章

策略の中国

騙しても、まだまだ騙せる日本人

かつて日本企業の中国進出が華やかなりし頃、上海の日本人会が川柳大会を催した。数多くの作品の中から「騙しても、まだまだ騙せる日本人」が一等賞に選ばれた。現地の日本人にとっては本来なら口惜しさ溢れるはずの句だが、誰もが思わず苦笑したことだろう。審査員の一人であった、台湾系作家の故・邱永漢はこの句を大層気に入って、これをタイトルにした本を出版し、いかに日本人が中国人に騙されやすいかについて次のように述べている。

日本の新聞や雑誌を見ていると、中国に進出して失敗した日本企業や中国に投資をして騙された日本人の話がやたらに出てくる。そういう人たちの話を聞いていると、そうなるのが当たり前だといった経緯をたどっているものが多いが、逆に言えば、日本人がシンプルで、一ときいたら一、二ときいたら二と、すぐ人の話を信用してしまうところからきている。（中略）ある時、上海の日本人会で川柳大会をやったら、「騙しても、まだまだ騙せる日本人」というのが一等賞となったそうだ。なるほどと、私も思わず拍手喝采をしてしまった。中国で仕事をしている日本人にとって、これほど実感のこもった寸言もまたないのではないか。

日本人はとことん中国人に騙されるということだが、その心情をさぐるに、誠意を尽くせば必ず相手に理解してもらえ、悪いようにはしないはずだと日本人が無邪気に信じていることが原因だ。しかしこの川柳が示すように、そのようなナイーブな考えは中国人相手には通用しない。ちなみにこの川柳は、もし五七五の字数制限がないなら「騙しても、騙しても、まだまだ騙せる日本人」の方がずっと実感がこもったものになるだろう。

現在も中国には多くの日本企業が存在し、日々この川柳を地でいくことが起こっていると想像される。騙されるつど、場当たり的に対処するのではなく、根本的に解決するためには、なぜ日本人は騙されやすいのかという根本的な原因を突き止める必要がある。その原因は邱永漢が指摘するように、日本人は人の話をすぐに信じるという習性の他に次の二つが考えられる。一つは日本人の誤った中国理解、もう一つは中国人の騙しのテクニックのうまさだ。

まず、日本人の誤った中国理解について考えてみよう。明治以降、日本の軍国主義の拡張に伴い、中国および中国人を蔑視したことはあったものの、伝統的に日本には「中国文化への憧憬」が存在している。日本人が知っている漢文や漢詩、あるいは故事成句はたいていの場合、口調のよい名句や情緒豊かな詩句が並び、知らず知らずのうちに甘美な中国古典の世界へと誘いこまれてしまう。例えば、唐宋八大家の一人でもある宋の文人・蘇軾（蘇東坡）の有名な『前赤壁の賦』は以下のようなリズミカルな文章で始まる。

…清風、徐に来りて、水波、興らず。酒を挙げて客に属め、明月の詩を誦し、窈窕の章を歌う。少焉して月は東山の上に出で、斗牛の間に徘徊す。白露、江に横わり、水光、天に接す…

この詩を読めば、月明かりのもと、小船でゆったりとくつろいだ酒宴の様子が情緒豊かに詠われ、まるで水墨画のように美しい江南の風景でも見ているような気分に浸れる。そこは、戦争、汚職、飢餓、強盗など、現世の悪が綺麗さっぱり洗い流された幻想的な世界だ。

高校で漢文を習って中国古典に興味を持ち、中国古典と聞くと『論語』を連想する人は多いだろう。確かに、江戸の儒者・伊藤仁斎は『論語』を「最上至極、宇宙第一の書」と絶賛した。また現在の大河ドラマ『青天を衝け』の主人公の渋沢栄一は『論語』の教えをビジネスに活かして日本の近代化の基礎を築いた。つまり、『論語』は儒教が説く徳、情緒、仁愛の理想形そのものであった。いわば、中国社会という猥雑な環境から切り離されて仁愛などの理念を純粋培養したのが日本人の考える『論語』であり、儒教だったのだ。

このような漢文や漢詩に陶酔する現象を、私は「漢文愛好家の『イッツ・ア・スモールワールド』ファンタジー症候群」と名付けた（これだとあまりにも長ったらしいので、以下「漢文ファンタジー」と呼ぶ）。

ディズニーランドを訪れて一度は「イッツ・ア・スモールワールド」のパビリオンに入ったことがあるという人は多いだろう。カナルボートに乗って軽快な音楽が流れる洞窟中に入ると、そこは人形たちが優雅に踊る夢の世界だ。次から次へと移り変わるシーンはどれもこれも彩鮮やかで、暫しの間、ファンタジーの世界に陶酔し、現実の俗世界の嫌なことや苦しみなどから解放される。

しかし、これと同様に「漢文ファンタジー」に浸るのは、中国人とビジネスをするビジネスパーソンにとって非常に危険なことだと気づく必要がある。この点について、李朝の末期に朝鮮国内を旅行したアーソン・グレブストというスウェーデン人のジャーナリストの指摘に耳を傾けてみよう。グレブストは日本の朝鮮侵略に対して義憤を抱いていたが、次第に当時の朝鮮社会の残虐さについて批判的になった。帰国後、彼は朝鮮の実態を赤裸々に綴った本を出版し、実際に見た残酷な公開処刑の様子も詳細に記しているが、その意図を次のように説明している。

「ある者はこの世の明るい面だけを見ようとして片方の目を閉じたまま人生を送っていくかもしれないが、そんな人たちの抱く人生の理解は明るく美しいものであっても、けっして正しいものではありえない」（アーソン・グレブスト『悲劇の朝鮮』白帝社）

このグレブストの言葉を借りれば、「漢文ファンタジー」に浸っている人たちの中国認識は、「明るく美しいものであっても、決して正しいものでない」ということだ。この点については、辛辣な中国批評で知られる台湾出身の黄文雄も『日本人が知らない日本人の遺産』（青春出版社）で次のように指摘している。

日本は江戸儒学が興って以来、中国を「聖人の国」と見てきた。戦後の「中国は地上の楽園」もそうだが、中国を理想化する幻想がある。日本文人の伝統的幻想だ。

残念なことに、日本のビジネスパーソン向けの「中国古典に学ぶ」といった類の本の大部分は「漢文ファンタジー」の虜になった人たちによって書かれている。それ故、取り上げる題材も耽美的観点からの漢文や漢詩が多く、読む人を「漢文ファンタジー」へと誘い、その結果「漢文ファンタジー」陶酔者を再生産しているのが実態だ。

誤解のないように言っておくと、私は中国古典の中には立派な文芸作品がいくつもあると評価しているものの、「あばたもエクボ」的に中国古典を耽美的に崇拝する「漢文ファンタジー」は、現実の中国への認識を誤らせると言っているのだ。

「漢文ファンタジー」に陥っているのは何も現代の日本人だけではない。明治時代以降、多くの日本人は中国に渡り、現地で悲惨な現実を目の当たりにしたはずだ。極端に豪奢な生活をする富裕者がいるかと思えば、もう一方では全く人間扱いされない多くの極貧生活者がいた。それだけでなく、想像を絶する凶悪な強盗（匪賊）が闊歩していた。

その様子は、『論語』や漢詩から想像していたのとは全く異次元の世界であったはずだが、それにもかかわらず江戸時代に形成された儒学の理想形は一向に崩れなかった。つまり実証的観点が完全に欠けていたのが、日本の偏った中国及び儒教認識であった。私自身、論語や中国古典はよく読み、そのつど教えられる点は多いものの、『論語』だけでなくほとんどの中国古典には実証的観点が欠落しているとの認識は忘れてはならないと思っている。

中国人の「騙しのテクニック」のうまさ

日本人が中国人に騙される二番目の理由である中国人の「騙しのテクニック」のうまさについて考えてみよう。

「騙しのテクニック」というと語感が悪いが「策略」と言い換えると、とたんに知的に洗練されたイメージを抱くだろうが、実は同じものだ。中国でも日本でも大人気の『三国志演義』には策略がいくつも登場し、なかでも赤壁の戦いにおける黄蓋の次の「苦肉の策」ほど知られているものはないだろう。

「呉の周瑜が黄蓋を鞭打ちにした。それに腹を立てた黄蓋は敵である曹操の陣地に駆け込み、母国の呉に復讐したいと訴える」というシナリオがまんまと成功した。油断した隙に曹操の軍船は火攻めに遭い、強風に煽られて全焼し、戦争に敗れた。呉と蜀は武力では魏に敵わなかったが、策略で勝った。

策略で戦争の相手に勝つというのは、三国志よりもずっと前の春秋戦国時代からの伝統だった。『孫子』には「上兵は謀を伐つ」、と武力で正面から堂々と勝つことより頭を使った戦略でなるべく損失を少なくして敵に勝つことの重要性が強調されている。

戦国時代には縦横家とよばれる数多くの策士（現代風にいえば「外交コンサルタント」）たちが各地の諸侯に策略を授けていた。彼らのそうした智恵の結集が『戦国策』という本にまとめられている。これを読むと奇抜な策略の数々に驚く。嫉妬を煽って強敵を倒したり、思慮が足りない相手をやすやすと言いくるめたり、と詐欺まがいの汚い話も多い。その極めつけは、私が「悪魔のレトリック」と名付けた次のような策略だ。

中国の戦国時代の斉の国で、成侯の爵位を持つ鄒忌と田忌は犬猿の仲であった。それを知った公孫閈はある方策を鄒忌に授けた。

「公は斉王に魏に戦争を仕掛けることを勧めてはいかがでしょうか？　当然、田忌が将軍となり戦争に出かけるでしょう。もし、田忌が戦功を立てればそれは、戦争を提言した公の功績となりましょう。もし田忌が敗北すれば、戦死するか、逃げ帰ってきても敗戦の責任を取らせて殺してしまうことができます。いずれにしても公に有利でしょう。」

公孫閈の提案は、魏に対して戦争をしかける大義名分は全くなく、単に田忌に対する私怨を晴らすためのものだった。私が「悪魔のレトリック」と名付けた所以は、田忌が勝っても負けても、どちらにしろ鄒忌が得をするしかけになっていたことだ。このような策略をしかけられては策略の本当の意図を見抜くことは至難の業であろう。

こうした策略は正式な歴史書、例えば『史記』にも数多く載せられている。その中でもとりわけ有名なのが、漢楚の戦いにおいて、項羽の名参謀である范増を項羽が疑うように仕向けた陳平の策略だろう。陳平は項羽からの使者と知りつつ、わざと豪勢な食事の席に案内しておいて、范増からの使者でないと分かると、驚いた振りをして、質素な食事に替えさせた。使者が戻って、項羽にこのことを話すと項羽は范増が陳平と裏取引をしているのではないかと疑った。范増は項羽が自分を疑っていることに腹を立てて離れ、その結果、項羽は滅ぼされた。

このような話はあまりにもでき過ぎているので、話を面白くするために後から付け足したフィクション（作り話）に違いないと、『史記』を初めて通読した当初の私は考えていた。しかしその後、数多くの史書を読み、見事に決まった策略の多くはフィクションではなく、ほぼ実話だろうと考えるようになった。

策略は実社会だけでなく、近年の中国ドラマ、例えば『如懿伝』『瓔珞』『明蘭』『宮廷の諍い女』でもふんだんに見られる。中でも、『如懿伝』は2017年に中国の歴史ドラマ史上最高額とも噂される96億円余もかけて制作された宮廷時代劇で、清の乾隆帝と愛妃の如懿をはじめとして出演する俳優はいずれも超豪華なメンバーを揃えている。さらに、本物とまがうばかりの宮廷セットを見るにつけ、清朝の王宮にタイムスリップしたような感覚になる。ただし、ストーリーたるや、ぎょっとする策略や欺瞞の連続だ。頻繁に出てくる策略、謀略、奸計のシーンに比較すると（比較するのもおこがましいが）日本の侍ドラマでおなじみの「おぬしもワルよのう～」程度の策略は全く子供じみて見える。

これらのドラマでもそうだが、日中で大きく異なるのは、日本であれば策略や悪だくみは悪役が行うものと相場が決まっているが、中国では善玉でも行うのだ。例えば、『如懿伝』の主人公の如懿が陰謀にはめられ冷宮（後宮の女性が罪を得て幽閉される場所）で暮らしているシーンでは、わざと自分で毒薬のヒ素を飲み、あたかも他の妃から毒殺されかかったように見せかけて、乾隆帝の同情を得て、めでたく冷宮から脱出することができた。

つまり中国ドラマでは清純無垢な善玉など存在しないといっていいほどだ。「政治や外交は人々から遊離しているのではなく、人々の考えかたの総集編だ」との観点に立てば、中国古典や中国の歴史書に書かれている策略は、中国人の生活そのものの中にいわばＤＮＡとして培われているものであるといえよう。

現代中国人にも二千数百年前の戦国時代からの策略ＤＮＡが脈々と引き継がれていることがよく分かる本がある。長らく日本に滞在している中国人と中国滞在経験のある日本人が対話した3冊の『中国人と日本人―ホンネの対話』（日中出版刊、林思雲・金谷譲著）というシリーズ本だ。「なるほど、日本人と中国人は思考回路が根本的に異なる」と思い知らされる内容で、以下、本文から何行か抜粋したものを読んだだけでも中国人の考え方の本音が窺えるだろう。

「嘘偽りで勝ちを得ようとする考えかたが、中国人の思考様式における最大の特徴…」

「これは嘘偽りで出し抜くほうが力押しで勝つより頭がいいのだという見方であって…」

「中国人にとっては嘘偽りに長けた人が『聡明人』（賢い人）と呼ばれます。」

「中国人の思考様式に基づけば…偽造もコピーも別に道徳的に悪いことではないからです。それどころか賞賛に値する『聡明』なる行為に属します。」

「中国式思考に従えば、日本のようなこつこつ汗水たらして地道に技術開発を行ったり…することなど、ばかの骨頂でしかありません。」

こういった中国人の本音を聞くと、あらためて日本人の考え方のナイーブさが身にしみて感じられることだろう。中国人の策略好きを理解する上で日本人が注意しないといけないのは、策略を使って相手を騙し、損害を与えることは決して悪いことではない、と中国人が考えていることである。上記の文章にもあるように上手に嘘をつくことのできるのが中国では「賢い」とみなされる。日本をよく知るある中国人は、来日した当初、日本人が「賢い」と「ずる賢い」をなぜ区別するのか理解できなかったという。というのも、中国人にとって「ずる賢い」は大手を振って「賢い」の内に含まれるからで、相手がころりと騙されてしまう策略を次々と編み出せる人を高く評価するのが中国の伝統なのだ。

中国とビジネスを行っているビジネスパーソンが押さえておくべきだが、日本人が得てして見落としがちなのは、言動の表面に表れてこない隠された意図への推察が非常に弱いことだ。その一例として習近平が国家主席に就任した2013年に発表した「一帯一路」構想を考えてみよう。国際的な物流を活発にすることで、従来、陽の目を見なかった地域の経済振興を図ることができる、と表面的にはバラ色に見えるこの構想に各国はひきつけられた。ところが、この構想が現実化して各地のインフラ整備が進むにつれ、中国からの借金漬けの状態になった国も出てきている。例えばスリランカは借金が返せなくなって、ハンバントタ港の運営権を99年間、中国に譲渡せざるを得なくなった。このプロジェクトに参画している他の新興国の間からも、強引な計画推進に対して住民だけでなく、政府関係者からも疑問や反対が出ている。

事の善し悪しはひとまず置き、こういった壮大な計画を立案できる中国の官僚たちの構想力には脱帽する。中国人の思考の背景には「深謀遠慮」を重視する伝統がある。深謀遠慮とは練りに練った策略という意味であるが、この言葉が意味している通り、プロジェクトの当初の段階では見えなかった中国の本当の狙いが、プロジェクトが進行するにつれて徐々に明らかになってきた。しかし、中国の本心に気づいた時はもはや手遅れで、事態を収拾することができなくなっているケースが多い。

中国の深謀遠慮に振り回されたのは何も新興国や、最近「一帯一路」への参加を表明したイタリアだけに限らない。国際的に膨大な諜報ネットワークを持つ超大国・アメリカも最近になってようやく中国に対する従来の対応が甘かったことに気付き始めた。

遅まきながら２０１８年になってアメリカは「米中貿易戦争」を仕掛け、カナダで逮捕されたファーウェイのＣＦＯ（最高財務責任者）の孟晩舟の身柄引き渡しをカナダ政府に求めるなど、対中姿勢を硬化させた。アメリカですら中国の深謀遠慮を長年見抜けなかったほど、中国の策略は極めて巧妙であったということだ。中国はファーウェイ以外の案件でもアメリカに対抗しているし、アフリカをはじめ、世界のあらゆる地域の発展途上国に対してはさまざまな手段を駆使して資源獲得に食い込んでいる。こういった経緯を見るにつけ、中国は実に「策略」の国だという感を強くする。

毛沢東や習近平も愛読した幻の名著『智嚢』

ビジネスパーソンが「漢文ファンタジー」や表面的な美辞麗句に陶酔することなく中国人の隠された意図を正しく推察するには、故事成句の宝庫である『韓非子』『戦国策』『説苑』や『史記』のような歴史書を読むことを勧めるが、なにしろ、策略以外も多く記載されているので、策略だけを取り出して読むのはなかなか難しい。そのような不便を解消してくれるのが『智嚢』だ。『智嚢』とは、明末の文人・馮夢龍が出版した本で驚くべき策略の数々が収められている。この書は中国では明代に出版されて以降、かなり人気を博し、近代では毛沢東や習近平も愛読した。

大変な読書家として知られている毛沢東は国家主席として超多忙であったにもかかわらず、その読書量は膨大で、有名なところでは活字本で一万ページもある『資治通鑑』を実に17回も読んだと言われている。毛沢東の読書のジャンルは幅広く、とりわけ筆記小説（エッセイ）を好み、宋代の洪邁が書いた『容斎随筆』を愛読していたという。ちなみに、『容斎随筆』は、比較は難しいが日本の『枕草子』や『徒然草』のような本だ。

毛沢東は１９６３年に出版された『智嚢』を入手して大喜びし、何度も読み返しながら、「手に入れるのが遅かった」と悔やんだといわれる。その言葉どおり、常に『智囊』を手元に置き、多くの箇所に感想を書き入れていた。

最近では習近平の蔵書に『智囊』があることが話題になった。２０１５年の大みそかの夜、中央電視台（ＣＣＴＶ）は習近平の新年メッセージを国民に向けて報じたが、スタジオからではなく、中南海の習近平の執務室からの映像だった。その時、習近平の背景の書架に『詩経』『唐宋八大家文』などの著名な古典と並んで『智囊』が映っていた。どの程度読み込んでいるのかは不明だが、手近な書架に並んでいたことから推測して、『智囊』は習近平にとっても相当思い入れのある本のように思えた。

策略を重視する中国人にとって中国の古典に書かれている策略を知ることは、頭の中の「策略の引き出し」を増やすことになる。そうした理由から、現代においても古典的策略を集大成した『智囊』は毛沢東や習近平のような政治家だけでなく、一般の中国人のあいだでもよく読まれている。

『智囊』には中国４０００年の策略史が綴られている

『智囊』には春秋戦国(しゅんじゅうせんごく)時代から始まり、作者の馮夢龍が生きた明の時代までおおよそ中国２０００年の歴史に現れた策略の数々を１０００条（細分化された項目では２０００条）が収められている。

その中には、当然のことながら『戦国策』や『三国志演義』で紹介されている策略も多く含まれているが、それ以外に日本ではあまり知られていない南北朝時代（5世紀、6世紀）や五代十国時代（10世紀）の戦乱の時代、明の時代の策略なども多く含まれている。

ここで簡単に中国の歴史の流れをみてみよう。

ざっくり言って、紀元前２０００年頃から紀元後２００年までは、古代王朝の時代。王朝としては、殷、周から始まり、春秋・戦国時代を経て秦と漢に続く。王莽の新によって漢は一時途絶えるものも、光武帝によって後漢が建てられた。中国の政治、思想の中核部分である郡県制度、儒教などはこの時代に確立された。２００年から６００年は、後漢が滅びた後に国が乱立し、戦乱の絶えない、三国時代、晋と南北朝時代へと続く。この間、貴族文化が栄えるとともに、北方と西方の遊牧民が中国の中原に進出した。６００年から９００年は、隋、唐で貴族政治から科挙による官僚政治への切り替えが行われた。だが、唐が滅亡したためまた混乱の時代になった。９００年から１１００年は戦乱の五代十国の時代で、その後、宋が中国を統一した時代が続き、印刷技術の普及と科挙制度によって文人政治が確立した。１１００年から１３５０年は、異民族の金や元に中国が侵略された時代で、現代の庶民文化はこの時代に形づくられた。１３５０年から１６５０年は、元を追い出した明が中国を統一することになり、ブルジョワジーが出現し、財力が圧倒的な力を持つようになった。１６５０年から１９００年は清が明の腐敗政治を一掃したが、最後はやはり腐敗に

中国の王朝の概略年代

概略年代	王朝名	事項
BC2000～ AD200	殷・周・春秋・戦国 秦・前漢・新・後漢	青銅器、漢字、郡県制度 君子の道→儒教確立
200～ 600	三国時代・晋・ 南北朝	貴族文化／政治の混乱期 遊牧民が中国の中原に割拠する。
600～ 900	隋・唐	貴族政治から官僚政治への過渡期 仏教優位の中、儒教が社会制度として確立
900～ 1100	五代十国・宋	貴族の没落、官僚とブルジョワジー文化 科挙の制度確立／印刷普及
1100～ 1350	金／南宋・元	南宋の庶民文化が現代の基礎 元（モンゴル）の支配下、庶民文化栄える。
1350～ 1650	明	朱子学隆盛／ブルジョワジーの出現 期間の半分は争乱
1650～ 1900	清	腐敗政治を一掃 しかし、最後には同じく腐敗政治に堕す。
1900～	中華民国 中華人民共和国	民族自立／共産党政権樹立 共産党員による腐敗政治

まみれた。1900年以降、現代にいたるまでは中華民国および中華人民共和国の時代となった。

このように見ると、中国は統一と乱立を繰り返していることが分かる。戦乱の時代には、『三国志演義』に代表されるように英雄・豪傑が活躍する時代で、策略も数多く炸裂(さくれつ)する。しかし、統一された時代においても、宮廷での派閥争いや異民族との交渉などの場面では、策略が減ることはなかった。

さて、『智嚢』の策略は10のカテゴリー(部)にくくられ、さらに細かく28項目(巻)に分類されている。その一覧を示そう。

馮夢龍は、33～34ページの表で示したように「智」を細かく分類しているが、この

中国歴史年表

西暦	中国		日本
	（伝説時代　三皇・五帝）		縄文時代
	夏		
前1600頃	殷		
前1050頃	西周		
前770	東周	春秋時代	
前403		戦国時代	
前221	秦		弥生時代
前206	前漢		
8	新		
25	後漢		
220	魏・呉・蜀（三国時代）		
265	西晋		古墳時代
317	五胡十六国	東晋	
439	南北朝		
589	隋		飛鳥時代
618	唐		奈良時代
			平安時代
907	五代十国		
960	契丹（遼）	北宋	
1125	金	南宋	
1234			鎌倉時代
1279	元		
1368	明		室町時代
			安土桃山時代
1644	清		江戸時代
			明治時代
1912	中華民国		大正時代
1949	中華人民共和国		昭和時代

智嚢の全体構成

部	巻	内容
上智（じょうち） とっさのひらめきで湧き出てくる素晴らしい策略を上智という。学問があっても上智を出せるとはかぎらない。つまり、上智は学んで得られるものではない（上智不可学）。	1．見大 （大局的に見る）	▶殺人より赤子の間引きを処罰して、両方の罪人を減らす。
	2．遠猶 （遠くまで見通す）	▶人主にわざと悲惨な実態を報告。 ▶謝礼を受け取ることで善行者を増やす。
	3．通簡 （物事は本来は簡単）	▶わざと酔ったふりをして、部下の過失を見過ごす。 ▶泥棒の一人を捕え、代わりを出せば許すと布告した途端に泥棒が逃散（ちょうさん）する。
	4．迎刃 （武力の相手に向かう）	▶反乱を知っても知らぬふりして、反乱者を一網打尽にする。
明智（めいち） 物事を邪心をもたず公平な観点から見ればおのずと智恵が出てくるものだ。そうすると、正しい判断ができ、害を避け、利を得ることができる。能力のある者がよく物事を成し遂げるものだ。	5．知微 （微細な点から判断）	▶宴会での話のレベルの低下から亡国を予言。
	6．億中 （的確に判断する）	▶頼るべき人でない人に頼って行って殺されてしまう。
	7．剖疑 （疑いを晴らす）	▶火事の予言が的中する巫女（みこ）を殺したら火事が起きなくなった。
	8．経務 （世を治める務め）	▶飢饉（ききん）のとき、価格が暴騰した米を大量買いしたので価格が下落した。 ▶貧困から罪を犯した者の罰として桑を植えさせたので村落が豊かになった。
察智（さっち） わずかな情報から物事の様子をつかむ観察力が重要だ。しかし、あまりにも鋭敏すぎる観察力はえてして禍を招くものだ。	9．得情 （事情を読みとる）	▶息子が自分の母親を殺して死体を仇人（あだびと）の門に置き、罪を着せようとしたのを暴く。 ▶幼子の命を守るために偽の遺言を残したのを見破る。
	10．詰奸（きっかん） （姦悪（かんあく）を懲らしめる）	▶宮廷の倉庫から宝物を盗んだ犯人を時間をかけてあぶり出す。
胆智（たんち） 物事を実行するのに胆（きも）がすわっていなければならない。智によって胆力は出るが逆はありえない（智能生胆、胆不能生智）。	11．威克 （威をもって克（か）つ）	▶家に忍び込んだ強盗数人を殺し、死体を引き上げるとき、自分の身をくくりつけて引き上げさせ皆殺しにする。
	12．識断 （見識による英断）	▶籠城（ろうじょう）で水不足に陥る。井戸掘りから土を金で買いとり深い井戸を掘らせる。
術智（じゅつち） 策略を思いついても、実際に実行する手段がまずければ、絵に描いた餅で、お笑いぐさにしかならない。実行手段（術）が重要だ。	13．委蛇（いじゃ） （うねりくねって通ずる）	▶人主からの嫌疑を避けるためにわざと気が狂ったまねをして犬の糞（ふん）を食べるが、実は焼きそば。
	14．謬数（びゅうすう） （暗々のうちに通ずる）	▶「一罰百戒」、一人を懲らしめることで全員を従わせる。
	15．権奇 （危ない所でも通ずる）	▶臣下を酔わせて献金を約束したかのように思わせる。 ▶蛮族を集めた会で、死刑囚に矢を射させて、的を外したものを処刑して、蛮族を恐れさせる。

部	巻	内容
捷智（しょうち） いくら良い策略があってももたもた実行していては成果は見込めない。素早く実行してこそ困難を切り抜けられるものだ。	16. 霊変 （霊妙な変化）	▶敵に逃亡した兵士は実はスパイだという偽情報を流して殺す。 ▶部下に盗まれた印鑑を火事にかこつけて取り戻す。
	17. 応卒 （急場に対応する）	▶王宮の火事を誰も消火しようとしないので、逃亡の罪に処すといって消火させる。 ▶大石が道路を塞（ふさ）いだので穴を掘って埋める。
	18. 敏悟 （悟るのが早い）	▶曹沖（そうちゅう）が5歳のとき、象を船に載せ沈んだ分だけ石を積み、重さを計る。
語智（ごち） 智略は言葉となるが、かといって言葉は必ずしも智にはならない。しかし、本物の智は少し話しただけでも分かるものだ。	19. 弁才 （弁がたつ）	▶数々の質問に全て古典から詩句を引用して答える。
	20. 善言 （善き言葉）	▶道具をもっているだけで密造酒の罪に問うなら男女全て姦通（かんつう）罪だ。 ▶大臣の息子が放蕩（ほうとう）して破産したのは庶民のためによいことだ。
兵智（へいち） 将軍に必要な素質として「仁、智、信、勇、厳」だが智が最も重要なはずだ。というのは、不仁であっても、信頼がなくとも（不信）、勇ましくなくとも（不勇）でも、智さえあれば戦果を挙げることができるからだ。	21. 不戦 （戦わずして勝つ）	▶敵が攻めて来れば引き、敵が戻ればまた攻めて、敵を疲れさせて勝つ。
	22. 制勝 （勝ちを制する）	▶敵を攻めるとみせかけて緊張させ、疲れてだらけたところを撃つ。
	23. 詭道（きどう） （綱渡りしてでも勝つ）	▶雌馬を放ち、川向こうに放牧されている敵の雄馬を総取りにする。 ▶わざと弱い弓で射て、敵が侮（あなど）って攻めてくるのを強い弓で仕留める。
	24. 武案 （兵法の運用）	▶母馬を山上に放牧すると仔馬（こうま）は山の斜面を駆け上（あが）るので丈夫になる。
閨智（けいち） 女性は智恵がない方が徳があり、良いと言うがこれは正しくない。女性が発揮した素晴らしい智恵の数々を紹介。	25. 集哲 （婦人の賢哲）	▶楚王（そおう）からの招聘（しょうへい）に、政乱に巻き込まれるだけだと夫を止める賢妻。
	26. 雄略 （男まさり）	▶国家の大事に気が動顛（どうてん）し汗びっしょりになっている夫に取るべき道を示した妻。
雑智（ざっち） 人は小賢しい策略をバカにするが、それによって苦しめられることも多い。どんな些細（ささい）な智恵も取り柄はあるものだ。	27. 狡黠（こうかつ） （ずる賢さ）	▶野鳥を手馴（てな）ずけ、孝子が哭（こく）すると野鳥が集まるとの評判を広める。 ▶手紙が帝の目に触れることを計算して手紙を友人に出す。
	28. 小慧（しょうけい） （きらりと光る知恵）	▶窪地（くぼち）を安い値段で買い、子供たちに的に当たれば金を与えると言って石を投げさせて窪地を石で埋める。

分類はかなり大雑把なので、私はそれほどこだわる必要はないと考えている。それで、本著ではこの順番にこだわらず、面白く、また興味深い内容の巻から取り上げた。

登場人物は、曹操や唐の太宗、王安石、王陽明など歴史上有名な人だけでなく、名も知れぬ庶民までと非常に幅広い。その上、男尊女卑と言われているにもかかわらず、女性の智恵・智略についてはわざわざ独立した一部「閨智」を設けて説明している。それまで女性に関しての話題と言えば、貞節か、逆に淫乱か、という両極端のものが多く、いずれも倫理的な観点からの話が主流を占めていた。

馮夢龍はそのような固定観念を打ち破り、知的観点から女性のすばらしい点を述べたところに現代にも通ずる彼のあたたかい人間性を感じる。

『智嚢』は現在の中国でも智恵を授けてくれる〝良書〟

『智嚢』の初版が出版されたのは明の末期の１６２６年、作者の馮夢龍が54歳の時である。評判は良かったようで、増補された『智嚢補』が時をおかずして出版された。当時は印刷が追い付かないほど売れたともいわれる（乃洛陽紙貴、供不応求）。清代になると庶民だけでなく、康熙帝や乾隆帝など、国家のトップまでもがこの書を愛読した。康熙帝などは、あまりにもすばらしい内容に逆に恐れを抱き「このような策略が世間の人に知られてはまずい」（国之利器、不可示人）と考え、出版を禁止したほどだ。もっとも中国は「上に政策あれば、下に対策あり」（上有政策、下有対策）のお国柄なので康熙帝の禁令がどの程度実効性があったかは定かではないが。

日本にも江戸時代には何度か舶来されたようで、1821年に『智囊補』をベースとした抄略本が出版された。また、出版年は不明であるが、昌平坂学問所（徳川幕府の大学）が『智囊』を抄本としてではなく全編を出版している。明治以降では1913年（大正二年）に抄略本の『新訳智囊』が出版された。近年では、1978年に『智囊―中国人の知恵』（増井経夫、朝日新聞出版）が出版され、その後、同じ著者から1985年に続編として『中国人の知恵とその裏側』（講談社）が出版されている。（本書では以下、『智囊』とは『智囊補』を指す。）

現在、日本語で『智囊』が読める本といえば残念ながら増井氏のこの二冊しかない。その意味では日本では『智囊』は極めてマイナーな本であるが、中国では現代においてもアマゾンの中国サイト（https：//www.amazon.cn）や中国書籍専門の書店・書虫サイト（http：//www.frelax.com/sc/）などを見ると、40冊近くも見つかるほど、非常にポピュラーな本である。それも、原文だけでなく現代文（白話）の訳のついているものも多い。その人気を裏付けるように、アマゾンの中国サイト（amazon.cn）には次のようなコメントが寄せられている。

●「作者は人として物事を処理するための経験と道理を述べている。この本は、複雑な中国社会の中で生活する上で、私達（中国人）にとって非常に有益である。」（作者在書中講述了為人処事的経験和道理、対於生活在複雑的中国社会中的我們很有幇助。）

●「故事や短い寓話の内容は意義深く、子供の教育に良い」（很好、故事短小寓意深刻、孩子愛看、対孩子有教育意義！）

この二つのコメントを読んだだけでも、中国（本土）において、『智囊』は現代でもなお生活をする上で必要な智恵を授けてくれる良書である、と人々が考えていることが分かる。

私と『智囊』の出会い／本書出版の目的

私は今でこそ伝統的な漢文なら苦労なく理解することができるが、高校生の時は、漢文は苦手であった。ただ、荘子の「無為自然」の考えや、自由精神には共感を抱いていた。

その後、大学生になって独学でいろいろな中国古典を読み、故事成句が好きになった。とりわけ私が惹かれたのは後漢末から東晋までの貴族たちの説話集『世説新語』であった。機智溢れるやりとりが、それまで「中国古典は堅苦しい教訓的なものでつまらないものだ」という凝り固まった先入観を打ち砕いてくれた。

また、中国の書（書道）には以前から関心があったので書聖の王羲之に関連する話はとりわけ印象深く残った。名門の郗鑒が婿探しのために書生を王家に遣わした時、皆が一様に畏まっていた中で、ひとり王羲之だけは廊下で腹ばいになって寝そべっていた。その飄逸な態度が郗鑒の目にとまり、婿に選ばれたというほほえましい話も載せられていた。

その後、多くの説話や策略を収録した書物、例えば、『戦国策』『説苑』『呂氏春秋』『淮南子』『晏子春秋』などが私の愛読書となった。また、『史記』を初めとする歴史書（『漢書』、『後漢書』、『三国志』、『晋書』など）を読んでいると、思いもかけない策略に出会って驚くことがしばしばあった。後に『資治通鑑』を読んでいる時に、まるでフィクションのような筋書きの策略に数多く出会ったが、それまでの歴史書には見当たらないようなあくどいものが多かったのが印象的であった。そして、その一部を自著の『本当に残酷な中国史―大著『資治通鑑』を読み解く』（角川新書）や『世にも恐ろしい中国人の戦略思考』（小学館新書）で紹介した。

私とこの『智嚢』（増井経夫、朝日新聞出版）との出会いは社会人になってすぐの頃だった。（一方、もう一冊の『中国人の知恵とその裏側』（増井経夫）はつい数年前、初めてその存在を知った。）読んでみると、ところどころに『春秋左氏伝』や『史記』で知っている話はあったが、出典不明の話もいくつかあった。増井氏によると、全体の1／7程度の抄訳であるとのことだった。

私は、本を読んでいて気に入った文句に出会うと「どういう文脈で、本来はどう書かれていたのだろうか」と、オリジナルの文章を確かめたいという好奇心が湧き上がってくる性分だ。それで『智嚢』を読んでいた時も、いつか残りの部分も含め全部を読んで出典を確かめたいと思った。

数十年経って、インターネットが発達し、中国古典の原文が大量にアップロードされたおかげで、最近になっていろいろな古典データと共にこの『智嚢』の元データを全部ダウンロードし、読むことができた。これでようやく、長年の願望を叶えることができたのだが、改めて「策略の国」の凄さを感じた。その内容は本文を読んでいただくとして、全体を通読して強く感じたのは、結局のところ、中国人の策略は「高度な心理学の応用」であるということだ。

では、「高度な心理学の応用」とはどういう意味か？

目の錯覚（錯視）という現象がある。例えばよく知られている次ページの図1や図2で示すように、たとえ論理的には「同じ長さである」（図1）と分かっていてもやはり何度見ても、矢が閉じている図（A）の方が矢が開いている図（B）より短く見えてしまう。あるいは、図2のように、実際に確認すれば、同心円だと分かるにもかかわらず、らせん状の線に見えてしまう。

これと同様、簡単な詐欺はすぐに見破られるが、人間心理を知り尽くした中国人の策略にはどんなに用心しても必ずひっかかってしまう。そういった、人間心理を知り尽くした策略の粋を集めたのがこの『智嚢』である、というのが「高度な心理学の応用」の意味だ。

図1：ミュラー・リヤー錯視

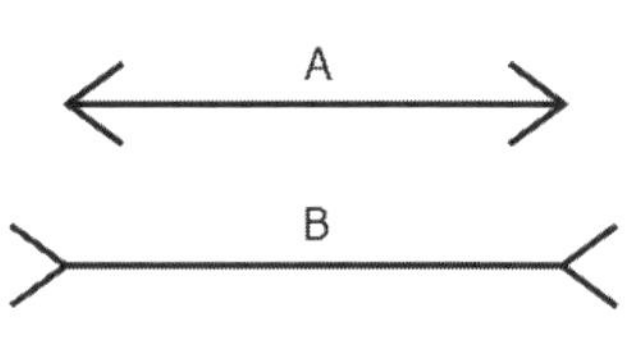

図2：フレイザー錯視

日中間の政治問題はいうまでもなく、近年の人件費高騰やＰＭ２・５に代表される環境汚染があるにもかかわらず、日本企業の中国への進出意欲は依然として盛んだ。日本企業にとって貿易相手国としてだけでなく、現地生産の面でも中国は日本経済にとって最重要国であるので、ビジネスや生活面で中国人と付き合いをしている日本人は多い。

　冒頭で紹介した邱永漢の本にもくどいほど書かれているが、問題が発生した時に文化背景の異なる中国人のメンタリティを正しく理解できているかどうかで対応の仕方と結果が大きく変わる。策略を用いることをポジティブに評価する中国人と、逆に「策略を使うとは、卑怯だ・汚い」とネガティブにとらえる日本人の差は大きい。

　日本は中国とは古くから交流があるものの、ずる賢いという概念の存在しない中国人の深謀遠慮を日本人はずーっと正しく理解できなかった。たとえば、昭和初期の中国への軍事進出は、善悪は別として軍事戦略的観点からすると、見るも無惨な結果に終わった。日中を比べると、明らかに産業力や兵士個人個人の精神力の点では日本は中国に優っていたにもかかわらず、総合的な戦略では中国に勝てなかった。この観点から言えば日本人は中国の戦略の本質に対して全く無理解であった、と言える。

また、こうした昔の話に限らず、近年の日中関係の諸問題（歴史教科書問題、南京大虐殺、ＯＤＡ援助、靖国参拝への介入、尖閣諸島領有権、等々）でも常に中国の仕掛ける策略に右往左往させられ、苦汁を飲まされてきたのが日本の実態である。日本に留学していたある中国人は、たまに中国に戻ると「騙されないかと日本にいる時より緊張する」と言っていたそうだ。つまり、中国で育った中国人といえども油断すると同国人の策略にころりとひっかかってしまうということだ。

本書で取り上げた項目の採用基準

『智囊』はかなりの分量があり、全巻を紹介すると、新書で10冊近くの分量になるだろう。それで、本書では、『智囊』全１０６１条のうち、全体の約五分の一に相当する２４０条ほどの興味深い話題を抜粋し、現代語に訳した。内容の理解を助けるために、原文にはないが、登場人物の経歴を簡単に紹介した。役職などについては、学術的な正確さよりも読みやすさを考慮して意訳した。項目は次のような趣旨で選択している。

1. **短いながらも、策略の全貌が分かる話**
2. **現代中国でもありそうな話**
3. **日本の伝統の中では考えられない話**

逆に本書で取り上げなかったのは次のような項目である。

- **他書（戦国策、史記、三国志演義など）ですでに非常に有名な話**
- **中国人固有の迷信的な話**
- **極端に長い話（律儀に訳すと数ページから10ページ近くになる）**

江戸時代に訳された『智嚢』では、著名な人物の登場する話が多く採られたと言われる。そこで本書であまり積極的には取り上げなかった有名人の話を二つばかり紹介しておこう。

三国志の英雄、関羽と張飛は、常に関羽は大人の風格があり、張飛が駄々っ子のように描かれているが、逆のケースもあった。元は曹操の配下であった猛将の馬超が劉備に降ると、劉備は非常に厚遇した。高待遇に驕った馬超は劉備に臣下の礼に欠く言動をとったので、関羽は怒り、馬超を殺そうと劉備に迫ったが、劉備は了承しなかった。逆に張飛は馬超に礼を教えてやろうといって、翌日の大集会の時に劉備の席の横に二人が直立不動の姿勢で馬超の到着を待った。その様子を見た馬超は反省し、それからは劉備に対して礼を尽くすようになった。（上智・張飛）

陽明学の祖・王陽明は子供の頃、継母にいじめられた。それで、継母の心を入れ替えさせようとして怪鳥を継母の布団に入れておいた。継母が布団をたたんだ時に飛びだしたので、継母は驚いて巫女（占い師）の所に駆け込み、どうすればよいか尋ねた。王陽明は予め巫女に金を渡し、口裏を合わせておいて「王陽明の母が継母のいじめに腹を立て継母の魂魄を取り去ろうとした」のだと言わせた。継母は大変驚いて、大泣きして謝った。その後、継母のいじめはぴたりと収まった。（雑智・王守仁）

本書にはページ数の関係で張飛や王陽明のような超有名人の話をあまり取り上げなかった。というのも、それらの話は他書でも読むことができるが『智嚢』でしか読むことができない中国人の驚嘆すべき策略を一つでも多く紹介したいと思ったからだ。

それでも、馮夢龍の話題選択や文章の編集が上手なので、『智嚢』の魅力を十分堪能してもらえると確信している。というのは、本書で取り上げた項目の字数の平均値は、句読点などを除くと、140文字と極めて短いながらも事件の全貌が示され、なおかつパンチの効いた落ちなど、さながらショートショートの名手・星新一の短編を読むようなスリルを感じることができるからだ。

『智嚢』は「騙されない日本人」になるための必読書

手品師は技に失敗するよりもネタがばれることを嫌う。ネタがばれてしまうと観客がしらけてしまい、もはや観客の関心を惹きつけることができないからだ。それと同様に、『智嚢』には、まさしく康熙帝が懸念したように策略の粋が詰まっているので、これを読めば中国人の策略の裏の裏まで、からくりの全貌を知ることができるといってもいいだろう。その意味で、中国の策略を網羅した『智嚢』は**「中国策略大全」**と呼ぶにふさわしい。

アジア各地を踏破し、鋭い文明批評で知られた文化人類学者の梅棹忠夫は、かつて日本人を「おぼこい民族」と断定し、次のように評した。

> アジアの大陸的古典国家は、人間のあらゆる悪―悪ということばは悪いですが―どろどろした人間の業がいっぱい詰まっているところなのです。日本人のようなおぼこい民族が手をだしてうまくいくものと違うのです。わたしはアジアをずいぶん歩いていますので、そのことを痛感しています。（『文明の生態史観はいま』中公叢書より）

梅棹のいうアジアの大陸的古典国家とは、中国はもちろんのこと、梅棹が実地を踏んだ東南アジアや中央アジアを指すが、アラブの策略もこれまた中国に負けず劣らず凄い。その一端は、フランス人がアラビア語の原文を訳して出版した本、邦題『策略の書―アラブ人の知恵の泉』（読売新聞社）に見ることができる。その帯には「策略を持たぬ頭はカボチャより劣る！」という文句が見えるが、これが全てを物語っている。

このような民族に対して、日本人の好きなフレーズ「誠心誠意をもって対応すれば、必ず分かってもらえる」というのはいかにも空々しく響くことだろう。「誠」「正面突破」など、日本の社会だけで通用する倫理観に頼ってグローバルに対応するのは、かなり危険だ。日本人は得てして策略に頼らず情に訴えて事を運ぼうとするが、グローバルな社会では日本の価値観や方法論は必ずしも通用するとは限らない。

その差を一番よく示しているのが、「中国人は本当だと証明されない限り信じないが、日本人は逆にウソだと証明されない限り信じる。」という噂話だ。とりわけ中国とのビジネスでは『智嚢』に書かれているような策略に遭遇することはまれではないが、そのような世界に住んでいれば中国人のように人を容易に信じないという考えも理解できる。

本書では、倫理的な善悪は度外視して、日本人には想像すらできない中国人の策略の数々を紹介している。その目的は中国や中国人を貶める意図は毛頭なく、ビジネス上、中国と何らかの関係を持つ、あるいは持たざるを得ない日本の企業人が、予め中国人の策略を知ることで、中国人との付き合いにおいて余裕を持って対応できるようになってもらいたいからである。

将棋や囲碁では正しいやり方（定跡、定石）だけでなく、数多くの「ハメ手」を知っておくことで、予め用心すべき点が分かり、対策を考えておくことができる。そうした意味で本書の内容は一種の「中国人対応の想定問答集」とも言える。中国人の策略について一通り知っておくことで、思わぬ落とし穴に落ち込むことも少なくなることだろう。

現在、中国関連のニュースは毎日溢れている。ただ、本書ではファーウェイや香港・ウイグルの人権問題、あるいは台湾問題のような時事問題を取り上げることは控えた。というのは、時事問題というのは賞味期限が極めて短く、数年経つと問題の経緯が不明になってしまい、背景を知らないと全く意味をなさないからである。

中国に関して多くの著書を残した故・陳舜臣（ちんしゅんしん）は『日本人と中国人―〝同文同種〟と思いこむ危険』（祥伝社新書）のあとがきに、初版を昭和46年（1971年）に出版した時に版元との間で次のようなやりとりがあったと述べている。

「この本の版元はできるだけ時事のことを取り上げてほしかったらしいが、私（陳）はできるだけそれから離れようとした。『眼前の問題を追うあまり、水面にうかんだ屑（くず）や泡を掬（すく）い取るだけに終わるのをおそれる』」。初版から三十数年の間に陳氏は幾度となく中国との間を往復したが「時事を避けたことは正解だとわかり、胸を撫でおろしている」という。おこがましい言い方だと承知しているが、私も全く同じ思いでいる。

ここで一言添えておきたいのは、本書を読み策略を知ったとしても、決して悪用はせず、自分が騙されないための備えと考えてほしいということだ。よく言われるように、出刃包丁は魚を捌くにも人を殺すにも使える。どのように使うかは持ち手の心次第である。もう一つ付け加えると「手にハンマーを持つと全てが釘に見えてくる」という言葉があるように、なまじっか『智嚢』に書かれているキレのいい策略を知ったばかりに、つい状況も弁えずに真似てみて「生兵法は大ケガのもと」にならないよう願う次第だ。

【本書における度量衡や貨幣について】

本書は中国人の策略の数々を紹介するのを目的とするが、読者が実感を持って当時の様子を理解できるようにするため、当時の度量衡（長さ、重さ）や貨幣価値を現在の値に換算した値を示すようにした。もっとも本書の記述の年代の幅は、紀元前の春秋戦国時代から作者・馮夢龍の生きた明末まで4000年の長さにわたり、この間、度量衡や貨幣価値は変動しているため、正確な換算をするのは困難である。換算基準の説明は省くが、以下の概算の換算式を使用し、表示は元値（換算値）としている。

長さの単位：１尺＝30cm、１里＝１８００尺＝約５００m、１丈＝10尺＝３m、１歩＝１２０cm

漢代の金貨：金１斤＝金１錠（じょう）＝銭10万銭＝２００万円

明代の貨幣：銭１銭＝20円、銀１両＝銭２貫＝銭２緡（びん）＝２０００銭＝４万円

明代の貨幣：金１両＝銀10両＝40万円、銀１錠＝銀50両＝２００万円

なお、明代になると銀本位制なので、明では１００金と言えば、銀１００両で４００万円を意味する。

第1章

智を使うにも方法論がある

馮夢龍の『智嚢』には合計で10部28巻あり、どれも中国人の巧みな智の実例の宝庫である。その中でも、現代日本人が中国人の思考方式を理解するには本章で取り上げる「術智（じゅっち）」に参考になる例が一番多く含まれている。

これらの例を読むと、「そこまで考えるか！」「これでは、日本人が中国人とビジネスしても勝てないのも無理はないなあ！」と溜息が漏れることだろう。

現代の日本では、智といえばＩＱや学歴のような「どれだけ知っているか？」という類の知識量を連想する。そこで問われるのは、たいてい「規則で定められた範囲内」という限定条件がつく。ところが、この「術智」で取り上げられている例はいずれもそのような「規則」などが通用しない場面でどれだけ上手に世渡りができるか、といういわば無手勝流の実践智だ。

世界を見渡してみると、過去はもちろんのこと現代においてすら規則通りに動いているケースは極めて少ない。法をかいくぐったり、都合の良いように法を解釈しなおしたり、果ては過去に遡及（そきゅう）して新たな法を適応しようとしたりと、生半可な智では対応しきれないケースが多々ある。

そのようなケースを存分に味わえるのがこの「術智」である。ここで取り上げるケースは、たとえ歴史的背景を全く知らなくても中国人の智の本質を十分知ることができる。その意味でこれらのケースは時代を超えて中国人の伝統的な考え方を教えてくれる。

翟子威　嫉妬深い先輩を味方に引き込む

翟子威とは翟方進のことで、前漢の丞相（総理大臣）となり、位、人臣を極めた。しかし、厳しい政治姿勢によって敵を多くつくったため、最後は平帝から強く叱責され、自殺した。

学者の世界では、名声をかけて陰険な暗闘が繰り返されるのは古今東西、変わらぬようである。若手の俊英・翟子威（翟方進）は老年の胡常から嫉妬されて事あるごとにいじわるされたが、仕返しをするのではなく、敬意を示すことで、嫉妬を取り除き、逆に味方に取り込んだ。その手法とは？

清河出身の胡常と汝南出身の翟方進はどちらも経学博士であった。胡常のほうが先輩であったにもかかわらず名声は翟方進の方が上だったので、翟方進を妬み、事あるごとに議論を吹っかけて負かそうとした。これに気付いた翟方進は、学生向けの講義集会があると、いつも弟子の学生を集会に送り、経書の疑問の点について胡常に質問させて、その内容を筆記させた。長い間こういったことがあって胡常はようやく翟方進が自分を尊敬してくれていることに満足し、それ以降、学者の集まりではいつも翟方進を褒めちぎった。【巻13／506】

翟方進は弟子に胡常の学識を引き出させるような好意的な質問をわざとさせることで、胡常の顔を立ててあげた。元手もかからず、手間もかからないその巧妙な策略を馮夢龍は次のように褒める。

〔馮夢龍評〕人を尊敬することが廻りめぐって、自分が尊敬されることになる。バカな学者はこの簡単な理屈を知らない。

王曾 上司の悪行を邪魔されずに皇帝に報告するには

王曾と丁謂は北宋時代の文人官僚。丁謂は「機敏で智謀あるものの、人一倍悪賢い」（機敏有智謀、憸狡過人）と史書に評されている。

宋は名臣を輩出した時代として後世から高く評価されている。彼ら名臣の言行を集めた『宋名臣言行録』は現代に至るまで、文人政治家の生きる姿勢を示す羅針盤のような名著だ。これを読むと、宋の朝廷にはあたかも清廉な文人政治家が満ち溢れていたかのように思えるが、どっこい、実際は悪徳政治家も多くいた。そのような環境では清廉な政治家といえども、時にはずる賢い策略を使わずして生きていけなかった。

宋の時代、丁謂が権力を握っていた時、大臣といえども丁謂の許諾なく単独で帝に目通りするのを禁止した。大臣の中にはこの決定に反発した者もいたが、王曾だけは一言の文句も言わずこの決定に従った。ある時、王曾が丁謂に相談した。「私には息子がおりません。それで弟の息子をもらって跡を継がそうと考えています。この件で帝にお目通りを願いたいのですが、よろしいでしょうか?」丁謂は「貴卿(きけい)なら何の差支えもありません」と快諾した。王曾は単独で帝に面会し、一巻の文書を帝に手渡した。そこには丁謂の悪行の数々が綴(つづ)られていた。丁謂は朝廷から家に帰る途中、王曾に単独で帝に面会するのを許したことを大いに後悔した。その数日後に、丁謂は都から遠く離れた珠崖(しゅがい)に左遷された。【巻13/510】

王曾は丁謂の独裁的なやり方に反感を持っていたが、そういう素振りは微塵(みじん)も見せず、丁謂のいいなりに従っているように振る舞った。そのように安心させておいて、最後に帝に面談するチャンスを当人の丁謂からもらい、丁謂の悪行をばらした。信頼をこっそりと裏切る、このような陰険な政治工作がすらすらと実行できないと中国では大物になれないということだ。

周忱　地方政治を円滑にするために必要な賄賂

周忱(しゅうしん)は、明時代の高級官僚で、明代で最も有能な官僚だと賞賛された。一方、王振は皇帝すらも凌(しの)ぐ権力を持った宦官(かんがん)であった。宦官が絶大な権力を握っていた時代、州知事としては人々の生活を向上させることが第一義的に重要であり、そのための必要経費としての賄賂(わいろ)は欠かせない。活きた賄賂の使い方を周忱が実践して見せてくれる。

周忱が江南地方の巡察官であった時、宦官の巨頭の王振が権力を握っていた。周忱は王振の機嫌を損ねることを恐れていた。たまたまその時、王振は邸宅を建設中であった。それで、周忱は秘かに人をやって王振の家の間取りの寸法を測らせ、採寸させた絨毯(じゅうたん)を王振に贈った。部屋に入れるとぴったりだったので、王振は大喜びし、これ以降、周忱のいうことは何でも聞き入れられた。江南地方はこのために今に至るまで大いに潤った。【巻13／511】

王振は思いもかけず周忱から新築の家にぴったり合う絨毯を贈られて、大喜びした。それからは何かにつけ周忱に便宜を図ってやったということだが、権力者に賄賂を贈ればいつもうまくいくとは限らない。逆のケースもあった。

南宋の時代、ある官僚が実力者・秦檜(しんかい)の家の部屋のサイズにぴったり合った絨毯を送った。王振とは逆に、秦檜は大いに立腹した。というのは、この官僚はプライバシーまで探りに来ているから危険人物だと思ったからだ。中国では何事もセオリー通りにはいかないということだ。

周新　地方政治の要諦は知事自らが実地検分すること

周新（しゅうしん）は明の初期の官僚。裁判官として廉直で正義を貫いた。だが、悲しいことに実力者から目の敵にされて最後は処刑された。

ところで「官吏」と一言でいうが、中国では官と吏は全く別の人種だ。官とは超難関の試験である科挙に合格し、政府から給料をもらう正式の役人で、高級エリートである。一方、吏（胥吏（しょり）ともいう）は民間人で無給で役所仕事に従事する。しかし、実際には吏は代々世襲的にその土地の顔役とつながっていて政治の表の世界と裏の（ヤクザの）世界のどちらも熟知している存在だった。それでいて、官には自分たちに都合の悪い情報はシャットアウトして教えずに、情報差を利活用（悪用？）して甘い汁にありついていた。だが、新進気鋭の役人・周新は吏たちのそうした悪しき慣習のウラをかいた。

周新は浙江（せっこう）の按察使（あんさつし）に任命され各地を巡回していた。彼は官服を脱ぎ一般庶民の服に着替えて、わざと役人を怒らせて捕まり、投獄された。牢獄（ろうごく）で囚人と話をし、その地域のウラ情報を全て得た。翌日、部下の者に牢獄に迎えに来させて出獄した。役人たちは周新にウラ情報を握られたので、弁解できないと覚悟して、皆、辞職を願い出た。これ以降、周新の噂（うわさ）を聞いた地方の役人た

ちは、皆、一生懸命に役職に励むようになった。【巻13/515】

中央の官僚が地方に巡察に行って、役所で吏（役人）たちと話をしても建前論ばかりで、隠された都合の悪い実情は一向に明らかにならない。周新は彼ら（吏）の悪行を知るために、わざと投獄されて囚人たちから裏情報を得て吏たちの弱みを握ることで、あくどい吏たちを自由に操ることができた。

袁凱　気の狂った真似を演じて命拾いした明の高官

袁凱（えんがい）は元末・明初の官僚で詩人。博学の上に才気があり、弁論を得意とし、ディベートでは相手を負かすことが多かったという（博学有才弁、議論飆発、往往屈座人）。

明の太祖・朱元璋（しゅげんしょう）の猜疑心（さいぎしん）は半端ではなかった。建国の功臣が明ほど破滅させられた王朝はない。その中で袁凱は生き延びることができたが、その策略と演技力はアカデミー賞ものだ。

明の初め、御史（ぎょし）（監察官）の袁凱が太祖（朱元璋）に逆らったので、降格された。そこで袁凱は病気を理由に田舎に帰った。太祖は袁凱が反乱を起こすのではないかと疑い、スパイを放ってその行動を見張らせた。袁凱は自宅の垣の下からはいずり出てきて豚や犬の糞（ふん）を食べていた。スパイの報告を受けて太祖は袁凱を免職にした。袁凱はスパイが来るだろうと予想して、家の者にラーメンを炒めたものに黒砂糖をまぶして竹筒に入れさせておき、分からないように垣の下に布を敷いておいてその上で食べたのだ。この袁凱の智恵は素晴らしいというほかない。【巻13／517】

気が狂った真似(まね)をして一時的に危機を逃れた人は、それまでにも多くいたが、朱元璋の周密なスパイ網にかかって、いずれも最後にはニセ演技がばれてしまった。しかし、袁凱は犬の糞に見立てたラーメンを食べて、何年もの間、気の狂った演技を続けることができたので朱元璋のスパイたちもころりと騙(だま)されてしまった。このような用意周到な長期戦略はとても日本人の敵(かな)うところではない。

郭徳成　わざと倒れて帝から拝領した金塊を見せる

郭徳成(かくとくせい)は明初頭の人で、兄の郭興(かくこう)が朱元璋に仕えて高位に昇ったため、朱元璋が帝位に就いてから引き上げてやろうと言われたが「窮屈な宮仕えより、酒びたりのほうがよい」と断った、という一風変わった風流人である。

明の初期、洪武時代に郭徳成は皇帝の身辺を警護する驍騎指揮（護衛長官）になった。あるとき、宮中に参上したおり、皇帝が黄金二錠（４００万円）を郭徳成の袖の中に入れ、「このまま黙って帰れ」と言った。郭徳成は謹んで拝領したが、宮門を出るときに、靴の中に入れた。そして酔ったふりをして靴を脱いだ際にわざと黄金をちらりと見せた。門番の宦官が鋭くそれを見つけるや皇帝に注進に及んだが、皇帝は「ワシが与えたのだ」と答えた。

後日、ある人が郭徳成に「なんという粗相をしたのだ」と咎めると、「お分かりのように、宦官はちょっとしたことでも厳しくチェックしている。宮中から黄金を持ち出せば盗んだと思われるではないか。それにわが妹は皇帝に仕えているので細心の注意をしないわけにはいかない。ひょっとして皇帝が私を試しているかもしれないからな。」これを聞いた人々は郭徳成の用心深さに感心した。【巻13／５２０】

宮中の物が、私宅にあれば、言いがかりを付けられて、盗んだと言われるかもしれない。皇帝から拝領したというアリバイを作っておくために、郭徳成はわざと靴の中の黄金を門番の宦官に見せたわけだ。どこに落とし穴があるか分からないので、中国の政界では幾重にも用心しないといけないということだ。

郭崇韜　贈られた賄賂を無下に断らず

五代十国の戦乱時代は、ちょうど三国志の時代のように文人より武人が輝いていた時代だった。その一人、清廉実直な武人であった郭崇韜は、最後は宦官に陥れられて惨殺されたものの、彼が賄賂に対して取った対応は鮮やかだ。

郭崇韜は元来清廉であったが、帝（後唐の荘宗・李存勗）と共に、都に入ってから初めて皆から賄賂を受け取るようになった。友人や子弟からこのことを咎められると、郭崇韜が答えて言うには「わしは、位は大臣、大将であり、帝から巨万の俸禄を受けている。このようなはした金などは、もらう必要もない。しかし、今、各地の諸侯たちは皆、かつての敵国であった後梁の将軍たちで、帝を殺そうとしていた連中ばかりだ。もし、わしがこいつらの賄賂を一切受け取らなかったら反乱が起こるかも知れぬ。」

その翌年、帝が祭祀のため南方にお出ましになった際、郭崇韜は受け取った賄賂をまとめて帝に献上した。【巻13／521】

郭崇韜は唐の名将・郭子儀の後裔（子孫）であるとの自負心から、筋の通った生き方を貫いた。

しかし、逆にそれが仇となって賄賂まみれの宦官たちからは忌み嫌われた。このように、一時的には賄賂攻勢をうまく切り抜けたものの、最後はあっけなく頭をこなごなに割られて殺されてしまった。

宋太祖（1）　敵の秘密工作を知り尽くし、裏をかいて威圧する

宋の太祖（趙匡胤）は、戦乱が続いた五代十国時代に終止符を打つと共に、武人主体の政治体制を文人主体に切り替え、安定的な平和な時代をもたらした。大勢の臣下から推戴されて皇帝の位についたことからも分かるように、部下思いの磊落な性格であったようだが、心情の機微にも通じていた。

宋が中国の大半を手中に収め、残るは南唐だけとなった。南唐の後主・李煜は生き残りを図るために宋の建国の功臣・趙普に賄賂を贈り便宜を願ったが…。

南唐王（後主・李煜）が趙普にこっそりと銀五万両（20億円）を贈った。趙普はそれを宋・太祖に報告した。これに対して太祖が言うには「この金は受けとっておけ。ただ書面で謝辞を述べ、使者に褒美を少し取らせるがよい。」そして趙普が部屋から出ていくと、太祖は「大国というのは、どっしりと構え、何を考えているのかを悟らせないようにするのがよいのだ」と周りの者に

言った。その後、南唐王の弟である李従善が宋にやってきた時、通常の返礼物の他に、白金を贈ったが、これは趙普が贈られたものと同額であった。南唐の君臣は驚き、震えあがってしまい、宋の威力にひれ伏した。【巻13／521】

李煜の手の内は全て太祖(趙匡胤)に見透かされていた。太祖は李煜の後ろめたさを逆用して威圧した。中国の帝王、将軍、大臣というのはたいていこのような権謀術数に長けている。

宋太祖(2)　敵国に仏教を広めることで、戦争意欲を削ぐ

これも前項と同じく宋の太祖(趙匡胤)の策略であり、武ではなく智で敵国を攻略した話だ。

宋の太祖が南唐の国主である李煜が非常に仏教に帰依していると聞くや、弁のたつ若い僧侶を選んで、南唐へ行って李煜に目通りし、仏教の教えである「性命」について講釈するよう命じた。李煜はこの僧侶を信頼し、「一仏出世」と名付けた。これ以降、国境の守備に注意を払わなくなったので、南唐はついに宋に征服された。【巻14／522】

昔から敵国に美女を献上して、国主の戦争への意欲を削ぐ方策は何度もあった。一番有名なのは、

「臥薪嘗胆」の故事で有名な、越王・勾践が絶世の美女といわれる西施を敵国の呉王・夫差に献上した話だろう。

忠臣の伍子胥は受け取らないよう強く諫めたが、夫差は西施の美貌にぞっこん惚れ込んで、政治をおろそかにするようになった。これが原因で、夫差は伍子胥を嫌い、遂には自殺に追いやった。呉の政治の乱れを衝いて勾践はとうとう呉を滅ぼした。

美女はともかく、宗教も戦争への意欲を削いだという例がモンゴル（元）だ。モンゴルは数十年という極めて短い期間にユーラシア大陸の大半を侵略し、巨大帝国を築いた。ところが、その後弱体化したが、それはチベット仏教（かつては、ラマ教といわれた）のせいだともいわれている。

管仲　相手の忖度を利用して思い通りに動かす「謬数」の術

春秋時代の斉国の名宰相・管仲は、国を富ませ、主君の桓公を春秋の覇者にまで高めた人物で、臣下を自由自在にあやつる「謬数」という巧みな操縦術を心得ていた。

桓公が管仲に「役人たちが金目のものを溜めこんで売りに出さないので、米穀が腐ってしまっている。どうしたものかね？」と悩みを相談した。これに対して管仲が答えて言うには「城陽の知事を召喚してみましょう。」桓公が「どういうことだ？」と尋ねると、管仲は「城陽の知事は、妻や愛人には高価な薄絹の服を着せ、ガチョウの餌（えさ）は極上の穀物、管弦の楽しみを極めています。しかるに、兄弟は粗末な服さえ着ることができず、飢え凍えています。そのようなことで真面目（まじめ）に国政に取り組んでいるといえるか？　と叱ってやるべきです。」と進言した。

そこで、桓公は城陽の知事を召喚して、知事の位を剝奪（はくだつ）して禁足の罰を下した。この話を聞いた功臣たちは、競って親族一同に財産を分け与えた。それだけでなく、貧乏人、病人、孤児、老人など身よりのない人たちの面倒を積極的にみたので、国中に飢える民がいなくなった。管仲のこのような手法を「謬数」という。つまり、管仲がちょっと言うだけで社会全体が大きく利益を得ることができたわけだ。

また、別の時、斉の米価が下がったことがあった。桓公はこのままでは他国が斉の米を買い占めてしまうのではないかと恐れ、斉の庶民が購入するような方策はないかと管仲に相談した。管仲が答えていうには「私が先ごろ街中を通った時、穀物倉庫を新築する家が2軒ありました。豪華な金銀宝石を用意して建築主を王宮に招けばいかがでしょう。」桓公がその通りにすると、民は一斉に倉を建て、米穀を買い入れ、貯蔵したので米価はまたたく間に上がった。【巻14／524】

権謀術数が渦巻く春秋時代に覇者となるには真面目一方の尋常のやり方ではとうてい不可能だ。

管仲は穀物倉庫を建てた建築主を表彰することで、皆が競って穀物倉庫を建てるようになり、その結果、大量の米穀が買われて、自然と米穀の値段が上がるように誘導した。自分では一銭も使うことなく、また罰を加えることもなくスムーズに目的を達成した。このように金や手間をかけずに人民を思い通りに動かす策略を「謬数」という。「謬」は「間違い」という意味であるから、「謬数」とは王者や上司のちょっとしたしぐさや言葉を下の者が勝手に誤った解釈をして、本来、成し遂げたかったことをやすやすと実現する策略のことだ。

范仲淹　北宋の名臣のニューディール政策

范仲淹は文人官僚が最も輝いた北宋の名臣の中でもぴか一の存在だ。范仲淹の名は知らなくても「後楽園」なら聞いたことがあるだろう。「後楽」とは、「政治家たる者は自分の事は後回しにして、なによりも天下の人民の暮らしの向上を第一に考えよ」と范仲淹が言ったことに由来する。范仲淹の慧眼と策略が飢饉を救ったケースを挙げてみよう。

皇祐二年（1050年）、呉に大飢饉が発生した。この時、范仲淹は浙西の知事であった。備蓄していた穀物を放出して、民に食糧を供給した。

呉の人々は船漕ぎの競争が好きで、仏教行事も大好きだった。それで、范仲淹は大いに船漕ぎ競争を奨励し、自分も一緒になって湖上での競技を楽しんだ。しかも、春から夏にかけて、富人（金持ちたち）が遊楽したので、貧民もいろいろな雑用にありつけて食べつなぐことができた。さらに范仲淹は寺の管長に「今年は、職人の手間賃が安いので大々的な建築工事をしたらどうか」と勧めた。そのおかげで多くの仏寺では、倉庫や宿舎の建築工事が次々と興ったので、日々、千人もの人夫が雇われるようになった。

　中央から派遣された監司（検査院）は范仲淹が経費を無駄遣いして民を苦しめていると弾劾した。范仲淹は上書して次のように弁明した。「これは死蔵している余財を貧民に行き渡らせるためにしたことです。職人や人夫を雇うことで、誰もが食を得ることができ飢え死にせずに済んだのです。」この年、范仲淹が治めていた呉の国だけは餓死者が出なかった。【巻14／525】

　范仲淹は浪費することで庶民の命を救った。これは無駄遣いのように見えて実はニューディール政策のような貧民救済の妙案であった。真面目一方の政治家は飢餓になると逆に緊縮財政を実施するため、人々が悲惨な目に遭った、と馮夢龍は次のように指摘している。

〔馮夢龍評〕そもそも出遊するとは遊ぶだけの財力のあることを意味する。遊ぶ者が一人いれば、それによって数十人が生活の糧を得ることができる。明・万暦の時（1600年前後の数十年）、蘇州に大飢饉が発生した。政治家たちは倹約すべきと考え、船遊びを全面禁止した。金持ちたちは仕方なく、料亭や寺院で憂さ晴らしをした。それで、遊船関連の数百人が失業し、多くの人が生活に困った。政治家でも実務に通じていないとこういう悲劇に見舞われてしまう。

洪武中老胥　華麗なるストリップショーで命拾い

「亀の甲より年の功」という言葉はＷｅｂ化、ＡＩ化が浸透した現代においては死語かもしれないが、明の洪武の時代（朱元璋が明を建国した14世紀後半）ではこの言葉が文字通りの威力を発揮した。

洪武の時代、皇帝の駙馬都尉（娘婿）の欧陽某が四人の芸妓を揚げて酒を飲んだことがばれてしまった。役人が捕まえに来ると聞いて、芸妓たちは顔を傷つけて、罪を免れようと考えた。ある年老いた小使がその話を聞いて芸妓のところに来て「わしに千金（４０００万円）をくれるなら、命が助かる方法を教えて進ぜよう」と言った。

芸妓たちがワラにもすがる思いで千金の半分（２０００万円）を渡すと、老人は言った。「お上は、お前たちが平生、贅沢をしていることはとっくにご存じだ。騙そうとはせずに、そのままの顔で憐れな声を出して泣けば、助かる見込みはある。」芸妓たちは「どうすりゃいいの？」と尋ねた。老人が言うには「沐浴をして体を清め、顔だけでなく、全身におしろいを塗り、香水をふりかけよ。肌もつやつやにせよ。首にはネックレスをかけ、一番豪華な服を着ろ。金銀や宝石で体を飾り立てよ。下着も白地はだめだ、全て色物にしろ。そうすれば、誰だって心がとろけるものだ。」芸妓が「それでどう言えばいいの？」と聞くと、老人は「一言、ああ、とつぶやくだけでよい」と言った。芸妓たちは最後に「お教えに従います」と答えた。

さて、芸妓たちは皇帝の面前に引き出された。罪を問い詰められても一言もしゃべらなかった。皇帝は怒って役人に「こやつらを打ち殺してしまえ」と命じた。鞭打台に縛るため、芸妓たちは着ている物を一枚一枚と脱がされていったが、どれもこれも艶やかな図柄の着物ばかりだった。色鮮やかな着物がみるみる地面にうず高く積まれていった。最後に下着を脱いだが、裸身は衣服に劣らず、肌はまるで玉石のように艶やかさに輝き、人々の目を奪った。そしてあたり一面に香水の薫りが馥郁と漂った。皇帝は思わず「小悪魔どもがわしを惑わせよって。なかなか智恵の回るやつらだ」とつぶやき、きつく叱っただけで、放免した。【巻14／533】

役所の小役人として長年、政治の現場に携わってきただけあって、この老人のアドバイスは皇帝の心情にぐさりと刺さった。エッジの効いたアドバイスで罪なき芸妓たちの命が救われた。

王振　太后の濫費を機嫌を損ねずに抑える妙案

王振は明衰退の原因となった「土木の変」を招いた張本人。明の時代、太后（皇帝の母后）がしばしば寺に参拝して、長く逗留するので、その出費に朝廷の役人たちは頭を痛めていた。そうした中、宦官長の王振は太后の機嫌を損なわずに太后の長逗留をやめさせることができた。

北京の功徳寺には豪華な仏像が置かれているが、その経緯を僧侶が次のように説明してくれた。明の英宗の時代、張太后はしばしば当寺を訪れ、三泊してから宮中に戻られた。英宗がまだ子供だった時には母后に連れられて訪問された。宿泊するための寝具は全て宮中から運んだ。太監（宦官長）の王振は皇后や妃嬪が仏寺に足しげく通うのは礼に反すると考えて、秘かに大きな仏像を作り、寺に据えた。

そうして、英宗から母太后に次のように言わせた。「母后の高い徳に、私は子として報いることができませんでしたので、せめて仏像を功徳寺の後宮に据えて、今までの御恩に報いたいと思います。」すると太后は大いに喜び、仏像の設置を許した。さらに、中書舎人に命じて金墨で経典を写経させて寺の東西の坊に納めさせた。これ以降、寺の坊には経典がぎっしり詰まっているので宿泊場所がなくなり、太后の寺への御幸もなくなった。【巻14／534】

太后が頻繁に功徳寺を訪れ、宿泊するので莫大な費用がかかっていたために、誰もが心の中では止めさせるべきだと思ったに違いない。しかし、太后に直接言えば角が立ち、最悪の場合、処刑されることも予想される。王振は仏像と経典を設置することで、宿泊場所を物理的に塞いでしまうという計略を用いて、問題を見事に解決してしまった。

満寵　孫子流に、わざと死地に陥れて命を救う

満寵(まんちょう)は後漢から三国時代にかけての魏(ぎ)の武将。三国時代は国が分かれて抗争はしていたものの、婚姻関係が国をまたがっていることはしばしばあった。無実にもかかわらず敵将と婚姻関係があるというだけで処刑されそうになった楊彪(ようひょう)を満寵は見事に救った。

三国時代、太尉の楊彪は曹操の部下であったが、袁術(えんじゅつ)と姻戚(いんせき)関係にあったので、袁術が大嫌いな曹操に憎まれていた。曹操は楊彪に謀反の罪をかぶせて殺そうと思い、収監し満寵に尋問させることにした。それを聞いて、孔融(こうゆう)と荀彧(じゅんいく)はそれぞれ満寵に「どうか、拷問せずに尋問だけにしてくれ」と頼み込んだ。満寵は返事をせず、法に従って拷問をして調べた。数日拷問をした後、曹操に次のように報告した。

「楊彪を拷問しましたが、謀反の証拠は全く挙がってきません。楊彪は名家出身で声望もありますので、もし無実にもかかわらず処刑すれば人々は大いに失望することでしょう。主上にとって賢明なこととは思えません。」　曹操はこれを聞くと、楊彪を即日釈放した。当初、荀彧と孔融は満寵が楊彪を拷問していると聞いて大いに立腹したが、楊彪が釈放されたと聞いて、今度は逆に

満寵を褒めた。【巻14／536】

収監された罪人を拷問し、一連の尋問の手続きを形式的に完璧に終えて、楊彪の無罪を強調する形で収拾した満寵の手際のよさに感心する。たとえ拷問が普段より手を抜いた軽いものであったにしろ、形式が完備していては誰も文句のつけようがない。満寵は初めから楊彪を無罪放免にするつもりであったが、誰も尋問が終わるまでその本心を知ることができなかった。

郭元振　極寒の中、敵の部族長と命懸けの体力比べ

郭元振は唐の武則天時代の武人官僚。異民族との国境近くの統治を任されたが、強敵の力を削ぐ妙案を思いついた。

郭元振は左驍衛将軍に昇進し、安西大都護となり、北西地方の国防を任された。国境近くに住む西突厥の烏質勒が強大になってきたので、郭元振はその勢力を削ぐため、一計を案じた。

大雪の中、郭元振は烏質勒の長老の部族長を呼び出し、わざと朝から夕方まで長丁場の会談をした。老齢の身で極寒の中、長時間にもわたり会談をしたためであろう、部族長は宿舎に戻ってから死んでしまった。部族長の息子は郭元振のせいで親父が死んだ、と恨んだ。それを聞き知っ

た郭元振の部下たちは郭元振に逃げるよう勧めたが、郭元振は翌日、悪びれることなく弔礼にでかけ、10日間葬儀に参加した。この行為に部族長の息子は感激し、恨みを忘れ逆に家畜（馬、ラクダ、牛、羊）10万頭を郭元振に贈った。【巻14／536】

郭元振が統治したのが、安西というから現在の新疆ウイグル自治区に当たる。烏質勒の部族長は漢民族にとって強敵だったに違いない。郭元振は自分の体を張って自分が死ぬか相手が死ぬかの命懸けの会談を開催した。大雪が降ったというからマイナス数十度の極寒であったに違いない。そういった中、わざと吹きさらしのテントに老齢の部族長を呼びつけた。数時間も座らせておけば、老人なら体温は下がり血流が滞って、血栓ができて脳溢血などで死ぬのは間違いない。

こういった意図的な殺人に部族長の息子が激怒したが、それは想定内だ。部族長の葬儀に10日間ずっと参列した郭元振の悪びれぬ態度を目の当たりにして、逆に部族長の息子は完全に圧倒された。部族長の息子から信頼されただけでなく、10万頭という膨大な数の家畜をもらって帰ってきた。頭脳（才）ではなく、胆力で勝負がついた。日本人には到底考えつかない策略に脱帽だ。

慎子　三枚舌を使って外交交渉に勝利する

慎到（慎子）は戦国時代の思想家で、法家とみなされている。中国の戦国時代は、日本の戦国時代と同様に、各国の王子は他国に人質として出されていた。国王が死去した際には帰国を許されるが、タダでは返してもらえない。長らく斉に人質となっていて、ようやく楚への帰国が許された頃襄王は釈放の条件として領土割譲を約束させられた。頃襄王は帰国後、約束を履行すべきかどうか頭を悩ませ、三人の賢臣に問うたところ、三者三様の答えが返ってきたので、一層困ってしまった。最後に相談を受けた慎子はこの難題を見事に解決してみせたが、その策略とは…。

この原文はかなり長いので、あらすじを箇条書きにして巧みな策略を味わってみよう。

1. 楚の頃襄王が太子の時、斉に人質となった。
2. 父の懐王が薨去したので、斉王に帰国の許可を願った。その時、帰国したら500里（250㎞）の地を贈ることを約束させられた。
3. 頃襄王は帰国後、即位したが、斉から500里の土地要求の使者が来た。
4. 臣下に対応を聞くと、三通りの意見があった。
   a. 子良＝約束通り与えよ。与えて、諸国の兵を集めて取り返せ。
   b. 昭常＝与えるな。土地は国の礎だ。
   c. 景鯉＝与えるな。斉の攻撃には、秦の援護を頼め。
5. 判断に困った王は慎子にどうすればよいかと尋ねると、全部の案を実行せよ、答えた。

a. まず、子良を斉に送って、土地を献ずる。
b. 同時に、昭常を土地を守るために軍をつけて送る。
c. 念のため、景鯉を秦に送って、兵を借りる。

このようにして、楚の頃襄王は自国の兵を全く損することなく、斉との約束と、楚の土地の両方を同時に守った。【巻14／539】

これを読むと、二枚舌、三枚舌をしゃーしゃーと使う中国人と、「二枚舌などけしからん！ 恥を知れ」と腹をたてる日本人が対照的に映る。日本人の感覚で中国人の約束不履行に対してかっかと怒ったところで、中国人には通用しないことを知るには、この話は格好のケースだ。

顔真卿　敵の油断を誘う詩会の裏で着々と防衛準備

顔真卿（がんしんけい）は唐の文人官僚。世間的には王羲之（おうぎし）以来の典雅な書風に対抗する雄渾（ゆうこん）な書風を確立した革新的な書道家として知られている。

「安史（あんし）の乱」は盛唐を揺るがした大事件だ。安禄山（あんろくざん）は玄宗（げんそう）皇帝の信任が厚いので、乱を起こすと予想した官僚は数少なかった。しかし、顔真卿は早くから予想して対策を立てていた。革新的な書風で有名な顔真卿は実務家としても冴えていた。

顔真卿が平原の太守の時、安禄山が反乱する気配が濃厚となった。顔真卿は長雨のため城の修理と堀の改修を行うと触れまわらせたが、裏では秘かに若者を集め、穀物を運び入れさせた。そして、文士たちに酒を配って詩作の宴会を催させた。安禄山のスパイがこれを見て、文士たちなど恐れるに足りずと軽視した。安禄山が反旗を翻すと、河東地域一帯の都市は準備不足で反乱軍に対抗できず次々と陥落したが、顔真卿が治めていた平原だけは敵の襲撃への準備が万全で持ちこたえた。【巻14／540】

顔真卿は書道家、つまり文人として超一流の人物でありながら、軍事に関しても冴えたセンスの持ち主であったと、馮夢龍は次のように褒めている。

〔馮夢龍評〕大したことのない敵であれば、恫喝すれば追っ払えるが、大敵では備えがないとだめだ。あるいは備えがないとしても、備えがあるように見せかけて敵を欺くことも可能だ。また、備えをしていても備えがないように見せかけて逆に敵の油断を誘うことも可能だ。いずれにせよ、深謀があってこそ初めて、奇抜な戦略を立てることができるはずで、これが駆け引きの妙というものだ！しかし口で言うのは簡単だが、いざ実行するとなるとどうだろう？

何承矩　敵の油断を誘う舟遊びを演じ、長距離の水路を開削

何承矩は北宋初期の官僚で地方行政に尽力した。中国では常に国境警備が重大問題であった。防御を固めるのを敵に察知されれば、妨害されるかもしれない。何承矩は敵に警戒心を抱かせず、国防に必要な長い水路を開削した。

宋の時代、澶州の瓦橋関北は遼との国境にあったが、その間は平坦で敵の侵入を防ぐ大河のような障害物が何もなかった。何承矩は澶州の知事として赴任するや沼地や貯水池を敵国（遼）からの侵入を防衛するために整備しようと計画し、この計画が敵国に漏れることを恐れて、カモフラージュした。

まず、愛景台という展望台を造り、蓼の花を植え、日々、部下を連れて池に船を浮かべ、酒を酌み交わし、詩を作り、客と一緒になって唱和した。さらに、その光景を絵に描かせ、詩文を岩に刻んで、都まで運ばせた。世間の人々は「何知事は蓼の花が好きな人だな」と言いあった。ところが、暫くしてみると辺り一帯に国防のための池や土手ができていた。

その後、相継いで国防のための水路が開削されて保州の西北から東の果ての滄州の泥枯海口までおよそ800里（400㎞）にわたり水路が続き、敵の侵入を防ぐ役割を果たした。【巻14／

542】

宋の何承矩は国境地域を治めたが、敵国を油断させるために、わざと大げさに宴会を催した。水路整備が宴会用だと思いこませることで、敵の妨害を受けることなく、工事を完遂した。見かけと真の目的が異なることは中国では歴史上の話だけでなく、現代でも序章で触れた「一帯一路」構想のように、よく見受けられる話だ。

王随「関係」（グァンシー）は法を超える

王随(おうずい)は北宋初期の官僚だが地方官僚としてめぼしい業績を挙げなかったので弾劾された。人治の国、中国ではなんといっても高官との個人的パイプが何物にも負けない強力な威力を発揮する。パイプを見せつけるだけで非合法なことがいとも簡単にできてしまうというのが、この話だ。

宋の時代、王随は科挙に合格して進士（官僚候補生）になることができたが、それまでは非常に貧しかった。ある時、翼城に遊びに行ったが飲食代を踏み倒したので投獄された。その時、石(せき)務均(むきん)の父がその土地の役人で、王随の代わりに飲食代を払った上に、王随を自分の家に住まわせてやった。さらに、石務均の母も王随を大切に取り扱った。

しかし、ある時、石務均は酔っぱらって王随に踊れと命じたが、王随があまりにも調子はずれに踊るので腹を立てて、殴った。これに怒った王随は石務均の家を飛び出した。翌年、王随は科挙の最終試験に合格して高級官僚になり、暫（しばら）くすると河東の転運使となって戻ってきた。石務均は王随を殴った仕返しをされるのではないかと恐れて逃亡した。

その後、朝廷の官僚である文彦博（ぶんげんはく）が都から同県にまでやって来て、別件で石務均を逮捕しようとした。石務均は他に手段がないので、あわてて王随の下に駆け込んで、助けを求めた。王随はこの時、さらに上位の御史中丞（ぎょしちゅうじょう）という政府高官になっていた。そこで、銀一錠（200万円）を県の業者に送り石務均の父親の墓を作らせた。それによって石務均の逮捕の件はうやむやになった。

【巻14／545】

王随は貧しい頃、石務均の両親に大変世話になった。それで、息子の石務均には個人的な怨（うら）みはあるものの、石務均が逮捕されそうになると、高官の地位にあることを利用して逮捕されないように手を回した。それも、後々罪に問われないよう、役人に直接賄賂を贈るのではなく、石務均の父の墓を作るための金を出したに過ぎない。

しかし、世間の人は石務均の後ろには実力者の王随がいるということを知っただけで、石務均の捕縛に協力することを拒んだ。現代の中国共産党の腐敗摘発のニュースを見ても、有力者との「関係」は現代でも相変わらず最強のカードであると感じる。

王忠嗣　反乱に誘われたらどう対応するか？

王忠嗣（おうちゅうし）は唐中期の軍人。しばしば吐蕃（とばん）（チベット族）との戦いに勝利するも、宰相の李林甫（りりんぽ）に陥れられて刑死した。

安禄山が乱を起こした時、誰もが唐王朝に与（くみ）するのか、安禄山に合流するのか、旗幟（きし）を明確にすることを迫られた。二者択一なら答えは一つ、と考えるのが普通だが、王忠嗣の回答は違った。

安禄山が雄武城を築き、要地である飛狐塞を押さえて反乱を起こそうと考えた。それで名将の王忠嗣の協力を得て兵を増強しようとした。王忠嗣は安禄山からの要請にノーと言わず、約束の期日より若干早く約束の場所に到着した。王忠嗣は「自分は出かけて行ったのに安禄山がまだ来ていなかったので、会えなかった」という理由をつけて戻った。【巻14／546】

王忠嗣は安禄山の反乱に加担したくなかったので、安禄山から誘いを受けて困ったはずだ。表だって誘いを断れば、すぐさま安禄山の軍に攻められる恐れがある。逆に誘いに乗れば、唐の朝廷からは反乱の一味と見なされる。そこで、約束の場に出かけたが、安禄山に会えなかったという証拠を作ることで、反乱軍にも唐の朝廷のどちらにも言い訳できるアリバイを作った。なんとも微妙な二枚舌で難題を無事に切り抜けたわけだ。

謝安　権力者からの無理な依頼をどう断るか？

謝安は書聖の王羲之と同じく東晋の名門貴族。東晋は軍事的には弱かったものの、貴族文化が栄えた王朝だった。書道では王羲之、画家では顧愷之、詩では陶淵明など、現代にまで引き継がれる中国文化の粋が集まっている。その東晋を支えたのが名宰相といわれた謝安だ。東晋の帝位を狙う軍閥の桓温が自分の地位を一層高めようとして無理難題をふっかけてきた。それを上手にいなした名宰相・謝安の解決案を見てみよう。

桓温は重病になった。もう命が長くないことを悟った桓温は今までの功績を認めて国家の最高の恩賞である九錫を賜るよう朝廷に要請した。桓温の要請状が届くと、宰相（総理大臣）の謝安は袁宏に勅令の原案を書くよう命じた。原案が届くと、謝安はそのつど、袁宏に書き直しを命じた。そのようにして、何度も書き直しをさせたので、数ヶ月が経ってもまだ原案ができ上がらなかった。そのうち、とうとう桓温は死んでしまいこの件は沙汰止みとなった。【巻14／547】

謝安のこの計略には、どっしりとした落ち着きと、国家の大難にも決して慌てふためくことのない大人の風格がしのばれる。しかし、そのような謝安も心の高ぶりを隠しきれなかった時もあったというのが次の話だ。

晋（西晋）の漢族は当初、中国全土を支配していたが異民族の侵略で黄河流域（華北）から追い出されてしまった。逃れた人たちが建康（現在の南京）に都を構えたのが東晋である。一方、華北を平定した前秦の第三代皇帝・苻堅は中国統一を目指して、百万と号する大軍を率いて東晋に攻め入った。時の尚書僕射（総理大臣）の謝安は、甥の謝玄にわずか数万の兵隊をつけて送り出し、両軍は建康近くの淝水で激突した。

数で劣る謝玄が苻堅の軍を打ち破り、その戦勝のしらせを召使が持ってきた時、謝安はたまたま客と囲碁を打っていた。ところが、その知らせの手紙を見てもうれしそうな顔をしなかった。客は結果が気になっていたので、謝安に尋ねると素っ気なく、「な～に、こわっぱどもがようやりおって」と投げやりに答えただけだった。

そして囲碁も終わり、客を門まで送っていった時、謝安はうれしさのあまり下駄の歯が折れたのも気付かずに家に入った。その様子を、下女に見つけられ、歴史書（晋書）には「不覚屐歯之折」（屐歯の折るるを覚えず）と書き残されることになった。

李部　高官とのパイプは薬にもなれば、毒にもなる

李部（りこう）は唐後期の文人官僚で、科挙をトップ合格（状元（じょうげん））した。何事もそうだが、光が強ければ、それだけ影も濃い。有力者との「関係」（グァンシー）もいつも有利であるとは限らない。

後漢時代、大将軍の竇憲（とうけん）の側室（内妻）に各地の知事から豪華な贈り物が続々と贈られてきた。漢中太守もまた贈り物を届けようとしたが、部下の李部が「竇氏は横暴なので、まもなく失脚するでしょう。どうか竇氏とつながりを持つのはおやめください」と諫（いさ）めた。しかし、太守はその諫言（かんげん）に耳を貸さず、どうしても贈り物をしようとしたので、李部は「それでは自分に行かせてください」と願い出た。

贈り物を持って都に向けて出発した李部は途中でわざと長逗留（ながとうりゅう）して、都で政変が起こるのを待った。都の近くの扶風まで来ると、竇憲が誅殺（ちゅうさつ）されたとの知らせを受けた。その後、朝廷が調査して、竇憲と交際があった者は皆、連坐（れんざ）して処罰された。ただ漢中太守だけは李部のおかげで処罰を免れた。【巻14／547】

有力者との「関係」（グァンシー）が何よりも威力があるとはいうものの、逆にいえば、その有力

者と敵対関係にある派閥からみれば、「関係」にある者たちは全て敵になる。つまり、自分自身に全く落ち度がなくとも有力者に「関係」があるというだけの理由で処罰されることもあり得る、というのが中国社会なのだ。

段秀実　人手をかけることなく反乱の芽をつむ

段秀実（だんしゅうじつ）は唐中期の武将。公明正大で部下を慈しんだので、人望が高かった。反乱の計画を事前に知ったなら、誰しも犯人たちを捕まえようとするだろうし、犯人を捕まえることができなければ防御策を考えるだろう。いずれにしろ、手間と金がかかることになりそうだが、ちょっとした計略で手間も金もかけずに反乱を防止したのが、次の話だ。

涇川（けいせん）の王童之が反乱を起こそうと計画した。ある日の朝方に太鼓が鳴ると一斉に反乱しようと示し合わせた。だが、前日の夕方に密告する者がいた。段秀実はそれを聞いて、わざと時刻の太鼓を打つ者に失態があったかのごとくわざと怒って、「時刻を正確に計って、打つたびにわしの所まで連絡にこい」と叱りつけた。そのため、時刻を打つのが次第に遅れ、とうとう反乱を起こそうとしていた四更（朝方）は過ぎてしまい、すでに太陽が高く昇る時刻になったので、王童之は反乱を起こすチャンスを失ってしまった。【巻14／548】

段秀実は智恵が回るだけでなく、凛とした生き方で、人々に感銘を与えた。段秀実は幼い頃から孝子と称せられたが、唐の官僚となってからは「安史の乱」によって混乱した国家を守ろうと尽力した。その後、反逆者の朱泚が唐王朝を転覆させようとしているのを知り、命懸けでそれを阻止しようとした。朱泚の不意を衝いて撃ちかかったものの朱泚の家臣たちに阻まれて怪我をさせたものの、殺すことはできなかった。自分を殺そうとしたにもかかわらず、朱泚は段秀実を「義士」と褒め、何とか生かそうとしたが、結局は朱泚の家臣たちに殺されてしまった。

段秀実の生き様は、人々に大いなる感銘を与えた。『旧唐書』に、徳宗が段秀実を「義は古今に絶していて、人々を激励するに足る」（義冠古今、足以激励人倫）と絶賛した言葉が載せられている。

僕散忠義　囚人が集団で脱獄しようとしているが、どう防ぐ？

僕散忠義は、12世紀の金の将軍で、16歳にしてすでに兵士を率いて宋を打ち破る戦績を挙げていた。これも同じく、金も手間もかけずに脱獄の計画を阻止した話である。

金の時代、僕散忠義は博州の防御使となった。ある夕方、雲が出て暗くなった。囚人たちは脱獄をしようと図った。獄の番人や牢屋の警備についていた兵士たちは皆、囚人たちの脱走を恐れて真っ青になった。僕散忠義だけは落ち着いて、時刻を管理する役人に太鼓を打たせ、ラッパを鳴らさせた。囚人たちは外の様子が分からないので、てっきり夜が明けて空が明るくなったものだと思い込み、脱走するのを諦めた。【巻14／549】

僕散忠義は『金史』に「容貌は大変いかつく長い髭を蓄えていた。軍事に関する話が大好きで、軍略にすぐれていた」（忠義魁偉、長髯、喜談兵、有大略）と評されている。

厳訥　隣人の土地を、北風ではなく太陽のやり方で取得する

厳訥は明の文人官僚。入閣してから能力のある者を思い切って抜擢して人事を刷新した。

イソップ物語に北風と太陽の話がある。旅人の服を脱がそうと北風は強烈な風を送るが成功しない。太陽は力まず、ぽかぽかと照らすだけで旅人の服を脱がすことに成功した。厳訥は、この手法を実践して隣人の土地をやすやすと手に入れた。

厳訥は都の城内に大きな邸宅を持ちたいと思って、建設業者に頼んで探していたところちょうど適当な場所を見つけたが、隣接する家の柱が邪魔をして四角形の土地にならなかった。隣家は先祖代々、そこで酒造りの工房を営んでいて、建設業者がいくら金を積んでも土地を売るのを拒

んだ。

建設業者が事情を話すと厳訥は「構わぬから、まず三方の工事を始めよ」と命じた。工事が始まると厳訥は毎日その隣の酒屋から酒を買わせたがいつも前金で支払った。その酒屋は夫婦だけの貧乏所帯で切り盛りしていたが、毎日の大量の注文をさばくのに人を雇わなければならなくなった。家の建築工事は進み、ますます人夫が増えてきたので酒屋の利益もどんどん増えた。また、酒造りに使う米や豆が倉庫に山積みになり、酒甕も従来の数倍に増えたので、家が手狭になった。

やがて、酒屋は酒を大量に注文してくれる厳訥の徳に感激して、当初、土地を売らないと拒んだことを恥じた。そして遂に、土地を売ることに同意した。厳訥は近所に酒屋が移転する土地を見つけてやった。酒屋は大喜びで、日ならずして移っていった。【巻14／553】

売るのを嫌がる相手から無理やり土地を奪い取るのではなく、相手の酒屋という商売を繁盛させてやることで、倉庫や作業所の増設で手狭になるように仕向けた。そうして、否が応でもいずれ移転しなければならないようにして難なく目的を達成したと、馮夢龍は次のように褒めている。

〔馮夢龍評〕 力ずくで取ろうとしても取れないが、こちらから恵んでやるとすんなりと手に入れることができる。買収のための費用を増さずとも、こちらの人徳を賞賛してくれる。相手の術中に嵌っているが、それに気づかないでいる。なんとも凄いやり方があるものだ。

周玄素　皇帝から絵を描くよう要請された画家の機智

周玄素は明初期の宮廷画家。

明の太祖・朱元璋が画工の周玄素を召して「天下江山図」を宮殿の壁に描かせようとした。周玄素が答えていうには「わたくしめはまだ全国を遍歴したことがありませんので、ご要望の絵を描くことができません。しかし、陛下に下絵をかいて頂ければ、それに手を加えることはできましょう。」

そこで、太祖は筆をとるや、即座に山河の輪郭を描き、周玄素に筆を加えるよう命じた。周玄素は進み出て「陛下のお描きになった山河はこれ以上ないみごとな姿です。どうしてこれ以上加えることがありましょう」と応じると、太祖は大笑いし、にこやかに肯(うなず)いた。【巻14／554】

君主に引き立てられるというのは栄達が期待される反面、気に入らないことを言えば逆鱗(げきりん)に触れて、たちまち身の破滅となる。そのような危うい状況を周玄素はうまく切り抜けた、と馮夢龍は褒めている。

狄青　意地っ張りの豪傑に毎回おなじ野菜だけを食わせる

狄青（てきせい）は宋の勇猛な将軍で一兵卒から武官の最高位の将軍にまで上り詰めた。寡黙ではあったが、緻密（ちみつ）な軍略を練り、食事や寝床を常に兵士と共にしていたので兵士からは絶大な信頼を得ていた。

陝西（せんせい）の豪傑の劉易（りゅうえき）は、しばしば辺境を旅行して兵法を談ずるのが好きだった。宰相の韓琦（かんき）は劉易を厚くもてなした。武将の狄青が宴会を開くと、劉易は決まって「苦馬菜」（和名：菊苦菜）という野菜を要求したが、食卓にないと決まって大声を張り上げて怒鳴った。

辺境ではこの野菜が取れないので、狄青は宴会の時には、劉易に内緒で、わざわざ内地からこの野菜を取り寄せて、劉易にはこの野菜しか食べさせなかった。劉易は宴会の席で毎回この野菜しか食べさせてもらえなかったので、遂に降参し、ようやく普通の食事にしてもらった。【巻14／556】

劉易は特別に「苦馬菜」を好きではなかったが、「苦馬菜」はなかなか入手できないので、宴会役を困らせてやろうといういたずら心でいつも、宴会に「苦馬菜」を要求したのだった。狄青は劉易の魂胆を見抜いて、逆に劉易のほうから「苦馬菜」を取り下げてくれと懇願するように仕向けたわけだ。

王安石　妻がかすめ取った役所のベッドを戻させる策略

王安石（おうあんせき）は宋の文人官僚で、新法で政治改革を行おうとしたが挫折（ざせつ）した。王安石は歴史の授業では「新法で政治改革を断行した改革派の政治家」として取り上げられているが、王安石の人柄について知ることはないだろう。なかなか機転の利く人であったようだ。

王安石の妻・呉（ご）夫人は潔癖な性分であったが、王安石はざっくばらんな性分で、性格が合わず、いつも喧嘩（けんか）していた。王安石が辞職して赴任先の江寧から都の私邸に戻ってきた時、家に籐（とう）で作ったベッドが置いてあったのを見つけた。それは官庁の備品であったが呉夫人が借り出したまま戻さなかったものだった。官庁から探しに来ても、誰もが呉夫人を恐れて、返してくれと言い出す勇気のある者はいなかった。そうした事情を知るや、王安石は靴を履いたままベッドの上にごろんと横になった。遠くからそれを見ていた呉夫人は、汚れたベッドなど嫌だ、と即座にベッドを官庁に戻すように下男に命じた。【巻14／557】

宋の政治家の中では最も活躍した王安石であるが、生活態度は至って質素であった。また、国を立て直す気概に溢れていたので、身内といえども公的な物資を私物化するのを嫌った。自分の留守の間に、妻の呉夫人が勝手に役所のベッドを私物化したのを、別段声を荒げて咎めることもなく、夫人の潔癖な性分を利用して、見事に問題を解決した。

孔子　孔子のウソと言い訳

孔子といえば、日本では聖人君子の鑑で、正直でウソ偽りは一切言わない人だと考えられている。しかし、孔子もピンチに陥れば、それなりのウソもつくという話だ。

孔子が陳を去って、蒲を過ぎようとした時、たまたま公叔氏が蒲で反乱を起こした。蒲の人々は孔子の一行を止めて「もし衛に行くのであれば、出国させないが、衛に行かないと盟うなら出国させてあげよう」と言った。そこで、孔子は言われた通り盟った後、約束を破って衛に行った。弟子の子貢が「盟っておいて、約束を破ってもいいものでしょうか？」と問いただすと、孔子は「脅迫された盟いなど神は認めない」としゃーしゃーと答えた。【巻15／558】

この話は『孔子家語』にも載せられているので、信憑性は高いといえるだろう。日本人の考える孔子のイメージは『論語』から来るが、これは弟子が師匠（孔子）のことを記録しているので、孔子に対する非難めいた話は至って少ない。それに比して、『孔子家語』は孔子に対する辛辣な批評も混じっている。この話は、中国では聖人君子といえども策略なしには生きていけないことが痛いほど分かる例だ。

王敬則　盗賊退治のずる賢い策略

王敬則は南北朝時代の南斉の武人。さて、この武人は山に逃げ込んだ盗賊の一団をどのようにしておびき出して手間をかけずに処刑したのだろうか？

王敬則が南沙県の知事に赴任した時のこと、兵士が反乱を起こし、一部の兵が山に逃げ込んで盗賊となり、近隣を荒らしまわったので、民衆は困っていた。軍隊を差し向けても捕えることができなかった。そこで王敬則は、盗賊の頭に使者を送り、「もし、出頭するならお前たちのために罪の軽減を図ることを廟堂の神の前で誓うので、信じて出てきてもらいたい。」と伝えさせた。というのは、たまたまその地方に民衆の絶対的信頼をかちえている廟堂があったので、王敬則はその神を引き合いに出して信用させたのだ。盗賊の頭は了解し、出頭すると言ったので、早速廟堂に酒宴を設け、盗賊の頭の到着を待った。頭が到着したので、縛って席に座らせて次のように述べた。「わしは先ほど神に誓いの言葉を述べたが、もし誓いに背くなら神に牛10頭をお返しする。」そう言って、牛10頭を殺して解体し、併せて捕まえた盗賊の頭を斬り殺した。残った盗賊たちは散り散りになったので、民衆はみな喜んだ。【巻15／560】

王敬則は神に誓いを立てたが、誓いを破れば、罰として牛10頭を神に返すと言った。盗賊の頭はこの言葉に安心して、出頭してきたが、王敬則はかねての計画通り盗賊の頭を殺し、誓いを破った罰として牛10頭も殺した。日本人なら「ずる賢い」と否定的に考える策略だが誓いには違反していないという理屈になる。このような策略は一度は通用するかもしれないが、ネタばれの手品同様、二度効くかどうかは怪しい。

ところで、日本で「三十六計、逃げるに如かず」と言い慣わされている諺は、元来「三十六策、走是上計」（三十六策、走るは是れ上計）という言葉である。もともと、南北朝時代の宋（劉宋）の壇道済が記した『兵法三十六策』にあった文句だが、王敬則が言い出したことで有名となった。王敬則は機智に富んだ人であったが、後に反乱を起こしたものの、わずか十日にして敗れ、殺されてしまった。「三十六計、逃げるに如かず」を広めた元祖にしては何ともお粗末な最期だ。

宋太祖　部下を酔わせて、大量の献金を召し上げる

宋を建国して太祖となった趙匡胤の愉快な錬金術とは…。

宋の建国者・趙匡胤が部下の武将たちを招いて宴を張った。酒を十分飲ませた後で、武将の息子たちに迎えに来させ、家まで送るよう言いつけた。太祖は宮殿の門の所で各武将の息子にこっそり「汝(なんじ)の父は朝廷に絹を十万緡(びん)献上すると言ったぞ」と伝えた。武将たちは酔いが醒(さ)めてから、息子にどのようにして家に帰ってきたか、また主上の前で無礼はなかったか、などを聞いた。息子たちは、いずれも絹十万緡を献上すると約束したと伝えた。武将たちは「酔ってはいたが、はてそんな約束はしたのか?」と訝(いぶか)ったが、約束通りの品を献上した。【巻15/561】

この話は、たわいもない悪ふざけ(プラクティカル・ジョーク)であるが、偉大な帝王は必ずしも円満な人徳者ではない。むしろ、策略を駆使できない者は帝王になる資格はないということだろう。

宋太宗　拷問で自白を強要する悪弊を一言で糺す

宋の太宗とは、太祖・趙匡胤の弟で、二代目皇帝の趙匡義。

宋の太宗が即位した初年、都のある富豪の門の所で乞食がお金をもらったが、少ないと怒り、罵(ののし)ってやめなかった。群衆が集まって来たにもかかわらず、罵り続けていたところ、突然群衆の中から一人の将校が飛び出てきて、その乞食を刺し殺し、刀を放って逃げた。あまりにも突然のことなので誰も止めることができなかった。警官が裁判官に事件の経緯を説明し、富豪が犯人だと言って証拠として凶器の刀を差しだした。それで、裁判官は富豪を捕えて尋問し、殺人犯と断定して投獄した。

この事件を聞いて、太宗は役人に「その者は殺人を認めたのか?」と問うと、役人は認めました、と答えた。そこで、刀を持ってこさせ検分した後、部屋にしまうと、役人を呼びつけ「これはわしの刀だ。先に乞食を殺したのはこのわしだ。どうして無実の人に罪を着せるのか? このことで、無実でも拷問すると人は罪を認めてしまうことを知った。なんでもかんでも拷問で解決しようとするのでは世も末だ。」そう言って、警官を罰し、富豪を釈放した。そして「今後は、尋問する時はくれぐれも濫(みだ)りに拷問しないようにせよ!」と申し渡した。【巻15/562】

検察官や裁判官は実績を挙げようとして、たとえ容疑が希薄であったにしても、ともかくも誰かを犯人に仕立てあげようとする。拷問に耐え切れず、無実の罪でも認めてしまうことが多いことを知っていた太宗は、このような悪弊をやめさせるためにこの事件を利用した。

胡松　身を張って防護壁の建築を早める

明の胡松は1514年に科挙に合格したのち、嘉興に赴任し、平湖を治めた。善政を謳われ、最終的に明の工部尚書（建設大臣）となった。倭寇の襲撃に備えて急いで防護壁を築くために胡松が取った行動とは？

当時、倭寇の侵入が盛んで、辺りの海岸一帯では防御のために城を築くことについて協議を重ねていた。ある晩、胡松が本庁に出向いて言うには「民は事の重大さを正しく理解していません。倭寇が来寇してきたら、私を縛って軍の最前線に立たせてください。民は私の恩恵を受けていますので、必ずや私を救おうとするでしょう。」本庁の役人はこの申し出を受け入れて、民に布告した。人々は胡松が倭寇に殺されるようなことがあっては大変と、大急ぎで城を築いたので、一ヶ月も経たないうちに城は完成した。【巻15／566】

中国では伝統的に官吏（役人）と民は敵対関係にあった。その理由は官吏があまりにも民を虐使し、税を搾り取るためであった。歴史書には暴動が起これば真っ先に役所が襲われ、しばしば官吏が血祭りに挙げられたと書かれている。そういった伝統を考えると、胡松がどれほどすばらしい政治を行ったかがよく分かる。

狄青　トリックで強運を作り出し、戦争に勝つ

北宋の武将・狄青（てきせい）は一兵卒から将軍にまで大出世した、庶民のヒーローである。戦えば常に勝つ、その裏には兵士を奮い立たせる奇策があった。

南方では鬼神を畏（おそ）れ敬う風習があった。狄青は儂智高（のうちこう）の反乱を征伐に向かったものの、桂林（けいりん）の南に漢人の軍隊が出るのは初めてであった。それで香を焚（た）き、戦いの帰趨（きすう）を占うために、銭を百枚取り出して、神に祈って言った。「もし、戦いに勝つなら、この銭が全て表となれ。」部下たちは「万が一、全てが表でなかったら、士気が下がるからやめてくれ」と懇願したが、狄青は聞かなかった。兵士たちが注目する中で、銭百枚を放り投げると、全て表が出た。兵士たちは一斉に歓呼の声を上げ、林野に響きわたった。狄青もまた大喜びし、部下に命じて釘を百本持ってこさせ、百枚の銭をその場に釘づけし、その上を青い布で覆った。そして「凱旋（がいせん）してからこの銭を取ろう」と言った。

反乱を治めて軍隊が戻ってきたときに約束通り、銭を取ったが、部下たちは銭の両面とも表であることを初めて知った。【巻15／567】

きわめて簡単なトリックであるが、激励などといった空念仏では動かない兵士に勇気を与えるには、彼らの迷信深さを逆手に取ったこのような方法が効果覿面だったわけだ。古代ローマでも戦闘の前には必ず卜鳥（鳥占い）をし、良い卦が出ないと、たとえ敵に攻撃されても反撃しなかったという。しかし、一旦、良い卦が出ると恐れを知らずに突撃した。

楊雲才　金をかけずに城壁を厚くする

明の役人、楊雲才はどこかで改修の話が出ると、必ず何かしらのアイデアを考えて適切な指示を出した。初めはその意図がなかなか理解されなかったが、できてみると誰もがそのアイデアの素晴らしさに感嘆した。

楊雲才が荊州に赴任した時、城壁を改築することになったが費用が既に決められていたにも拘わらず、突然朝廷から壁の厚さを二尺（60㎝）ばかり増せとの命令が下った。工事責任者は困って、現場監督たちを集めてどのようにすればよいかを協議した。すると楊雲才が進みでて言うには「私に妙案があります。一銭もかけずにやってみせましょう。」

翌日、楊雲才はレンガ製造工場に行くや、城壁用のレンガの型を持ってこいと命じた。型を見ると「これではダメだ」と怒鳴って、型を全部叩き壊した。そして持ってきた型を渡し「これと同じ型を作ってやれ」と命じた。見たところ、割った型と全く変わる所がないように見えたが、楊雲才が渡した型は肉厚が二分（6㎝）ばかり増やされていた。その型で作ったレンガを積めば規定の肉厚になるという計算だった。城壁が完成すると、みごとに朝廷の要求通りになったので、工事責任者はほっと一安心した。【巻15／569】

一度に不足分の厚みを増すのは難しいが、一つずつのレンガの幅を若干増すだけで、最終的に要求通りの厚さに仕上げることができた。これは、まさしく「上に政策あれば、下に対策あり」を地でいく計略だ。しかし、昔の話だから笑って済ませることができるが、実際のビジネスでこれをやられたらたまったものではないだろう。

种世衡　人々に喜んで作業に参加してもらうための相撲大会

种世衡（ちゅうせいこう）は北宋時代、辺境を防御する軍人として大きな功績を残した。文人の欧陽脩（おうようしゅう）は北宋の軍人のなかで、狄青と种世衡の二人が傑出していると褒めている。軍略に優れていただけでなく、智略にも優れていたことを示しているのがこの話だ。

种世衡が澠池（べんち）県の知事であった時、山の麓（ふもと）に一つの廟があった。長年修理されていなかったので、种世衡がこれを修理しようとしたが、一本の梁（はり）だけがとても重く、持ち上げることができなかった。それで种世衡は相撲大会を催すといって、相撲とりを引き連れて村々を回らせ、「相撲を見たい人は廟に集まれ」と言わせた。当日、相撲を見ようと大勢の人々が集まった。种世衡は観衆に向かって「まず廟の梁を持ち上げてくれ。そうしたら相撲を見せてあげよう」と言ったので、人々が一斉に駆け寄ってきて、あっと言う間に梁は持ち上がった。【巻15／570】

种世衡は知事であるので、強制的に人々を集めて梁を持ち上げさせることもできたはずだ（北風戦略）。しかし、相撲大会を催して、人々が喜んで集まったところでお願いをしたので、梁が難なく持ち上がった（太陽戦略）。機転を少し利かせれば、無理な作業もスムーズにできるということだ。

雄山智僧　空飛ぶレンガ

これも种世衡と同様、ちょっとした話題づくりをすると、人々が自然と集まってきて、喜んで作業の手伝いをしたというケース。

雄山（ゆうざん）は南安にあるが、山の頂上に飛瓦岩という場所がある。言い伝えによると、当初、僧が庵（いおり）

を結んだときには、山の木を伐採して木材は入手できていたものの、多数のレンガを険しい山の上までどうやって運んだらよいのか困っていたが、智恵のある僧が次のような方法で解決したと言い伝えられている。

レンガを山の下に積み上げた後、人々に向かって「魔法でこのレンガを人手など使わずに積み上げて進ぜよう」と大々的に宣伝した。当日になって、遠近から数千人もの人たちが不思議な魔法を見ようと集まった。僧は作業者の恰好をしてレンガを一つずつ抱えて山の上へ何度も運んだ。観客たちは、一刻も早くその魔法を見たいので競って残りのレンガを山の上まで運んだ。暫くすると、レンガは全て山の上に運ばれた。僧はガハハと笑って「見たか、これがわしの言う『空飛ぶレンガ』じゃ！」【巻15／571】

李抱真　和尚を焼き殺して布施を横取り

唐の軍人、李抱真は山東を治めていた時、庶民に弓矢を奨励し、自らが試験官となって各人の腕前を検査した。この訓練のおかげで、彼が治めていた山東の軍は最強と謳われた。このように李抱真は軍略に優れていたとはいえ、かつて陰険な策略で多額の布施を横取りしたことがあった。

李抱真は潞州を治めていた時、軍の資金が底をついたので、困った。人々から尊敬を受けている和尚がいたので「和尚のお力を借りて、軍の財政難を救いたいのですがよろしいでしょうか？」と尋ねた。和尚は「やってみましょう」と快諾した。李抱真は「お願いしたいのは、佳き日を選んで肉を仏に捧げるために焼身すると信者に告げてください。私がその日までに、脱出用の地下トンネルを掘りますので、火をつけたら、そこからお逃げください。」和尚がこの計画に賛同したので、献身の祭儀が開催されるという張り紙を至る所に貼らせた。また、祭壇の場所を選び、薪を積んで油を集めた。

七日もの間、祭壇の周りには昼夜、香を焚き、火を燃やし、絶えず読経をさせた。また和尚を安心させるために、李抱真自らが和尚を地下トンネルに案内して見せた。逃げ道を確認して和尚は安心した。和尚は祭壇に登り、香炉に香をくべ、集まった人々に説法をした。李抱真も部下を引き連れて祭壇の下で説教を聞いた。信者が続々と寄付を持ってきて、祭壇の周りにお布施が山と積まれた。

ついに七日の最後の日となり、薪が集められて油がまかれ、点火された。鐘が打ち鳴らされ、読経の声が一層大きく響いた。李抱真は秘かに人をやって地下トンネルへの抜け道を塞がせた。薪が燃え尽き、和尚は灰となってしまった。積まれたお布施を全て軍の倉庫に運びこませ、祭壇の跡地に塔をつくって和尚の骨を納骨した。【巻15／572】

現代でいうと、保険金詐欺のようなブラックユーモアだ。和尚の断末魔の叫びも鐘や巻きあがる大きな炎の音にかき消されてしまったことだろう。一回きりしか使えないトリックではあるが成果は申し分ない。（なお、原題は「李抱貞」であるが『四庫全書』や『尚書故実』を参考にして「李抱真」に修正した。）

秦檜　世の中から消えた銅銭を即座に復活させる

秦檜（しんかい）は南宋の政治家。銅銭が市場に出回らないという困った事態を苦もなく解決した。

南宋の都・臨安（りんあん）（現在の杭州（こうしゅう）市）では銅銭が突然、市場からなくなってしまったので、大騒ぎとなった。丞相（じょうしょう）（首相）の秦檜は散髪屋を呼んで髪を整えさせた後、散髪代は二銭（40円）であるにもかかわらず、なんと5000銭（10万円）も与えて「この銭は数日すると使えなくなるので、早めに使ってしまえ」と言い渡した。散髪屋は、驚いて街中に触れまわったため、三日も経たずして街中に、また銅銭があふれるようになった。【巻15／574】

秦檜と言えば、南宋の救国の士・岳飛（がくひ）をモンゴル軍に引き渡したため、いまだに罵（ののし）られている悪役の丞相（首相）である。しかし、ここで見られるように鋭い智恵の回る人であった。

令狐楚　つぶやきを利用して米価を操作する

令狐楚は唐の文人官僚。ある時、旱魃で米価が高騰した。州知事の令狐楚はつぶやき（twitter）で噂を広め、瞬く間に米価を下げることに成功した。

令狐楚が兗州の知事として赴任した時、旱魃のせいで米価が高騰していた。役所からお迎えの使いが来たので、令狐楚は「米価はいくらか？　この郡には倉庫はいくつあるのか？　それぞれどれくらいの米を蓄えられるのか？」といろいろと質問した。そして指を折りつつ計算しながら「米の今の価格はこうだが、これだけの量の米を放出すれば、この値段まで下がり、飢饉の人が救われる」と独り言のようにつぶやいた。

近くで聞いていた役人がこのつぶやきを仲間の役人に伝えたので、あっという間にこの話が郡全体に伝わった。米の在庫を大量に抱えている富豪たちは、安くなりすぎては大変と、あわてて売り出したため、米価は瞬く間に通常の価格にまで下がった。【巻15／575】

徐道覆　ニセ情報で大量の材木を安く買う

徐道覆(じょどうふく)は東晋の武将。大量の物資を一度に購入すると、需要と供給バランスが崩れ、必ず値上がりする。そうならないように、少量ずつ買うと、期間内に欲しい分が手に入らないかもしれない。このジレンマをどう解消したのか？

徐道覆は盧循(ろじゅん)の妹の夫である。盧循と挙兵をしようと秘かに密談し、軍船を造ることになった。それで、南康山に人を派遣して木を伐(き)らせ「材木を都に売りに行く」と、ニセの噂を流した。その後、資金が足りなくなったので都まで持って行くことができないので処分したいと触れさせて、地元で安く売りだした。地元の人たちは、がめついので「これはチャンス！」と争ってその材木を大量に購入した。そのようなことを、四回も繰り返したので戦艦の建造に必要な量の材木が地元に貯蔵された。

徐道覆は挙兵した時、材木の購入履歴の証文と照らして調べあげたので、誰も材木を隠すことができなかった。こうして地元に貯蔵されている材木をごっそり買い取り、日ならずして必要な数の軍船を造ることができた。【巻15／577】

徐道覆は噂を流すだけで、労力をかけず、また安価に材木を入手した。『晋書』によると、徐道覆のこの手法が成功した背景には川が急流なので、材木の運搬が難しいということがあったようだ。つまり、徐道覆の売り出し方は、「さもありなん」という雰囲気を醸していたことが分かる。しかも一回だけでなく、四回もこのような仕掛けが成功したとは、極めて上手な策略といえる。

秦王・禎　目の前の処刑で敵の度肝を抜き屈服させる

秦王・禎とは、北魏の帝室の一人で拓跋禎のこと。子供の頃から人一倍勇気があったと賞賛された（膽気過人）。

辺境では常に遊牧民との関係が緊張していた。「力が正義」の遊牧民は、中国の国内が弱体化すればすぐさま侵攻してくる。辺境地域を統治するには、なまじっかの方法は通用しない。相手の度肝を抜くような行為を見せつける必要があった。

北魏の秦王・禎が南予州の州知事として赴任していた時、北方の大胡山の蛮族が時々、国境を越えて侵入してきては乱暴を繰り返していた。秦王・禎はそこで、射撃会を開催すると称して新蔡や襄城の蛮族の部族長を呼んだ。まず、上手な者20数人を選び、その中に一人だけ死刑囚を混ぜ、同じ服を着せておいた。最初に、秦王・禎が射撃をして的に当てた。その次の人々も射て、皆、的に当てた。死刑囚の番になって射たものの、的に当たらなかったので、即座に斬り殺した。間近に見ていた部族長たちは足が震えた。

さらに、死刑囚十人に蛮族の衣装を着せて草原にひそませておいた。秦王・禎が椅子に座っていると、たまたま風がそよいだ。すると、秦王・禎は天を見あげて、はるか蛮族のいる地方を望み見て「風が少し荒れている。賊が国境を侵入してきたようだ。十人ほどで、方角は西、距離は50里（3㎞弱）」と言い、部下の騎兵に、ただちに侵入者を捕まえて来いと命じた。

騎兵隊が十人を連れて戻ってくると部族長たちに「こやつらは、お前たちの郷土の者か？国境を侵入した者は殺すが、良いか？」と尋ね、即座に処刑した。部族長たちは、処罰の厳しさにびっくりしてしまった。これらの者が死刑囚であることを知らなかったのだ。これ以降、蛮族は国境を越えて乱暴しなくなった。【巻15／578】

自作自演のいわば、マッチポンプの策略だが、目の前で血しぶきをあげて人が斬られるので、迫力満点だったろう。類似の手法としては、春秋時代、「臥薪嘗胆」の故事で有名な越王・勾践は、死士（決死の士）を敵の呉の軍の前に押し出し、次々と自刎（自ら首を刎ねて自殺）させた。呉の兵士たちはその光景を目の前に見せつけられ、恐怖に駆られた。そこへ、越軍が攻め込み、呉軍は総崩れになって大敗した。

楊瑄　生意気で傲慢な宦官をニセの殺人容疑で脅す

楊瑄(ようしん)は科挙に優秀な成績で合格した明の文人官僚。
宮廷から地方に派遣された宦官が、通り道の至る所で役所の長官に賄賂を強要していた。その横暴に誰もが手を焼いたが、対抗できず泣き寝入りするしかなかった。楊瑄は策略を用いて逆に宦官から賄賂を召し上げた。

明の時代、楊瑄は丹徒の知事となった。赴任の途中の浙江省で朝廷から派遣されてきた宦官(中使)に出会った。宦官は行く先々で役所の長官を縛って、自分の船に軟禁し、賄賂を出すまでは釈放しなかった。宦官が丹徒に到着する直前に、楊瑄は泳ぎの上手な者二人を選び、村長の服を着せて、宦官の船まで出迎えに行かせた。中使は怒って「村長では話にならん、知事はどこにいる！　お前たちは一体何をしに来たんじゃ？」と怒鳴り、部下の者に捕えさせようとした。二人は即座に船から川に飛び込み、潜って逃げた。

そこへ楊瑄がやって来て、宦官に「聞けば、先ほど貴卿(あなた)は二人を溺(おぼ)れ死にさせたというではありませんか。今、聖帝の御代(みよ)になって、法律を厳格に守らないといけないのに人命を軽んじていいのでしょうか？」と脅すように言ったので、宦官は皇帝に報告されるのではないかと恐れ、楊

璡に賄賂を渡し、都に戻るまでずっとおとなしくしていた。【巻15／579】

あくどい宦官に対しては、高級官僚といえども策略で対抗しなければ、抑えることができなかったわけだ。

韓雍　豪力の持ち主を演じるトリック

韓雍は明の文官であったが、「才能も気力も並ぶ者なし」（才気無双）と言われるほどの豪の者であった。軍事面においても果断な戦略で大いに成果を挙げたが、いささか傲岸で、自分を大きく見せ、自慢するようなところがあった。

韓雍が広東省と広西省の二省を治める長官に就任した。法律を厳格に適用し、ごく少数の腹心以外の人間は決して執務室に立ち入らせなかった。また権謀術数を数多く用いて、威圧的な政治を行った。ある日、地域の人たちを呼んで役所の裏庭で宴会をした後、蹴鞠を披露した。その後、秘かに石の鞠を人目につく所に置いて「これは何か？」と尋ねる人がいれば「これは先ほど韓公が蹴っておられた鞠です」と答えさせた。皆、ぎょえーと舌を出して、韓雍のバカ力に卒倒した。

さらに、自分の座席の天井に巨大な磁石を埋め込み、自分の髪の毛には鉄粉をまぶして塗り込んだ。そのため座席に着くと髪の毛が磁石に引かれてピーンと跳ねあがり、凄い形相になった。その姿を見るとまるで仁王様のようだという噂が立った。【巻15／580】

「如何にして自分を凄いと見せるか」これは現在の中国共産党の幹部も同じだ。共産党幹部は伝統的に髪の毛を黒々と染めている。「わしはこの通りバイタリティに溢れている。まだまだやれるぞ！」とのアピールのようだが、いじらしくもあるものの韓雍と同じく何となく滑稽に見える。

王東亭　何気ないしぐさで猜疑心を煽り、敵を分裂させる

王東亭とは東晋の王珣のことで、行書と草書にすぐれた文人だ。孫子以来、謀略による勝利が軍事による勝利に優ると中国人は考えてきた。最高の勝利は敵の策略の裏をかくことであり、次は敵の信頼関係を打ち壊すことだ。シェークスピアの悲劇『オセロー』に登場する邪悪なイアゴーのやり口と同じだ。

王緒は以前から王国宝に殷仲堪の悪口を言っていた。殷仲堪は困って、王珣にアドバイスを求めると「貴卿はただ、しばしば王緒を訪問し、人払いし、二人だけで世間話をしなさい。そうすれば、二人は次第に仲たがいすることでしょう」とアドバイスした。殷仲堪はその通りにした。

暫くすると二人の仲が親密だと聞いた王国宝が、王緒に「このごろ君はしばしば殷仲堪と会って話をしているというが一体どういう話をしているのかね?」と訊ねたので、王緒は「単なる世間話さ」とそっけなく答えた。王国宝は、王緒が何か隠し事をしているのでは、と疑うようになり、二人の間は次第に疎遠になった。それと共に、殷仲堪の悪口も聞かれなくなった。【巻15／586】

この策略は三国時代、賈詡が韓遂と馬超の間を裂いた「離間の計」といわれる手法と同じだ。「離間の計」の由来を説明しよう。賈詡が曹操に勧めて所々を墨で塗りつぶした手紙を旧知の仲である韓遂に送らせた。馬超は韓遂が秘かに敵方の曹操と裏取引をしていて、読まれては困る部分を墨で塗りつぶしたのではないかと疑って、韓遂を信用しなくなった。二人が仲違いしたので潼関の戦いでは曹操が勝利した。賈詡は手紙一通によって、人間関係に深い溝をつくり、敵方の勢力を削いだのだ。この賈詡の策略「離間の計」は見事なものだ。

呉質　ひっかけで信用を失墜させる

呉質は三国時代の魏の文官。魏の二代目皇帝・文帝（曹丕）の文学ブレーンの一人。曹操の息子の曹丕と曹植は実の兄弟でありながら、互いに有能なアドバイザーと相談しながら激しい後継者争いを演じていた。しかし、相手方の監視の目が光っているので、アドバイザーとの相談にも気を使わなければならなかった。曹丕のアドバイザーの呉質の巧みな策略にひっかかり競争相手（曹植）の信用は失墜した。

魏の曹操の秘書官長（丞相主簿）である楊修（ようしょう）は曹丕の弟の曹植を世継ぎに擁立しようとたくらんでいた。太子の曹丕は困って呉質と相談しようとして、秘かにクズ（葛）の竹籠（たけかご）を積んだ車に呉質を潜ませて宮中に忍び込ませた。これに気付いた楊修は曹操に報告した。曹丕は、呉質を宮中に忍び込ませたのがばれて父から処罰を受けるのではないかと恐れて、呉質に連絡した。呉質はそれを聞くと「心配いりませんよ」と答えた。

翌日、呉質は前日と同じような仕立ての車に、竹籠を載せ、その中に絹を入れて宮中に運びこませた。楊修はまたもや見つけ、曹操に報告して、車を検分するよう要求した。調べてみると車には人（呉質）はいなかった。これ以降、曹操は曹丕の所に運びこまれる車を検査するには及ばないとした。【巻15／587】

賢明な曹操のことであるから、曹丕が秘かに呉質を宮殿に引き入れて相談していることぐらいは察知していたに違いない。それを黙認しようとしたが、楊修が曹丕の車の検査をするように強く主張したので、体裁を整えるために検査したに過ぎない。呉質が車の中に見つからなかったので、楊修の主張を退ける口実ができた。曹操は知能の点では誰にも負けないと自惚れていたものの楊修には敵わないので、内心、楊修を疎ましく思っていた。それで、このような形で意趣返しをしたのだろう。

楊行密　目が見えない振りをして、相手の油断を誘い、暗殺する

楊行密は五代十国の呉の建国者。最も下層の身分から王にまで昇りつめた明の朱元璋のような人だ。それ故「十国第一人」、つまり五代十国のスーパースターと呼ばれている。

安仁義と朱延寿は共に、呉王の楊行密に仕える武将である。朱延寿は楊行密の妻の朱夫人の弟でもある。淮南の地を平定した後、二人とも非常に驕り高ぶり、楊行密を殺そうと企んだ。楊行密はこれを知るや先手を打って、逆にこの二人を殺そうと考えた。

そして目が見えなくなったと言い、朱延寿の使者と合う時はいつも物が見えない振りをした。歩くとわざと柱にぶつかって倒れ、気を失った振りをした。妻の朱夫人に助けられて、ようやく息を吹き返す演技も見事に決めた。泣きながら「わしの天下取りは成って、親の喪も明けたというのに、目が見えなくなってはわしもおしまいだ。我が子は幼なすぎて後を託せない、義弟の朱延寿に跡を継いでもらえば、死んでも思い残すことはない」とわめいた。

妻の朱夫人は喜んで急いで弟の朱延寿を呼びにやった。朱延寿が宮廷に到着すると楊行密はわざわざ自ら宮門に迎えたが、すきを見て部下に刺し殺させた。そして、ただちに朱夫人を離婚し、時を移さず安仁義を捕えて斬った。【巻15／588】

朱延寿は楊行密の部下であると同時に義弟（楊行密の妻・朱夫人の弟）でもある。義兄の成果を自分のものにしようと図り姉に相談した。朱夫人は楊行密の妻であるにもかかわらず、夫を殺そうと図った弟の朱延寿の方を援助した。中国では、伝統的には自分の夫より、血のつながった兄弟のほうが大切だということがよく分かる話だ。

曹沖　迷信だとの言質を曹操から引出し、倉庫番の命を救う

曹沖（そうちゅう）は曹操の第七番目の息子で、幼い頃から聡明（そうめい）で仁愛に溢れていた。倉庫に保管されていた曹操の大事な鞍（くら）が鼠に齧（かじ）られたので、倉庫番は処刑されるのではないかと恐れた。それを聞いた曹沖は機智を利かせて倉庫番の命を救った。

曹操の馬の鞍が倉庫に置いてあったが、鼠に齧られてしまった。倉庫番は処罰されることを恐れ、自らを縛って自首することで罪を軽減してもらおうと考えた。曹沖は「三日待て」と言って、

刀で自分の衣を傷つけ、あたかも鼠が齧ったように見せかけ、曹操に目通りして、哀しげな顔をした。曹操が「どうした？」と尋ねると、「俗言では鼠に衣を齧られると不吉と言います。私の衣が齧られたので落ち込んでいるのです」と答えた。曹操は「そんなの迷信だ。気にするな」と慰めた。そこへ間髪をおかず、倉庫番が鼠に齧られた鞍を持ってきた。

曹操は曹沖の入れ智恵だと気付き、苦笑いして「鞍の傍にあった子供の服が齧られているのだから、柱に掛かっていた鞍が齧られるのも当然だな」と笑って、倉庫番の責任は問わなかった。【巻15／590】

曹沖の子供の頃の智恵で有名な話は、象を船に載せて体重を計る方法を提案したことだ。コロンブスの卵と同じで、知ってしまえばたいしたことのない話でも最初に考えつくのはそう簡単ではない。惜しくも曹沖は若くして、父親の曹操より早く死んでしまったが、曹操の嘆きは尋常ではなかったという。

宗沢　友人の病気治療に反対する武人をまるめこむ

宗沢（そうたく）は南宋の文人官僚。北宋の末期、金が徽宗（きそう）・欽宗（きんそう）を北方に連れ去ると、宗沢は康王に即位を勧め、南宋を建てた。

宗沢が文登県の知事として赴任していた時、同じ年に科挙に合格し、その後、青州の教授をしている黄栄（こうえい）から次のような手紙を受け取った。

「私は姑蘇（こそ）から某州へ行こうとして、たまたま今、当地に来ている。風邪をひいてしまい、歩けない。しかし、それでも付き添いの武人が厳格で、旅行の予定を変更してくれない。賄賂を渡そうとしても、言うことを聞かない。困りきって君に助けを求める次第だ。」

宗沢は手紙を受け取ると早速、手土産を用意して、医者を連れて黄栄の宿に行き、病気の治療をさせた。何日かするうちに黄栄の容態は良くなった。さて、旅行の予定を厳格に守れと言っていた武人の姿が見えないので、黄栄が随行者の一人に聞いたところ、「その武人なら当地に来てから、県の役人が世話をして、娼家（しょうか）で酒と芸妓（げいぎ）に明け暮れていますよ」との返事が返ってきた。この武人は酒と女に溺れるたちで、宗沢が斡旋（あっせん）した娼家にずっと入りびたりであったのだ。それで、出発するのをいやがってぐずぐずしていたが、何度か強く言うとようやく娼家から出てきた。

【巻15／593】

人はそれぞれ惑溺（わくでき）する所が違う。この武人は金より、酒と女にいちころであった。そこにつけこんで、宗沢は武人を娼家に誘い込み、酒と女で籠絡（ろうらく）することで、友人である黄栄の病気療養のための時間稼ぎをした。

そういえば、似たような話が日本の明治時代にもある。名前は思いだせないが、ある法案に対して強硬に反対する政治家がいた。説得を試みたが、ことごとくはねつけられて総理大臣（原敬か？）は困ってしまった。その政治家は骨董が非常に好きだったので、総理大臣は秘かにその政治家の家に出入りしている骨董商に「最近、公が欲しがっている物はないか」と聞いたところ、「公は、手前どもの店に置いてある高価な壺に気があるらしく、店に来るといつも欲しそうに見ておられますが、高くて買えないご様子です」と答えた。

総理大臣は、早速その壺を買い、家の応接間に飾っておいた。それから暫くして、その政治家がやって来たが、その壺に気をとられ、話をしていてもうわの空だった。総理大臣は何も知らぬふりをして「この壺がそれほど気にいったのなら差し上げて進ぜよう」と言うと、政治家は満面の笑みを浮かべ壺を大事にかかえて帰っていった。その後、件の法案が無事に国会を通ったことは言うまでもない。

張易　酒癖の悪い上司をどのように矯正するか？

張易は五代十国時代の南唐の人。

酒癖の悪い人は、自分では全く気付かないが、傍目からみれば随分と嫌な思いをするものだ。ワンマンで酒癖の悪いオーナー社長（宋匡業）を課長（張易）が諫めるような方法は、現代でも十分通用するだろう。

張易が歙州（きゅうしゅう）の通判（副長官）であった時、刺史（しし）（州長官）の宋匡業（そうきょうぎょう）は酒癖が悪く、酔うと人を殴ったり、果ては人殺しまでしたが、止めようとする者が誰もいなかった。それで、張易が一計を案じた。宋匡業が宴会を開くというので、行く前にわざと酒を飲んで酔っぱらい、宴会でも酒をがぶ飲みして節度を失った振りをした。ちょっとしたことに怒って盃を投げ、机をひっくり返し、大声で怒鳴り散らし、暴れまわった。

宋匡業は張易の荒れた様子を見て怖気（おじけ）づき、ただ「通判殿は酔っぱらっているのでそっとしてやれ」と言っただけだった。張易は相変わらず酔っぱらい、怒鳴り散らしていたが、急に帰ると言い出した。宋匡業は下僕に馬を引かせて張易を家まで送り届けさせた。

このことがあってから、皆は張易に敬意を払い、酒を勧めようとはしなかった。宋匡業もそれまでの行いを改めたので、郡はうまく治まった。【巻15／594】

酔っぱらっている時は、本人はどのように周りから見られているか、全く分からない。今だとビデオに撮っておいて後から見せればよいが、そのような便利な物がない時代、張易は上司の酔っぱらう姿を実演して見せた。その醜態をまざまざと見せつけられた宋匡業は心から反省した。張易の策略に馮夢龍は次のようなコメントを付けている。

〔馮夢龍評〕小さなことでも、「先んずれば人を制す」ということがポイントだ。医者は「毒を以て毒を攻める」と言うし、兵法家は「夷を以って夷を攻める」と言う。要は、相手の度肝を抜くような計略が肝心ということだ。

智医　害虫が体に入ったと思い込んだ婦人の病を治す

中世のイギリスあるいはフランスの国王には病気を治す偉大な力があると信じられていた。国王が瘰癧患者（リンパ腺病の一種）にちょっと触れるだけで、たちどころに病気が治るというのだ。それをロイヤル・タッチという。国王に触れてもらったというだけで病気を克服する驚異的な力が病人には湧き出てくるようだ。

唐の時代、都に有名な医者がいた。ある婦人が夫につき従って南方に行ったとき、間違って虫を一匹飲み込んでしまい、虫が腹の中にいるのではないかと気を病んで病気になってしまった。多くの医者に診てもらったが一向に治らない。それで、有名な医者に治してくれるよう頼みに来た。医者は夫人の病気の原因を知ると、侍女にこっそりと次のような指示を出した。

「奥様に吐瀉薬を調合するから、盆を持ってきなさい。奥様が吐いたら、なにか虫のようなものが走り去って行きましたと言いなさい。くれぐれもこのウソが奥様にばれないように。」侍女が言われたとおりに告げたところ、夫人の病気はケロッと治ってしまった。【巻15／597】

「杯中の蛇影」という故事成句がある。昔、晋の楽広が久しぶりに訪ねてきた友人に酒を勧めたところ、その友人は盃の中に蛇の姿を見、ぎょっとなった。しかし、そのままぐいと飲んだが、蛇の影が気になって、とうとう病気になってしまったという。暫くして友人の病気を聞いた楽広は、その部屋の梁に懸けてあった弓に描かれていた蛇の絵が杯中に映っただけだと種明かしをしたところ、たちどころに病気が治った。

病は気からというが、医学の進歩で病気治療が各段に良くなった現代でも十分通用する話ではないだろうか。

第2章

瞬発力のない智、キレのない智は役立たない

「捷」とは「敏捷（びんしょう）」という熟語もあるように、「すばやい」という意味だ。したがって「捷智」は「瞬時に思いついたアイデア」ということになる。日本の諺（ことわざ）に「下手な考え休むに似たり」とあるが、これには「良いアイデアとは瞬時に思いつくものだ」という考え方がベースにある。確かに瞬間的に思いついたアイデアはそのまま完成形でなくとも、きらりと光るものが潜んでいることが多い。そうした意味で「捷智（しょうち）」には、「非常に切れ味の鋭い智」という意味も含まれている。本章で取り上げる「捷智」にはまさにそのような瞬発力がありキレの鋭い策略が満載である。

延安の老軍曹　命を懸けて城を守ると豪語したのは、実はハッタリ

北宋の時代、チベット系遊牧民のタングート族の大軍に攻められて、籠城（ろうじょう）が何日も続いた。そうなれば、たとえ百戦錬磨の将軍でも心細くなるものだ。そうした時に「必ず守ってみせる方策がある」と言われれば、つい頼ってみたくなるだろう。また「もしこの方策が失敗すれば、殺されても文句はない」と言われればなおさら信頼が増すだろう。そのような心理を逆手に取った老軍曹の策略とは…。

宝元（ほうげん）元年（北宋・1038年）、タングート族（党項）が延安を七日間、包囲した。近隣には陥落寸前の城（都市）が数多くあった。大将の范雍（はんよう）は非常に困り、顔色がさえなかった。その時、

一老軍曹がやって来て言うには「私は、国境辺りに住んでいた者で、城攻めを何度も経験しています。敵は攻めるのは下手なので、城が陥落することはありますまい。今回もきっと無事ですよ。私にお任せくだされば必ずや城を守ってみせます。もし守れなかった場合は、この首を差し上げましょう。」

范雍はその老軍曹の言葉に励まされ、一安心した。その後、敵が退却したあと、この老軍曹の功績を褒めて多大な褒美を与え、「この軍曹は敵を破る方策をよく知っている」として軍功の筆頭に挙げて大抜擢（だいばってき）した。ある人が老軍曹に「今回、敵が退却してくれたから良かったものの、もし城が陥落していたら、どうするつもりだったのだ？　殺されているところだぞ」と諭した。すると老軍曹が答えて言うには「君は思慮が足りないなあ。もし城が陥落したら、大混乱で誰も他人のことなど構っていられない。誰が、わざわざ私を捕まえて殺そうなどと考えるものか。ああいうふうに言って安心させたかっただけなのさ。」【巻16／600】

ビジネスには、ハイリスク・ハイリターン、ローリスク・ローリターンという言葉がある。つまり、金儲（かねもう）けするには必ずその金額に見合うだけの危険が付きまとうという意味だ。老軍曹が城防御の全責任を引き受けたのは、成功した暁のリターンが非常に大きいと見込んだからだが、その分ハイリスクを背負ったと言える。しかし、老軍曹の種明かしでも明らかなように、もし城が陥落すれば、老軍曹が蒙（こうむ）る被害は他の住民と変わらないレベルだ。そうすると、結局、老軍曹の提案はノーリスク・ハイリターンということになる。

曇永　中国版「安宅関で義経を叱りとばした弁慶」

王廞（おうきん）は東晋（とうしん）の建国の立役者である王導（おうどう）の孫。王華は王廞の息子だが、父が起こした内乱に巻き込まれ、従者の僧と共に逃亡したものの、関所で捕まりそうになった。

王廞が戦いに敗れたので、僧侶の曇永（どんえい）が王廞の幼な子の王華に、従者のような恰好（かっこう）をさせ、荷物を持たせて逃亡した。関所の役人が王華の高貴な人相を怪しむと、曇永は王華に「何をぐずぐずしている」と怒鳴って何度も鞭打（むちう）った。それで、役人の目をごまかして逃げ延びることができた。【巻16／606】

この筋書は能・歌舞伎の演目として知られている『安宅関（あたかのせき）』と全く同じ構図で、王華が義経で、曇永が弁慶という役割だ。王華の立ち居振る舞いや顔立ちには、貴人の相が表れていたのであろう。

呉郡卒　捜索人をわざと「ここにいるぞ」と知らせて難を逃れる

東晋の時、武将の蘇峻が晋の朝廷に反乱して、帝位を簒奪しようとした。庾氷は朝廷から蘇峻の討伐を命じられたが、逆に敗れて、部下の兵士の漕ぐ小船に隠れて逃亡した。首に賞金が懸けられ、至る所に検問所が設けられた。検問所を無事にパスするため、部下の兵士は思わぬ行動に出た。

蘇峻が反乱を起こし、蘇峻から目の仇にされている庾家の人々は一斉に逃げた。庾氷はその時呉郡にいたが、部下たちは一人を除いて全員逃げてしまったので、単身で逃亡しなければならなくなった。部下は庾氷を小船の底に隠して、むしろで覆って銭塘口を漕いでいった。蘇峻は賞金を懸けて庾家の者たちを捜索していた。多くの兵士を載せた船が港に停泊していた。庾氷の部下はわざと酔っぱらって船を漕いで兵士たちの近くを通りかかり「やあ、お前たち、庾氷閣下を探しているのかい？　閣下ならここにいるぞ！」とどなった。庾氷は隠れていたがそれを聞いて心臓が飛び上がるほど驚いた。しかし、それでも動かずにじっと隠れていた。捜索の兵士たちは、その船が小さいうえに、庾氷の部下が酔っぱらっているので相手にせず見逃した。浙江を過ぎ、山陰の魏家に辿りついて庾氷はようやく逃げおおせることができた。

「蘇峻の乱」が鎮圧されてから、庾氷は部下に命を助けてくれたお礼をしようとして、何が欲しいかと尋ねた。部下が答えて「私は賤しい生まれなので、大それた願いはございません。ただ苦しい労働から免れることができ、毎日、酒を頂くことができればそれに優る幸せはございません」と、ささやかな望みを告げた。

庾氷は部下のために大邸宅を建ててやり、奴婢も数人買い与え、邸宅には一生飲めるだけの酒壺を備えさせた。人々はこの部下を単に機智があるだけでなく、生き方の達人でもあると誉めそやした。【巻16／608】

この話はめでたし、めでたしで終わっているが、私はこの部下は二股をかけていたのではないか、と推察する。というのは、検問所で「庾氷はここにいるぞ」と叫んだ時、蘇峻の兵士たちがその言葉を信用して、本当に捜索したなら庾氷は見つかっていただろう。そうすると、部下は蘇峻から褒美を受け取ることができたはずだ。しかし、蘇峻の兵士たちは、酔っぱらっている輩だと相手にせず捜索しなかったために庾氷は助かった。それで庾氷から褒美をもらうことができた。つまり、この部下はどちらにころんでも、庾氷を自分の船に載せた時点で大きな報酬が約束されていたことになる。

モンゴルのバヤン（元・伯顔）　予め逃走時の馬を確保して敵陣に乗り込む

元の将軍・ナヤン（乃顔）が謀叛を計画しているとの噂の調査を命ぜられたバヤン（伯顔）は敵地に乗り込みその噂の真相を確かめた。噂が本当と知り、急いで敵地を脱出した。バヤンはこの事態を見越してあらかじめ手を打っていたのだ。

元朝・クビライハーンの時代、ナヤンが謀反を企んでいるとの密告があった。クビライはバヤンに調査を命じた。バヤンは絹衣や立派な革衣をたくさん買い込んで出掛けた。ナヤンの領土に入ると、駅舎に着くたびに駅長に衣装を与えた。ナヤンの居場所に到着して調査すると、噂通りの謀反の証拠が挙がった。バヤンに証拠をつかまれたことを知ったナヤンは宴会を催して、バヤンを捕まえようとした。気配を察したバヤンは二人の従者と共に、それぞれ別々の方角に逃げた。バヤンたちはそれぞれの駅舎に着くたびに、駅長たちは衣装などをもらったお礼として、足の速い丈夫な馬を用意してくれていた。新しい馬に乗り換えて逃げたので、三人とも無事に追手から逃れることができた。【巻16／609】

敵地に少人数で乗り込んだバヤンはまさに「行きはよいよい、帰りが怖い」の状態だった。帰り道に追手に追いかけられることを予測して、駅舎の駅長たちに土産物を渡して良馬の予約をしておいた。「蛇(じゃ)の道はへび」というが、同じモンゴル人なので、ナヤンが追手を差し向けることは、バヤンの想定の範囲内であった。つまり敵地に乗り込む前に退却時の逃亡シナリオが完璧(かんぺき)にできあがっていたのである。

この話を聞いて連想するのは、源平の合戦の逆櫓(さかろ)の話だ。屋島の戦いの直前、梶原景時(かじわらかげとき)が源義経に「今度の合戦には船に、逆櫓を付けたい」と提案したが、義経が「初めから逃げ帰る仕掛けをして戦えるか！」と怒った。義経には退却のリスクマネジメントという概念がなかったわけだが、日本人には義経のような純(うぶ)な心情のほうが共感を呼ぶ。この点から考えると、日本人がモンゴルや中国のような策略が渦巻く社会で生き延びるには多大な困難が予想される。

徐敬業　火の海の絶対のピンチに馬の腹を切り裂いて命拾い

徐敬業(じょけいぎょう)は唐の武将。日本武尊(やまとたけるのみこと)は駿河(するが)で敵が放った野火に囲まれた時、草薙剣(くさなぎのつるぎ)で周囲の草を切り倒して難を逃れたといわれる。一方、徐敬業は林の中で猛火に囲まれたが、その脱出の仕方は、とても真似できない凄(すご)い方法だった。

徐敬業が十数歳の時、射撃を好んだ。祖父の英公（李勣(りせき)）はいつも「この子は不吉な相をしている。必ず我が一族を滅ぼすだろう」と言っていた。ある時、一緒に狩猟に出かけ徐敬業に林に入って獣を追いかけるよう命じた。徐敬業がまだ林の中にいる時に、英公は風上から火を放って焼き殺そうとした。徐敬業は逃げ場所がなくなったので、馬を殺して内臓を取り出しその中に入って火を避けた。火事が収まってから戻ってきたが、全身が馬の血で真っ赤に染まっていた。それを見た祖父の英公は「どえらいヤツだ」と舌をまいた。【巻16／610】

徐敬業は、唐の建国の功臣である李勣（英公）の孫である。名門の出でありながら思うように出世できず、不満が募り、とうとう時の権力者の武則天（ぶそくてん）を倒そうとして反乱を起こした。しかし、あっけなく敗れ、そのため、祖父・李勣の墓まで暴かれてしまった。つまり祖父の予言通り、李勣の一家は徐敬業のせいで滅ぼされたことになる。

布の行商人　船頭の機転で強盗の頭に熱いスープ鍋を載せ、命拾い

河の真ん中で強盗に迫られた窮地からどう脱出するのか？　中国人ならではの風習を悪用して逆に強盗を殺してしまうという話。

婁門（ろうもん）で絹布を行商している二人の商人が船で家に帰る途中、一人の僧がやって来て崑山（こんざん）に行き

たいのだが同乗させてもらえるかと尋ねた。船頭は承知しなかったが、商人たちは僧侶は仏の弟子だから善人に違いない、と考えて乗せてやった。河の真ん中にさしかかると、僧はやにわに刀を抜いて叫んだ。「お前たちは、苦しんで死にたいか、それとも苦しまずに死にたいか?」

商人たちは驚いて「何事か?」と尋ねた。僧は「わしは僧とは形ばかりで実は強盗だ! お前たちの財産が欲しいだけで、命まで取ろうとは言わぬ。さっさと河に飛び込んでどこにでも行くがよい」と言った。

二人は泣く泣く「腹がへって動けない。昼飯を食べ終わるまで待ってはくれまいか。腹いっぱい食ったら、死んでも恨まない」と言った。僧は笑って「たやすい御用だ、腹いっぱいになるまで待ってやろう」と許した。

船頭は鍋でお汁たっぷりの肉入りスープを作った。船頭は、スープができあがると大きな鉢に入れて二人を呼んで食べさせながら、僧の様子をうかがっていた。そして僧が油断したすきを見て、突然、僧の頭に肉鍋をひっくり返した。僧は頭に熱い肉鍋をかぶせられたので、驚いて両手で鍋を取ろうとした。その隙に二人の商人は刀を抜き、僧を斬り殺した。三人で協力して僧の死体を河に捨てると、べっとりとついた血を洗って去っていった。【巻16/614】

死ぬ直前になっても腹いっぱい食べないと気が済まない中国人。強盗も同じ中国人なので、その心情を理解し、なまじっか温情をかけたのが仇となってしまった。もっともこの話は、船の中でもスープを作って食べる習慣がある中国人だからこそ成立する話で、他の国でも通用するかどうかは分からない。

段秀実　ニセの指令書に印鑑を逆さに押して、反乱軍を撤退させる

段秀実は唐の武将。唐の晩年、徳宗の時、朱泚が帝位を奪おうと画策し、配下の将軍に徳宗を捕まえに行かせた。段秀実は唐王朝に忠誠を尽くし、なんとかこの将軍の軍隊を呼び戻そうとしたが、指令書には朱泚の印璽が必要だった。さて、印璽を持っていない段秀実はどうしたのか？

段秀実が司農卿（農林大臣）であった時、朱泚が帝位を奪おうと唐の王朝に反旗を翻した。朱泚の部下の源休は朱泚に「徳宗を捕まえて譲位させるべし」と進言した。それで、将軍の韓旻に朱泚の印璽を押した指令書を出し、精鋭3000人を率いて奉天にいる徳宗を捕まえに行かせた。

これを聞いた段秀実は唐朝に危機が迫っていると感じた。そこで、朱泚の部下が保管している朱泚の公印を奪わせようとしたがうまく行かなかったので、一計を案じた。韓旻宛てに撤退するようにとのニセの指令書を作成し、そこに自分が持っている司農印をさかさまに押して韓旻に届けさせた。韓旻は途中の駱谷駅でこの指令書を受け取った。文章の意味は理解できたが、印は読めなかった。しかし、本物の指令書に違いないと考え、戻ることにした。【巻16／620】

印璽は、篆書体で彫られているために、正立で押されていても読みづらいものだ。ましてや、倒立（上下さかさま）に押されると、全く読めなくなるのも無理はない。軍人たちは「読めない」と言えば自分の無教養をさらすようなものだと考えて「とにかく本物の指令書に違いない」と判断した。

これ以降「倒用司農印」（司農印をさかさまに用いる）という故事成句ができた。現在の中国では、この成句は「非常事態に遭遇しても機智を働かせて見事に切り抜ける」という意味で広く使われているようだ。

周金　反乱する部下をなだめる古典的策略

周金は明の文人官僚、最終的には戸部尚書（財務大臣）にまで昇りつめた。

明の時代、周金が宣府の知事であったとき、総督の馮侍郎（長官）の酷い治政で民心が離れていった。軍の兵士たちが、馮侍郎に面会して食糧を要求したが却下されただけでなく、鞭打ちにするぞと脅されたので、ついに兵士たちが反乱を起こした。暴言を吐き、騒いだだけでなく、宣府の役所の建物を取り囲んだ。

当時、周金は病気でふせっていた。役人たちは周金の所にやって来て泣きながら事情を説明した。周金は「大丈夫、おれが始末してやる」と言って、即座にベッドから立ち上がり、服を替えて役所の正門で椅子を置いて座った。そして、総督の若者の部下たちを集め、わざと「お前たち若造が、食糧の配給を減らそうとするからこのような騒ぎとなったのだ。そうでなければ兵士たちがわざわざこのようなことをするはずがない！」と罵り、部下たちを鞭打った。

兵士たちは周金が総督の馮侍郎ではなく、罪もない若者の部下たちを鞭打つのを見てびっくりした。そして傷だらけになっている若者たちに同情し、抱きしめて「どうぞ、この者たちをお許しください。この者たちが悪いのではなく、上司の総督が酷いことをしたのです」と跪いて訴えた。それを聞いて、周金は落ち着いた声で兵士たちを諭したので、兵士たちは「これで、助かった」と喜んで、解散し、騒動は収まった。【巻16／623】

「三十六計、逃げるが勝ち」で有名な三十六計には、「指桑罵槐」という計略もある。「桑を指して槐を罵る」と訓読する。これは、本来の目的の人ではなく、別の人を指して叱ることで、間接的に本来の目的の人が「これは自分のことを言っているんだ」と気付いて反省することをいう。この話も結局は、総督の馮侍郎が反省して騒動は収まった。

顧蚧　殺人・強盗事件をわずか一字変えるだけで解決

顧蚧（こかい）は明の官僚であるが、それ以上は分からない。

かつては世界の至る所で、海岸に船が漂着すると、地元民が駆けつけて生存者を殺して荷物を奪うのは至って普通のことであった。明の時代、たまたま南方からの漂着した船も同様の運命に遭ったが、事件を調査するために都から役人が派遣されそうになり、大騒ぎとなった。しかし、相談を受けた顧蚧はわずか報告書の一字を変えるだけで騒ぎをぴたっと収めた。

顧蚧は儋耳郡（だんじぐん）の知事となった。五月のある日、台風による強風でどこの国か分からないが船が一隻漂流した。積まれていた荷物には金糸、オウム、黒人の女などがあった。土地の役人たちは金糸を自分たちで山分けし、黒人の女は生き埋めにした。ただオウムだけは県の役所に送り、都の中央官庁には事情を説明した報告書を送った。すると報告書の内容を確認するために、調査員を派遣するとの通達が中央から届いた。しかし、土地の役人たちは船の積み荷を勝手に処分してしまったので、調べられると重罰を受けるのではないかと恐れ、逃げようとまで考える者もいた。

どうすればいいか、途方に暮れていると、たまたま顧蚧が当地に来ていたので、役人が相談に訪れた。顧蚧は土地の役人の書いた報告書を読み、その中の「飄来船（ひょうらいせん）」（漂流した船）を「覆来船」

（難破した船）と一字だけ修正した。その修正文を急いで提出したおかげで、それ以降、中央官庁からの問い合わせはぴたりとやんだ。【巻16／626】

元の報告書には「飄来船」（漂流した船）と書かれていたが、この表現では、船はまだ航行可能な状態で、積荷もたくさん載っているとのイメージを与える。しかし「覆来船」（難破した船）という表現では、船は粉々になってしまい、まるで粗大ゴミが漂着したようなイメージを与える。わずか一字を変えるだけで、地元民がぐるになって犯した物品横領罪と黒人の女を殺害した罪を帳消しにしたのが顧蚧の悪智恵であった。一字を書き換えるだけで、事件を一挙に解決したということで、中国では「一字息案」と賞賛された（息とはこの場合、ｓｔｏｐの意味）。

耿定力　二字追加して、夫の妻殺しを逆に妻の罪にすりかえる

耿定力（こうていりき）は明の文人官僚。湖北の紅安県出身の三人兄弟（耿定向、耿定力、耿定理）は揃って優秀で「紅安三耿」と称された。

夫が妻を殴り殺せば、殺人罪に問われる。しかし、妻が夫の母を侮辱したとなれば、孝行が何より重要視された儒教の国・中国では、殴り殺すに値する正当な理由となる。このロジックを使い、耿定力は、わずか二字を加えることで夫を無罪にした。

益州（四川地方）の民は智恵の足りない者が多く、ちょっとした罪でもしばしば死刑にされた。耿定力は、知事であった時にそうした事件をしばしば穏便に処理した。

ある時、一人の男が妻を殺したので、死刑を宣告されそうになった。検察側の書類には「妻が夫をケダモノと罵った」（婦詈夫獣畜）と書かれていた。耿定力は被疑者の男を尋問すると、男は「あいつはおれのことをケダモノから生まれたやつと罵ったのだ」と答えた。そこで、耿定力は書類に「所生」（生まれた所の）の二字を付け加えて、結審した。つまり、妻は夫をケダモノと罵ったのではなく、夫はケダモノの母親から生まれたやつ、と罵ったという理由で、男を無罪としたわけだ。【巻16／626】

「所生」という二字が付け加わったので妻が罵ったのは夫本人ではなく、夫の母親となった（ケダモノの母親から生まれた子供が夫だという理屈）。こうなると、孝行を何よりも尊ぶ中国の伝統的な倫理観では尊敬すべき義理の母を罵倒したという大罪を犯したことになるので、殺されても文句を言えない。本来は夫婦喧嘩の殺人で、罪は夫にあるのだが、妻を犯罪者に仕立て上げることで、これ以上無益な処刑を避けたのだった。

馮夢龍はこの二件の話（顧蚧と耿定力）では、二人ともわずかな文言を変更するだけで難解な事件を鮮やかに解決したと、「一字の師」だと誉めている。

「一字の師」という故事には、昔、唐の僧・斉己が作った詩に「数枝開」という句があった。その詩を見た鄭谷は「数」を「一」に改めて「一枝開」と訂正した。わずか一字を変えただけで、詩の趣は格段に高まった。

「一字の師」を現代的観点から見れば、中国人と契約文をとり交わす時には、ほんのわずかの字句の修正にも細心の注意が必要だということになるだろう。

張浚　ガセネタが引き起こした混乱を見事に収拾する

張浚は南宋初期の文人官僚。敵国・金に占領された中原（中国北部）の回復に努力するも果たせなかった。

現在でもフェイクニュースが広まって大騒ぎになることがある。中国ではそれがしばしば暴動に発展する。手際よく混乱を鎮めるにはひとひねりした智恵が必要だ。

南宋・建炎の初年（1127年）に帝の高宗が銭塘に行幸した。張浚を平江に駐在させて後方の守りを固めさせた。その時、湯徳広が守将に任命された。ある時、恩賜が下る、という噂が届いたが、湯徳広は腑に落ちないので急いで上司である張浚の所に報告にやって来た。

張浚は「早速、部下を派遣して調査させよ。朝廷の使いがこちらに到着する前に情報を持って帰ってこい」と命じた。湯徳広は早速使いを出して調べたところ、全くのガセネタであることが分かった。しかし、すでに噂が広まってしまっているので、いまさら取り消ししたりすると、へたをすれば大暴動になりかねない、と湯徳広は恐れた。

上司の張浚に事情を説明すると、張浚は暫く考えたのち「とりあえず、まず役所の倉庫を開けて、恩賜が実施される予定であることを民に示せ」と命じた。そう言って、恩賜の噂がガセネタであることを伏せておいて、役所で保管している書類の中から、かつて恩賜を実施した際の詔勅を探し出した。張浚がその古い詔勅を抱えて役所の正門の上に登り、詔勅を読み上げた後、それを門の上に張り付けた。そして、門の上に誰も登れないようにと、梯子(はしご)を外した。それから「恩賜を配るぞ」と布告して、役所に保管してあった金や絹を人々に配給したので、ようやく騒動が収まった。【巻16／628】

皇帝から恩賜があるとの噂が流れた。調べてみると、それはニセ情報（フェイクニュース）であったが、張浚は噂を否定すれば暴動が起こると読んだ。この辺りは、さすがに中国人の大衆の心理をよく理解している一流の政治家だけのことはある。

張浚の結論は恩賜を施さないというのではなく、なるべく少なく恩賜を施すというものであった。以前の詔勅の中で、恩賜の量が少ないものを選んで大衆の前で読み上げたが、それが本物であることを示すために誰もが確認できるように役所の正門の上に掲げた。ただし、梯子を取り外したので、日付などを誰も確認できないようにした。そしてわずかの恩賜を配給することで、大衆は納得した。中国の大衆を安心させるにはどうすればよいのか？　中国における危機管理の手法を教えてくれる話だ。

李迪　帝位継承の攪乱者をスムーズに排除する

李迪は北宋末の宮廷画家。綿密な画風で知られ、とりわけ花鳥竹石や動物などの写生や山水画が上手であった。

帝位継承はいつの時代でも死ぬか生きるかの白熱した攻防が見られるドラマだ。宋の仁宗の時、実力者の叔父に帝位継承を邪魔されないよう、李迪はちょっとした策略を用いた。

北宋の真宗の病状が重くなった。李迪は他の大臣と共に宮中に泊まり込みで回復を祈っていた。真宗の息子の仁宗はまだ幼かったが、真宗の弟の趙元儼は以前から声望が高かったので、次の帝位を狙って宮中に泊まり込み、自宅に帰ろうとはしなかった。

大臣たちは帝位継承の混乱を憂えていたが、どうすればよいのか、良いアイデアが浮かばなかった。そこへたまたま翰林司の下僕が金の器にお湯を入れて運んでいた。聞くと、趙元儼がお湯を飲みたいと言っているとのことだった。そこで、李迪は一計を案じ、墨をたっぷり含んでいる筆を執って金の器の湯に浸してから持って行かせた。趙元儼は器の湯が黒いのを見て、てっきり毒が入っているものと勘違いして慌てて宮中から馬に乗り飛び出していった。【巻16／632】

真宗が崩御すれば、息子の仁宗が跡を継ぐのが筋だが、真宗の弟の趙元儼は混乱に乗じて、帝位に就くチャンスを狙い、宮中から一歩も出ずに頑張っていた。大臣たちは趙元儼の魂胆が分かっているものの、にらまれることを畏（おそ）れて、誰も趙元儼に宮中から出て行ってくれとは言いだせなかった。李迪のちょっとした策略で仁宗がスムーズに帝位を継承することができた。

曹瑋　逃亡兵を手を煩わさず処分する

曹瑋（そうい）は宋建国の元勲・曹彬（そうひん）の息子。子供の頃から、父・曹彬に従って軍営で暮らしていた。軍律が厳しく、賞罰はその場で即座に決めた。曹瑋は戦争で一度も負けたことがないといわれた名将である。

北宋の時代、曹瑋が西方の遊牧民との国境近くの渭州（いしゅう）の知事となった。号令が明確でかつ厳格であったので、遊牧民はみな恐れていた。ある時、曹瑋が部下の将軍たちと酒を酌（く）み交わしていた時、数千人の兵士が兵舎を脱走し、国境を越えて遊牧民の所に逃亡したとの報告が斥候からもたらされた。宴席にいた将軍たちは真っ青になったが、曹瑋は普段通りの笑顔を絶やさず、斥候に「これはわしが命じたことだ。絶対に他言してはならぬぞ」と言い聞かせた。遊牧民はこれを聞いて、逃亡兵たちは自分たちを襲撃に来たものだと思って皆殺しにした。【巻16／633】

兵舎での生活や訓練があまりにも厳しいので、兵士数千人が集団脱走した。もし、敵軍に加わると、非常に困ったことになる。捕まえて殺そうとすると、大がかりな討伐隊を送らなければならない。曹瑋がつぶやいた一言で、こちらが何もせずとも、異民族が進んでこれら脱走兵を一括して処分してくれた。わざと「口外するな」と口止めしたことで逆にこの噂を遊牧民にまで広めることができたわけだ。

張浚　敵陣に投降した将軍をスパイと思わせる

この話も同じく手を煩わすことなく敵陣に投降した将軍をスパイと思わせ、その働きを阻止した策略だ。

南宋の時、宋の将軍の酈瓊（れきけい）が同僚の将軍・呂祉（りょし）を縛って、反乱軍の劉予（りゅうよ）に投降した。張浚（ちょうしゅん）はたまたま部下と宴会の最中であったが、斥候からの報告を受けると、宴席にいた皆の顔色が変わった。しかし、張浚だけは相変わらず愉快そうに酒を飲んでいた。夜になると密書を書いて、決死隊の兵士に持たせて酈瓊に届けるよう命じた。その密書には「チャンスを見て決行せよ。決行できない場合は速やかに全軍を率いて戻ってこい」と書かれていた。

劉予はこのメッセンジャーを捕まえた。密書を読むと、ひょっとして酈瓊は秘かに張浚とつながっているのではないかと疑った。それで、即座に酈瓊を逮捕するように命じた。酈瓊と劉予の間に溝ができたので、国境は穏やかになった。【巻16／633】

張浚のこの計略は、遡(さかのぼ)ること千年前の戦国時代の策略書『戦国策』に前例がある。それは次のような話だ。

西周と東周が対立していた時に、西周の役人の昌他(しょうた)（一説には宮他ともいう）が西周から敵国の東周へ亡命し、西周の機密情報をばらしたので西周は怒った。馮且(ばしょ)（一説には馮雎ともいう）が「金30斤（6000万円）をくだされば昌他を暗殺してみせましょう」と言った。承諾を得ると、昌他に次のような手紙を書いた。「昌他よ、秘密の計画を実行できるなら、速やかに実行せよ。できないのであれば速やかに逃げ帰ってこい。ぐずぐずしていると秘密がばれて殺されてしまうぞ。」

この手紙とともに、軍資金をつけて昌他に送り届けるようスパイを送った。その一方で、東周の国境の役人には「今日の夕方にスパイが国境を越えて貴国に入る、との機密情報をつかんだのでお知らせする」と告げた。国境を見張っていると案の定、西周のスパイがやって来た。取り上げた手紙を読み、昌他を疑い、即座に殺した。

いずれの場合も、敵に逃亡した要人に宛てたニセの手紙を、わざと敵の手に落ちるようにして、逃亡してきた要人が二重スパイかもしれないとの疑念を抱かせて、敵に殺させるものである。手紙一本だけでやっかいな逃亡者の後始末をきれいに成し遂げるスゴ技といえよう。

周忱　大量の穀物を速やかに移動させる手品

周忱(しゅうしん)は明の文人政治家。積極的に庶民の暮らしを聞き取り調査し、減税に尽力した。最終的には工部尚書(こうぶしょうしょ)（建設大臣）にまで昇進した。

明の1449年にモンゴル族・オイラトのエセン（也先）が中国に侵入した。時の皇帝・正統帝（英宗）が出陣して戦うも、敗けて捕虜となってしまった。世にいう「土木の変」である。このような大混乱の中、敵の標的となった北京への通り道に当たる通州の倉庫を守っていた周忱の果断な判断で、大量の穀物は失われもせず、また敵の手に渡ることもなかった。

エセンが北京を攻撃するため、通州の倉庫を占拠して食料を確保するだろうという噂が流れた。朝廷はパニックになってどうすればいいのか分からずおろおろしていた。食糧が敵の手に渡る前に火をつけて倉庫を燃やせという人もいた。その時たまたま、周忱が北京にいて、次のような提案をした。「都を警護している軍隊の支部に、半年分の食糧を支給するので、取りに来いという命令を出しましょう。」

この命令が下されるや、すぐさま北京の各部隊から多数の兵士がやって来て米袋を肩にかついで持っていった。数日もたたないうちに、通州の倉庫は空になり、北京市内の倉庫は満杯になった。【巻16／638】

敵の手に渡るより、米穀を自分の手で燃やすという焦土作戦は中国ではしばしば見られる。周忱が各部隊に食糧をタダで支給するというわずか一言の指示書を発したことで、大量に保管されていた穀物はあっという間に運びだされ、無事に各部隊の倉庫に移管された。

某教諭　わざと役所に放火して部下に盗まれた印鑑を取り戻す

もし、役所勤めのあなたが部下に役所の公印を盗まれたとしよう。普通なら犯人探しをして、関係者を尋問したりするだろうが、そう簡単には解決しない。しかし、直接働きかけないで、間接的に取り戻す、極めて巧妙な盗難解決手段があったのだ。

ある時、御史（監察官）が村長を罰した。村長は仕返しをしようと考えたが、その魂胆を隠したまま、自分がかわいがっている利発な子供を御史に雑用係として送った。御史はこの子供が気に入って使っていた。子供は御史の隙（すき）を狙（ねら）って秘（ひそ）かに役所の大事な印鑑を盗み、カラ箱だけが残された。御史はこの盗みが村長の差し金だと気付いたが、何も言わず、病気と称して役所に出てこなくなった。

たまたま、村のある教諭が智恵者だと聞いて、病気を診（み）てもらうとの口実で、その教諭を自分のベッドの側（かたわら）に呼んで、事情を説明した。教諭は暫く考えていたが次のような計略を授けた。「夜中に役所の台所に火をつけてください。火事だと分かると役人は皆飛んでくるでしょう。そうしたら、カラ箱を村長に預けてください。役人はそれぞれ守備範囲があり持ち出すものがあるはずですから村長は拒むことはできないはずです。」

さて、火事が収まってから村長は印鑑の箱を持ってきたが、中には印鑑が元通りに収まっていた。ある人によると、この教諭は、かの清廉潔白な官僚として有名な海瑞（かいずい）だという説もあるが、真相は不明だ。【巻16／641】

印鑑が盗まれたとなれば、御史の責任が追及され、大ピンチに陥る。しかし、日本流に、村長を捕まえて尋問したところで、シラを切られると証拠がないだけにどうすることもできない。このような難局を切り抜けるために火事を起こしたのだが、火事による被害額はかなり大きいはずなのに、その費用より、御史のメンツのほうが遥かに大事だったということだ。

ちなみに、海瑞を扱った呉晗の歴史劇『海瑞罷官』は毛沢東の巧みな策略で、文化大革命の大騒乱を起こす火種となった。

黄炳　沿道の庶民の飯を買い上げて進軍をスピードアップ

黄炳は南宋の官僚。

早朝に敵を急襲するために、一刻も早く進軍を開始したいが、朝食の準備をする時間的余裕がない。しかし腹ぺこでは兵士は動かない。どうすればよいか？

宋の理宗の嘉熙時代（13世紀前半）、吉州の峒丁（峒族の青年たち）が反乱を起こした。万安を治めていた黄炳は兵を集めて守りを固めていた。ある朝早く「敵が襲撃してくる」という情報を得た。軍曹に兵を率いて敵を迎え撃て、と命令したが、皆が「空腹では戦えない」と反発した。黄炳は「ともかく出発せよ、飯は必ず食えるようにするから」と言って、部下たちにしゃもじとお櫃を持たせ、沿道の人々に「知事が飯を買うぞ」と触れさせた。
ちょうど、人々は朝ごはんの支度をしていて、家々では飯を炊き、お湯を沸かしていた。黄炳は飯とお湯を普段より高い値で買い取って運ばせた。それによって将兵たちと存分に朝飯を食べることができたので、わずか一度の戦で敵を打ち破ることができた。この論功が認められ、黄炳は臨川の太守に昇進した。【巻17／647】
朝飯を軍で炊くのではなく、庶民の朝ごはんを買い上げるという機転を利かせたことで、敵の準備がまだ整わないうちに攻撃することができて勝利した。いわば、金で時間を買うアイデアが功を奏したわけだ。

趙従善　無理難題を手際よく処理

趙従善は南宋の人。

宋の王家の血はひいてはいるものの没落した家に生まれた。だが、コネや親の威光を借りずに自力で這い上がった。その逞しい野性味溢れる智恵が彼の持ち味だった。

趙従善が南宋・臨安（現在の杭州）の尹京（都知事）となった当日に宦官たちは、趙従善をいたぶってやろうと、宴会用の赤いテーブル３００卓を一日の内に用意しろという勅令（皇帝からの命令）を出した。趙従善は、部下に市内の飲み屋に行かせて、形の似ているテーブル３００卓を集めさせた。綺麗に洗ってから糊で白い紙を張り、紅漆をその上に塗って要求通りの数を揃えた。

また、あるとき皇帝と母の皇太后が聚景園にお出ましになり、夜には万松嶺を通られるということで、急に松明３０００本が必要になった。そこで、趙従善は家来を近隣の娼館に遣り、材質は竹であれ蘆であれ関係なく、簾をたくさん集めさせた。それらの簾に油を浸し、ぐるぐる巻きにして縄で縛り、道の両脇の松の木に結わえつけた。道の両側から松明に照らされて、辺り一面、昼のように明るく輝いた。【巻17／648】

時間と金をかければ誰にでもできるが、時間も金もかけずに問題を処理するのは智者でなければできない。一見、解決が不可能な無理難題でも趙従善にかかれば瞬く間に解決した。趙従善のキレの良い計略は「捷智」と称するにふさわしい。

一吏の妙案　足りない宮殿の瓦を急遽揃え、雨に対処する

急ごしらえの宮殿に瓦が足りない。今さら作らせても雨に間に合わない。さて、どうするか？

北宋が滅び、高宗が南方へ逃げて臨安に辿(たど)りついたとき、混乱はまだ収まっておらず、宮殿には瓦が葺(ふ)かれていなかった。雨が降りそうになったので、宮殿担当の役人はどうしたらよいか困っていた。一人の下級役人が次のような提案をした。「多数の兵士を使って、富家に行ってとりあえず瓦を少しばかり借りてこさせましょう。一月(ひとつき)も経たない内に新しい瓦が到着するでしょうから、その時は借りた数の倍の新しい瓦を返すという約束をしてはいかがでしょう?」宮殿担当の役人はその提案を採用して、瓦を集めたので、この問題は、またたく間に解決した。【巻17／648】

正式なルートで瓦を調達すれば一ヶ月もかかり、それでは雨から宮殿を守ることはできない。かと言って、庶民の家から瓦を強奪すれば民に不満がでる。そこで、瓦をわずか一ヶ月間だけ借りて二倍の利息をつけて返すことにしたところ、瓦を提供する庶民が続々と現れたということだ。この件も先の項と同じく、金で時間を買ったアイデアと言える。

陶魯　緊急に牛百頭を納入する

陶魯(とうろ)は明の人で、辺境の鬱林(うつりん)出身。鬱林は現在の広西(こうせい)チワン族自治区に当たる所で、現在でも相当の僻地(へきち)だ。それだけに陶魯の智は荒削りではあるがツボにはまると非常な威力を発揮した。陶魯は、他人がしり込みするような案件も軽々と引き受け、見事に解決した。

陶魯は鬱林の出身で20歳の時、父が死んだので、跡を継いで広東州の新会県の下級役人になった。都御史（都知事）の韓公雍（かんこうよう）が軍隊に提供するための牛百頭を三日以内に集めるよう命令した。韓公雍は次から次へと命令を出すので、役人たちはどれから処理すれば良いのか分からず、この命令に対して誰も真剣に応じようとはしなかった。ただ一人、陶魯だけはこの命令を任せてほしいと申し出た。

上役や同役の人たちは「できないことを引き受けると罰を受けるからやめておけ」と言ったが、陶魯は「大丈夫、あなたたちに迷惑はかけないから」と言って、役所の門に「牛一頭を50金（200万円）で買う」（一牛酬五十金）という布告を掲げた。ある人が一頭の牛を連れてやって来たので、即座に50金を支払った。翌日になると、牛が続々と集まってきた。陶魯はその中から丈夫な牛、百頭を選んで通常の値段を支払って「これは韓公雍様のご命令だ」と言った。期日までに牛百頭を納めたので韓公雍は大いに賞賛し、陶魯を抜擢して、軍の経理を任せた。【巻17／652】

「一頭を50金で買う」と書いたのがミソで、見た人は当然「一頭当たり」と読んだはずだ。50金（200万円）とは普段の価格よりずいぶん高値であったに違いない。それで、続々と牛を連れて遠くからもやって来た。陶魯は確かに一頭目の牛には50金を払ったが二頭目からは、相場の値段を支払い、布告の文句は「一頭だけ」という意味だと強弁した。牛を連れてきた人たちは、手間を掛けてはるばるとやって来ただけに、通常の価格でも売れればよいと諦めて牛を手放した。

中国庶民の智恵　庶民の暮らしの中から生まれたさまざまなアイデア

【1】丁大用—大量の米を脱穀する法

丁大用が嶺南に遠征に出かけた時、官軍の食糧が乏しくなった。それで現地の稲を略奪した。兵士が刀の柄を使って脱穀しているのを見て、現地の老兵が「なんて下手な、見ておれん！」と笑った。少し高い丘のゴミのない土地を臼状に掘りさげ、近くの茅や草を集めてきて燃やし、地面を固めた。その中に刈り取った稲束を投げ込み、木を伐って杵にして搗ると、簡単に籾が外れた。【巻17／653】

【2】韋丹—急ごしらえの武器

韋丹が洪州を治めていた時、毛鶴の部族が反乱を起こした。突然のことで、兵隊たちには防御の武具がなかった。韋丹はハマビシ（浜菱）を刈り取って千本の棒を作らせ、頭部に鉄釘を打ってハリネズミのようにし、車夫や護衛官たちにそれぞれ一本ずつ支給した。これは、簡単に作ることができ、戦闘では刀剣に劣らない働きをする道具となった。【巻17／654】

【3】李允則―砲弾の代わりに氷の塊

北宋の真宗の時、李允則(りいんそく)が滄州(そうしゅう)を治めていた。敵に城を囲まれた。城には投擲(とうてき)に使う石がなくなった。そこで、氷の塊を作り、それを投擲して敵を撃退した。【巻17／655】

【4】宋の太宗―豚の膀胱を浮き袋に

宋の太宗が北方の兵を率いて淮水(わいすい)を渡ろうとしたとき、一隻の船も見つけることができなかった。一人の兵士が懐から乾燥させた豚の膀胱(ぼうこう)を十数個取り出し、息を吹いて膨らました。それを腰の周りにつけ、泳いでいって船を奪って戻ってきたので、ようやく全軍が淮水を渡ることができた。【巻17／656】

侯叔献　廃墟の城を利用して、洪水の被害を食い止める

侯叔献は北宋の文人官僚。水利専門の官僚として有名。各地の農地や水路を調査して廻り、水利事業に心を砕いた。侯叔献の智恵で村が大洪水の被害を免れた。

北宋の熙寧（1068～1077）時代、睢陽一帯に堤を田の周りに築いた。ある時、汴水の洪水で堤防が決壊した。水の勢いが強すぎて、止めようがなかった。この時、堤防の管理役人であった侯叔献が現地を視察して、決壊した場所から川上、十数kmの所に一つの廃墟になっている城を見つけた。そこで、城の近くの堤防を決壊させて汴水の洪水をそちらに流したので、ようやく下流の水の勢いが弱まった。その間に急いで堤防を修理させた。

翌日になると廃墟の城に水が満杯になりまたもや汴水の水嵩が増したが、堤防が完成していたので町は無事だった。廃墟の城の堤防も塞いで、洪水の被害は収まった。人々は侯叔献の智恵に感心した。【巻17／658】

北宋の政界は王安石の出現で新法派と旧法派が激しく対立し、結局、王朝自体が衰微してしまった。しかし、そういった対立の中にあって、侯叔献は王安石によって水利責任者に任命されたこと

で旧法派からはいわれのない攻撃を受けた。つまり、侯叔献の水利・治水事業は風水に逆らい龍脈を断ち切ったので、逆に災害を招く暴挙だといわれなき非難を受けた。そういった悪口にくじけることなく、侯叔献はひたすら、開墾を奨励し、減税をし、水運を活発にし、人々の生活向上に尽くした。その活躍ぶりは皇帝の神宗から絶賛された。逝去した日、皇帝の神宗は侯叔献の貢献に感謝して喪に服し、朝議を丸一日停止した。

劉錡　壁に不吉な文字を書くだけで敵国の君主を倒す

劉錡は南宋の武将。若い頃から母国・宋のために奮戦した。文人帝国・宋にとって武人帝国・金は常に大いなる脅威であり、憎き仇でもあった。一兵も損せず金国の勢力を削いだ老将・劉錡の策略とは？

金主・完顔亮（金の廃帝・海陵王）は疑い深い性格であった。宋の将軍・劉錡が揚州にいたとき、揚州城の外にある家を全部焼き、石灰で城壁を真っ白に塗り、そこに「ここが完顔亮の死に場所だ」と書いた。完顔亮はこれを見て、嫌な思いを抱き、揚州城に入らず、郊外の亀山寺に駐屯した。亀山寺は狭い寺域で金の軍隊はぎゅうぎゅう詰めとなった。それが原因で金の将兵たちに不満がたまり、とうとう完顔亮は暗殺されてしまった。【巻17／663】

劉錡は軍隊を動かすことなく、敵の大将を葬った。完顔亮が迷信を信じやすく、疑い深い性格であることを巧みに利用した策略だ。単に勇猛だけでなく智将でもあった劉錡はこの作戦の翌年に死去した。

洪鐘　早熟の天才、皇帝までをも感嘆させる

広大な面積の中国には、時折とてつもない天才が出現する。明の時代の洪鐘（こうしょう）もその一人で、わずか四歳にして、将棋を横から見て覚え、筆を執らせれば堂々たる立派な字を書いた。皇帝からの質問に対しても即座に機転の利いた答えを返した。

明の洪鐘は、四歳の時、父に連れられて船に乗って都に行った。船中で、父と客が将棋をしているのを横からしばらくの間、見ていただけでやり方を理解して父に指し手をアドバイスして何度も勝たせせた。臨清に到着すると、筆を借りて、牌坊（はいぼう）（市の大門）の上に掛かっている額の字を写した。そうしてすっかり字の書き方を覚えてしまった。都に来ると、店を構えて字を書いて売った。都では「神童現（あら）わる」との噂が広まった。

その噂を聞いた憲宗（けんそう）（成化（せいか）帝）が宮中に呼び、謁見した。洪鐘は地面に字を続けていくつか書

いた。帝はさらに「聖寿無疆」の四文字を書くように言ったが、洪鐘は筆を握ったまま暫くの間、何も書こうとはしなかった。帝が「お前は字を知らないのか？」と尋ねると、洪鐘は叩頭して答えて言うには「字を知らないわけではありません。しかし、このような尊い字は地面に書くべきではないと考えます」と答えたので、帝は満足そうに頷いて、さっそく宦官に命じて、机を用意させてから、洪鐘を椅子の上に乗せて書かせた。洪鐘は一気に書き上げた。

その見事な出来栄えを喜んだ帝は翰林院（国立アカデミー）に命じて洪鐘に給費し、読書の便宜を図らせた。また父の洪升を大学の助教として採用し、息子の勉学の助けとなるように計らった。【巻18／670】

洪鐘は書も上手、文章も巧み、おまけにばくちの才能（バクオ）もあり、まことに欠点のつけようがない早熟の天才だ。馮夢龍は、洪鐘が18歳で難関の科挙の試験に合格したものの、不幸にして30歳で夭逝したことについて「仏家でいう『修慧未修福』（智恵は授かったが、福は授かっていない）ということか？」と評している。つまり、智があり過ぎて寿命にまでは福が回らなかったという次第だ。

賈嘉隠　中国の一休さんの頓智問答

賈嘉隠（かかいん）は唐初頭の早熟の天才。容貌（ようぼう）は醜かったものの、深い学識に皆が驚嘆した。

賈嘉隠が七歳の時、神童ということで宮中に呼ばれた。その時、長孫無忌（ちょうそんむき）と徐勣（じょせき）（李勣（りせき）ともいう）が朝庭の建物の中で立ち話をしていた。徐勣が賈嘉隠をからかって「わしは木に寄りかかっているが、これは何の木だろうか？」と尋ねると、賈嘉隠は即座に「松の木でしょう」と答えた。すると徐勣が「これは槐（えんじゅ）の木なのに、どうして松の木というのだ？」と問うたので、賈嘉隠は「公が木にもたれているので、どうして松でないことがありましょう」と答えた。

次に長孫無忌も同じように賈嘉隠に問いかけると「槐の木です」と答えた。長孫無忌は「さっきの答えとは違うのではないか？」と咎（とが）めると、「木の傍に鬼がいるではありませんか？」と澄まして答えた。【巻18／671】

こましゃくれた子供（賈嘉隠）の頓智（とんち）に大人二人（長孫無忌と徐勣）が弄（もてあそ）ばれた。子供の頓智に関しては、古くは魏晋（ぎしん）時代の人物逸話集の『世説新語』にもいくつか採られている。

曹沖　五歳の童児が象の重さを計る方法を提案

曹沖(そうちゅう)は三国志の英雄の一人魏の曹操の息子。現代人はアルキメデスの原理を知っているので、象の重さを計るのは簡単だと思うだろうが、昔の人にとっては一大難問であった。曹操の息子の曹沖は幼い頃から聡明で、五歳にして象の重さを計る方法を思いついた。

孫権(そんけん)から曹操に巨象が贈られてきた。曹操はその重さを知りたくて周りの者たちに尋ねたが、誰一人として答えるものがいなかった。そばで聞いていた曹沖は「大きな船に象を載せて水に沈む所に線を引いて、象を下ろした後で、同じ所に沈むまで石を載せ、後でその石の重さを計(はか)ればいいでしょう」と言った。時に曹沖はわずか五、六歳であった。曹操は見どころのある子供だと感心した。【巻18／675】

楊佐　井戸の中の塩素の害を取り除く方法

楊佐(ようさ)は宋の文人官僚。地方官として、庶民の暮らしの向上に貢献した。

中国の内陸部には塩水が湧く井戸（塩井）がある。深さが150メートルともなれば底部には塩素が充満するので、人が入ると死ぬ。塩素の害を取り除く方法を楊佐が思いついた。

宋の時、陵州（四川省）に塩井があり、その深さは50丈（150メートル）で、底の部分は石、壁面は柏の板で作られており、上に塩水の取り出し口があった。つるべを下ろして塩水を汲む仕組みだ。長年使っている間に壁面の柏板が腐ってきた。取り替えたかったが、塩素が充満しているので、人が下りていくと忽ち死んでしまう。雨が降って塩素の量が減ると仕事ができるが、晴れると仕事ができない。

楊佐が知事として赴任してきて、職人に木で貯水槽を作らせ、穴を開けて塩井に雨のように水滴をたらすよう指示した。この仕組みのおかげで、雨の降らない日でも毎日、仕事をすることが可能になり、数ヶ月のうちに壁面の修理は完了した。【巻18／678】

塩素が水に溶けやすいという化学的知識はなくとも、雨が降ると塩素の毒が消えるという経験則から、楊佐は水滴を垂らすアイデアを思いついたのだろう。

尹見心　川の中流にある大木を切り倒す方策

尹見心は明の地方行政官。川に大きな木が生えているため船の航行の邪魔になっていた。どうすればその木を伐り倒すことができるか？

尹見心が知事の時、近くの川の中に大きな木が水中から生えていた。長年、船がこの木に当たって壊されていて皆困っていた。尹見心はこの木を取り去れと命じたが、人々は「木の根がしっかり張っていて、とても取り去ることはできません」と訴えた。

尹見心はそこで、潜りの上手な者に、潜って根が張っている長さを計ってこいと命じた。そして、一本の大きな杉の木を伐って、根の長さに合わせて大きな桶を作って、その木を囲むようにして埋めた。その後、桶の中の水を瓢で汲み出させて人が入れるようにし、根が見えてきたところで、鋸で木を斬らせた。【巻18／679】

これと類似の方法は、19世紀にロンドンのテムズ川の地下鉄工事でも採用されている。一種のケーソン工法（潜函工法）といえるだろう。

懐丙　川に落ちた20トンもの鉄牛を引き揚げる

懐丙は宋の仏僧でありながら、すぐれた技術者でもあった。他人が解決できないような技術的な難問をいともたやすく解決してみせた。

宋の時代、浮橋を造った。橋が流れないよう、鋳物で一頭の重さ、数万斤（約20トン）もある鉄牛を8頭作り大綱で橋を結んだ。治平年間（11世紀後半）、川が増水したので、浮橋が壊れて鉄牛が水中に没した。引き揚げることのできる者を募集したところ、僧侶の懐丙が次のような提案をした。それは、二隻の大きな船に土を満杯に載せて牛を挟み、大木をフックのように掛けて、きつく縛り、徐々に船の土をかきだせば船は浮き、牛を運びだせるという方法だった。転運使の張燾がこの方法を試し、成功したので懐丙には紫衣が下賜された。【巻18／680】

船の浮力を使って重い鉄塊を浮かびあがらせた妙手。当時の人にとっては素晴らしいアイデア（捷智）に思えただろう。懐丙はこれ以外にも倒れかけた宝塔の柱を修理したり、壊れかけた石橋に溶けた鉄を流し込んで修理したりと、エンジニアとして数々の実績を残した。

黄懐信　長大な船を修理するための乾式ドック

黄懐信は宋初期の宦官であったが、技術者として優れていた。宦官といえば、王朝の混乱の原因となった悪い面ばかりが喧伝されるが、なかには黄懐信のような功労者もいた。

宋の初期、浙江省が龍船（皇帝専用の船）を建造して朝廷に献上した。長さが20数丈（約60メートル）あり、二階建てで、上階には帝の居室があり、ソファでくつろげるようになっていた。建造から長らく経ち、本体の側面が傷(いた)んできた。修理しようとしたが、修理個所が水面下なので長らく修理ができなかった。煕寧(きねい)年間（11世紀後半）に、宦官の黄懐信が次のような方法を提案した。

まず、金明池の北辺に龍船が入るだけの場所を掘り、そこに垂直に柱を何本も並べて、その上に大きな桟を何本も横たえる。そして、都の近くを流れる汴水(べんすい)から水を引き入れ船を柱の上に誘導する。船が柱の上にしっかりと載ったら、水を汲み出す。修理が終了したら、また水を入れて船を浮かべて引き出す。その後、柱を取り去って大きな屋根で覆えば、今度は同じ場所が龍船の係留場所として使える。【巻18／682】

乾式ドックと屋根付きの係留場所の一挙両得のアイデア。提案者が文人や武人、ましてや技術者でもなく、宦官であった点が光っている。

虞世基　船の航行の妨げになる浅瀬を検出する木のガチョウ

虞世基(ぐせいき)は隋(ずい)の煬帝(ようだい)の重臣の一人。煬帝は巨大船を造り、運河に浮かべて遊覧したが、所々に浅瀬があって、船が立ち往生した。浅瀬を効率よく見つける方法を虞世基が提案した。

隋の煬帝が南方の広陵へ行くために運河を造らせたところが、寧陵の辺りに来ると、川底が浅いため、いつも船が立ち往生した。虞世基に方策を問うたところ、次のようなアイデアを提案した。「鉄の脚をもった全長が一丈二尺（4メートル）ほどの木のガチョウ（鵝鳥）を作りましょう。上流から流して、この木の鵝鳥が留まったなら、そこは浅瀬です。」煬帝は早速このアイデアを採用して、実際に木鵝鳥を流して調査したところ、雍丘（ようきゅう）から灌口（かんこう）に至るまでに129ヶ所もの浅瀬を見つけることができた。【巻18／683】

唐に虞世南（ぐせいなん）という有名な書家がいたが、虞世基はその実兄にあたる。事務処理能力にすぐれた能吏であったが、公然と賄賂（わいろ）を取っていたので、家の前はいつも市場のように大勢の人でごった返していた（賄賂公行、其門如市）。人格的にはいささか欠点があったようだ。隋の滅亡時に煬帝に疎（うと）まれることを嫌って、各地から届いた反乱の報告を握りつぶしたために反乱が一層拡大した。最後には、煬帝と共に虞世基は親子ともども殺された。

周之屏　田地の測量にかこつけて自国の法を周知させる

周之屏（しゅうしへい）は明の官吏。中国では、あからさまに本当の目的を口に出してしまうと、噂となって広がって本来の目的が達成できないことが多い。世人に悟られずに本来の目的を達成するのが智恵の絞りどころだ。

周之屏が南粤(なんえつ)（現在の広東省辺り）にいた時のこと、行政長官の張居正(ちょうきょせい)が田地を測量せよと命令した。役人たちは小さな田が多いので測量は困難だと思った。また、状況を視察した役人たちも役所に戻ると張居正に同じように「無理だ」と説明した。張居正はそれでも「ただ測量せよ」と大声で叱った。それを聞いていた役人のなかで、ただ一人、周之屏だけは何かを悟ったらしく、一礼するとさっさと出て行った。他(ほか)の役人たちはどうすればいいか分からずお互いひそひそと話し合うばかりであった。

張居正は笑って言うには「今、部屋を出て行ったものは物分かりのいいやつだ。」役人たちは外に出ると周之屏に「一体どうなっているんだ？」と尋ねた。周之屏は「張公の本音は測量するという行為で、ここの人間も明の法律に従わないといけないことを知らしめたいだけなのだ。測量が難しい田があるのはとっくにご承知のはずだ。どの田を測量するかは、我々が勝手に決めればよいことなのだ。」役人たちは「な〜るほど」と了解した。【巻18／683】

土地測量の成果など張居正は当初から全く期待していなかった。ただ、何十人もの役人が何日もかけて土地測量という事業に真剣に取り組んでいる姿を現地の大衆の眼に焼付けることが本来の目的で、「明の法律はここにも適用される」ということを現地人に知らしめようとしたわけだ。こういう融通無碍（ゆうずうむげ）な点が中国の人治と言われる所以（ゆえん）なのかもしれない。

曹翰　敵軍の動きを蟹で占う

曹翰（そうかん）は宋の建国に貢献した武人。戦場ではちょっとした判断の誤りが何万人もの命に係わる。そのような大事な判断も占いに頼った将軍の話。

曹翰が太宗の遠征に従って幽州に来てまさに敵の城を攻めようとしていた時のこと、一人の兵士が土を掘っていて蟹（かに）を見つけたと持ってきた。曹翰は「蟹は水物であるのに、陸にいるのは自分の居場所を失ったからに違いない。また蟹には足がたくさんある。これは敵の援軍がやって来る前兆に違いない。今、敵の城を攻めても抜けないであろう。また『蟹』とは『解』である。これは軍を退（しりぞ）くべきということではないだろうか？」　全て曹翰の予言通りになった。【巻18／689】

曹翰が敵軍の動きを蟹で占ったという話で、多分、曹翰はすでにいろいろな情報から敵軍の動きを察知していて撤退の意図があったのだろうが、直接撤退命令を出すのではなく、蟹にかこつけ、兵士に納得させたのだろう。状況を見極めて指令を出すだけが将軍の責務ではない。いかに兵士を納得させて行動させるか、そのための上手な方策を考えだす智恵が将軍には求められている。

東方朔　漢の武帝の謎かけを解く

東方朔（とうほうさく）は前漢の武帝（ぶてい）に仕えた文人で、博覧ではあったが、決して堅物ではなかった。頭の回転が速く、さすがの武帝も東方朔にかかっては少々からかわれ気味であった。

漢王室の広大な宮園の上林で棗（なつめ）が献上された。武帝は文人の東方朔を呼び、謎かけをした。武帝が未央宮の前殿の欄干を叩いて、「叱叱（しっしっ）！　先生、束束（そくそく）！」と言うと、東方朔がその謎かけが分かり武帝に「上林から棗が49個献上されたのですか？」と尋ねた。東方朔の解釈は「上（武帝）が杖で欄干を叩いたので二本の木で林となる。つまり上林ということ。束束とは棗のことで、叱叱とは7×7＝49のことなので、棗の数は49個となる」ということだった。【巻18／692】

東方朔という名は知らないかもしれないが、夏目漱石の小説などで、しばしば妻が「細君」と呼ばれているのを知っている人は多いだろう。この「細君」という言葉は東方朔の妻のあだ名が「細君」であり、武帝から頂いたローストビーフを妻にプレゼントしたときに使った言葉から広まった（『漢書』巻65）。

令狐綯　大明寺の壁に書かれていた詩

これも唐代の漢字にまつわる言葉遊びの話。

唐の令狐綯が淮海の知事であった時、大明寺に遊びに行ったところ、西壁に次のような詩が書かれてあるのを見た。

「一人堂堂、二曜同光。泉深尺一、点去氷旁。二人相連、不欠一辺。三梁四柱烈火燃、除卻双鉤両日全。」

お供の者は誰も意味が分からなかったが、属官の班蒙だけは、一見して「大明寺水、天下無比」（大明寺の泉の水のうまさは天下一）の八字と解いてみせた。

つまり、「一人」を合わせると「大」、「日」と「月」という光り輝くものを合わせると「明」、「尺一」を寸に直すと11寸、つまり「十一寸」＝「寺」、「氷」から点「丶」を取り去ると「水」、「二人」を合わせると「天」、「不」の字から「ノ」の一画を取り去ると「下」、横に三本の棒（三梁）に四本の縦棒（四柱）その下に「火扁・れんが」を加えると「無」、「日」二つから、それぞれ第二

画をとりさると「比」となる。【巻18／694】

ウェブでこの語を検索すると、いくつかの中国サイトにこの話が「大明寺壁語」として載せられている。つまりこの話は、中国では庶民の間で広く知られている話だということが分かる。

李彪　皇帝が宴席で臣下に謎かけ

李彪(りひょう)は苦学して博士になった。深い学識を認められ、国史編纂(へんさん)に携わった。文の国、中国では皇帝をはじめとした政治家は、毎日大量に漢字だらけの文章を読み事案を処理する高い能力がなければ務まらない。そのため、誰もが漢字に対する豊富な知識と鋭敏なセンスを持っていた。そのような人々に対して、皇帝がかなり高度な謎かけをした。

北魏の孝文帝が群臣と宴会の席で、杯を挙げて謎かけをした。「三三横、両両縦とは何だ？正解の者には金の盃をあげよう。」まず、御史中尉の李彪が「酒売りの老婆が見事に酒を瓶(かめ)に注ぎ、肉屋の小僧の切った肉が秤(はかり)ぴったり」と答えた。次いで、尚書左丞の甄琛(しんちん)が「呉人は水泳が得意と自慢し、軽業師が縄を空中に回し続ける。」それを聞いていた彭城王の元勰(げんきょう)が、ようやく分かったといって「それは『習』の字だ」と言った。孝文帝は金の盃を李彪に与えた。

「習」の上の部分は、横画は「三」が二つ並ぶ、そして縦棒が二つ付け加わる。まだ金盃は別名「大白」という。この「白」を先ほどの字の下につけると「習」という字になる。酒売りの老婆も、呉人の水泳も、軽業師の空中ロープもみごとな「習練」の賜物なので、「習」ということになる。【巻18／697】

結局三人とも揃って「習」という字だと正解した。初めの二人は、直接「習」という字だと言わず、一種の謎かけで返答した。最後に彭城王が誰にも分かるように「習」の字だと説明した。この話は北魏時代の世情を描(か)いた『洛陽伽藍記(らくようがらんき)』に載っている。

拆字　字を分解して占う

日本でも「女」という文字を分解して「くノ一」（くのいち）として用いることもあるが、極めてまれなケースだ。しかし、中国では占いにまで漢字が関連している。

謝石は成都出身の人で、北宋・徽宗の時代に都を開封するためにやって来た。謝石は拆字（字を分解して解釈し）人の運命をよく当てた。依頼人はただ一字を書くだけで見てもらえるので、皆びっくりするばかりだった。噂は宮中にまで広まった。上皇の徽宗は「朝」の一字だけを書いて寵愛している宦官（中貴人）に渡して、宦官の字として見てもらいに行かせた。

謝石はこの字を見ると宦官をじっと見て「この字はあなたが書いた字ではないようですね。」宦官はびっくりして「どうして分かったのか」と聞くと、謝石は手を額に当て、次のように説明した。「『朝』という字は分解すれば『十月十日』となります。この日に生まれた人でないと書けない字です！」見ている人は、皆驚いてしまった。

宦官は宮中に戻ってから徽宗に報告をした。翌日、謝石は宮中の後宮に呼ばれ、宦官や妃嬪たちの書いた字を次々と解釈させられた。解釈が全て理に適い、当たっていたので褒美をたくさんもらい、おまけに承信郎という官職まで授けられた。このことがあってから、四方から大勢の人が押しかけ、家の前はまるで市場のようだった。【巻18／700】

字を巧みに分解して、占うということだが、勘ぐれば裏でこっそりと情報を集めて、それを字に関連づけて話をする話術のうまさに帰着するのではなかろうか。

河水乾　黄河が干あがった夢で病気になったが、謎解きで治る

ある晩、宋王は黄河が干上がった夢を見たことが心配になり病気になった。と言うのは、君主というのは龍であり、黄河に水がないというのは龍の居場所がなくなるということを意味したからだ。従って、宋王は自分の身に不吉なことが起こると考えた。

たまたまある大臣が来て、王の病気の様子を聞いたが「心配無用」と言って次のような説明をした。「河に水がないということは、『可』という字になります。陛下の病気は『可』つまり『治る』ということですよ！」宋王はこれを聞いて喜び、ほどなくすると王の病気は治った。【巻18／705】

これは先（118ページ）に述べた「杯中の蛇影」という類の話だ。元来、病気（というより体調不良）の原因が気の問題であるから、その気が治れば自然と体調も良くなる道理だ。ただ、漢字を分析して合理的に説明したので王も納得したという次第だ。

中国では教養ある士大夫の間でも怪しげな占いが信じられていた。現代中国でも依然として一般人だけでなく、共産党の幹部ですら占い師を信じているとの報道がたまに流れるが、その裏にはこのような長い伝統があることが推察される。現代の中国政界の動きを見ていて理解に苦しむ事柄も、

歴史的視点からみればおのずと明らかになることもある。

占状元　夢解きで科挙にトップで合格すると占う

現在でも大学入試の前に見た夢に一喜一憂する人はいるが、競争率が何百倍あるいは何千倍にもなる中国の科挙の場合はその比ではなかった。自分だけでなく、一族全員の名誉と栄達の浮沈がかかっている、いわば究極のバクチのようなものだ。

孫龍光（そんりゅうこう）は科挙をトップ合格（状元（じょうげん））した。その前年に、積木が数百個積まれていて、孫龍光がその上を往復する夢を見た。それで夢解きで有名な李という処士（すろうにん）を招いて説明してもらった。処士が言うには「おめでとう、来年は間違いなくトップ合格するよ。つまり、皆の材の上にいるということだから。」【巻18／709】

夢解きの例をもうひとつ挙げよう。

郭俊（かくしゅん）が科挙を受験した時、ある老僧が靴を履いたまま、ベッドの上をよたよたと歩いている夢を見た。目が覚めてから非常に気味悪い夢を見たと思い、占い師に見てもらったところ「老僧というのは上座のこと。靴を履いたままベッドを歩くというのは、高いことを意味する。つまり、君はトップ合格するということだ。」果たして結果が発表されるとトップ合格していた。【巻18／709】

ここに取りあげた以外にも、『智嚢』には夢解きの話が数多く載せられている。これから類推するに、中国人は庶民から士大夫（したいふ）、王侯貴族までよほど夢解きに関心が高かったということが分かる。総じて、中国人のほうが日本人より迷信深いといえるのではないだろうか。国民性の差がこういう点にもよく表れている。

第3章

男尊女卑の固定観念を打ち破る女性の智

『閨智』とは「女性の智」という意味である。古来、中国では女は「三従の道」（年少時には父母に従い、嫁しては夫に従い、夫亡き後は子に従う）を守るべしという、いわゆる男尊女卑の風習があったと言われている。

しかし、建前ではなく実態を見ると、皇帝から庶民に至るまで、女性は、母として、妻として、あるいは愛人として、それぞれの立場で、男たちに対して隠然たる影響力を持っていた。有名な例としては、漢の劉邦の妻の呂后、唐の武則天、楊貴妃などが思いつくだろう。

前漢の劉向によって編纂された『列女伝』という本にはいろいろな種類の女性の叡智や節義の事例が集められている。19世紀末に中国を旅行したイギリス人女性のイザベラ・バードは中国人女性のバイタリティ旺盛な姿を見て、その大陸的な気っぷの良さを高く評価した。

『智嚢』の《閨智》では、女性たちの智に焦点を絞った話が紹介されるが、時として軍師であり、またある時は政策アドバイザーでもある中国人女性の気風は現代中国にも引き継がれているといえる。

馬皇后　明の太祖を支えた賢后

明の創建者・朱元璋（太祖）は、罪もない文人・官僚を多数殺した。しかし、太祖の妃であった馬皇后のおかげで助かった文人も数多くいた。

明の初代皇帝・太祖（朱元璋）が紙幣を製造しようとしたが何度も失敗した。ある時、夢の中で「紙幣を完成したいのなら、秀才の心肝を取って使え」というお告げを聞いた。目が覚めてから「お告げ通りだと、秀才（＝文人）を何人も殺せということか？」とつぶやいた。隣で聞いていた馬皇后が次のようにアドバイスした。「私の考えでは秀才が作る文章は心をこめて書くものですから、これを心肝と呼んだのではないでしょうか？」これを聞いて、太祖は「よくぞ言ってくれた」と喜んで、官僚の書いた文章から文字を選んだので、とうとう紙幣はめでたく完成した。【巻25／908】

馬皇后は常に朱元璋を諫めて、功臣たちの過失に対して寛大な処置をとるように仕向けた。馬皇后がいなければ、何人もの罪なき文人が処刑されるところであっただろう。

李邦彦の母　家柄を恥じるのではなく、個人の力量を誇れ

宋の李邦彦は低い身分から高官になったが、心の中では卑しい出自を恥じていた。賢母の一言が、その劣等感を払拭した。

宋の大臣となった李邦彦の父はかつて銀細工師だった。ある人がそのことをからかったので、李邦彦はたいへん恥ずかしい思いをして、家に戻ってから母に告げた。母が言うには「大臣の家から銀細工師が出たならそれは恥ずかしいことだろう。でも、銀細工師の家から大臣（宰相）が出たのなら、素晴らしいことじゃないか。どうして恥ずかしがる必要があろうか！」【巻25／911】

楽聖のベートーベン（ルートヴィヒ・ヴァン・ベートーベン）がかつて、ウィーンの裁判所に呼び出されたことがあった。裁判官は、ベートーベンのみすぼらしい姿を見て、意地悪く尋ねた。「君の名についている「ヴァン（Ｖａｎ）」はドイツ語では「フォン（Ｖｏｎ）」に該当する、いわば貴族の呼称だが、どこにその証拠があるのかね？」ベートーベンは黙って自分の頭を指さした。ベートーベンと同じように、家柄より才能が人の価値を決める、ということを李邦彦の母は教えたわけだ。

房景伯の母　親不孝の子を改心させるしつけ

房景伯（ぼうけいはく）は北魏（ほくぎ）の官僚。中国の儒教は孝を一番重要視する。それでも親不孝の子はいるものだが、いかにしてその子を改心させたか？

房景伯が清河の知事となった。ある庶民の母が息子の不孝を訴えた。房景伯の母・崔氏が言うには「庶民は礼を知らない。きつく叱ってもどうなるものか？」そう言って、不孝者の母を自分の部屋に呼び入れ、椅子に座らせ、一緒に食事をとった。そうして、不孝者の息子を部屋の外に立たせておいて房景伯が食事のときに母・崔氏にどのように孝を尽くしているかを見させた。10日ばかりして、息子は自分の不孝を悔いて、帰らせてくれと言った。崔氏は「まだ表面的で、心底から悔いていないので、だめだ」と言って、それからまた20日もの間、この食事風景を続けた。息子は、地面に頭をうちつけ懇願し、その母も泣いて帰してくれと懇願したのでようやく二人を帰した。その後、この息子は評判の孝行息子となった。【巻25／913】

ここで「庶民は礼を知らない」（民未知礼）という文句が出てくるが、この背景には根深い身分差別の伝統が横たわっている。儒教の聖典である五経の一つ、《礼記》に「礼は庶人に下らず、刑は大夫に上らず」（礼不下庶人、刑不上大夫）という言葉が見える。

つまり、儒教が教える礼は元来、文字を読み書きできる士大夫クラス（教養人）が守るべき倫理規範であって、必ずしも庶民が守るべきものではなかった。要は、儒教の観点から言えば、人口の大半を占める庶民というのは家畜同様、礼を学ばせる必要もない存在とみなされていたわけだ。中国と同じく李氏朝鮮にも「庶民は人間ではない」という考え方があったようだが、日本だけはそのように考えなかった。この点が同じ儒教国といわれる中国・朝鮮（韓国）と日本の決定的な差だ。

陶侃の母　官僚になった息子に官物の私的流用を叱る

陶侃は「桃源郷」や「帰去来の辞」で有名な晋の田園詩人・陶淵明の曽祖父にあたり、東晋を代表する武将である。軍略に優れただけでなく、人格も優れていた。父を早くに亡くしたので、暮らしは貧しかったが、賢母に育てられた。

陶侃の母・湛氏は予章新淦の出身である。昔、陶侃の父・陶丹に妾として迎えいれられて陶侃を産んだ。陶氏の家は貧乏だったので、湛氏はいつも糸を紡ぎ、布を織って日銭を稼いでいた。そして、陶侃が立派な文人たちと交流できるよう気を配った。その甲斐あって、陶侃は若くして潯陽県の官吏になることができた。漁業の監督をしていたので、ある時、母に一壺の鮓（酢漬けの魚）を送った。母は、壺を開封せずに手紙を付けて陶侃に送り返して叱った。「お前は、官吏になって私に役所の品物を送ったね。こんな物をもらっても私はちっともうれしくないよ。こんなことでは、将来が思いやられる。」【巻25／919】

『晋書』の陶侃の伝には「陶侃は生まれつき、聡明鋭敏で、役所の仕事に励んだ。礼の手本のような振る舞いで、民衆を心から慈しんだ」（侃性聡敏、勤於吏職、恭而近礼、愛好人倫）と称されているほどの廉潔な役人であった。そのような人でも、役所の官物を私物流用するのは当然と考えていたということがこの文からも分かる。こうした傾向は、2000年近く経った現代の中国でも日常茶飯的に見られるようだ。

李畬の母　官物流用を戒めた賢母

李畬は唐の時代の高級官僚。中央官庁の役人ともなれば、役得が付く。本人も部下も役得は当然のことと考えたが、そうとは考えなかった賢母がいた。

監察御史（人事院長官）の李畬の母は非常に潔癖で清貧に暮らしていた。ある時、息子の畬に俸禄米を送ってくれるよう頼んだ。米が着いたので、計ってみると、三石ほど余分に入っていた。それで、運搬してきた人に理由を尋ねたところ「慣例では、御史の俸禄はたいていこの通り規定より少し多く支給されます」と答えた。また運搬してきた人に運搬料を支払おうとすると「慣例では、御史の物品の運搬は無料です」との答であった。母は怒って、余剰の米と共に運搬料を付けて息子に返した。事情を知った息子の李畬は関係した倉役人を処罰した。他の御史はこのこと

を聞いて、自分の振る舞いを恥じた。【巻25／920】

役所の慣例では下役が気を利かして上役に便宜を図っていたし、上役もそれを当然の権利と見なしていた。しかし、李畬の母親はそれを官物の不正流用だと考えた。このような話がわざわざ取り上げられるのは、裏返せば李畬のような清廉な官僚は非常に珍しいということだ。

侯敏の妻　官界をそつなく遊泳するための智恵

侯敏は唐の女帝・武則天時代の官僚。当時の官界では、権力者に近づけば甘い汁を吸えるが反対勢力からは眼の敵にされる。かと言って権力者に逆らえば、不遇な境遇に落とされることになる。権力者との微妙な間合いが読めないと官界を遊泳できない。

唐の武則天の時、太僕卿（車馬長官）の来俊臣は絶大な権力を誇っていた。朝廷の官僚たちは皆、来俊臣を恐れていた。上林の知事である侯敏はなんとかうまく来俊臣に取り入ろうとしていた。その妻の董氏が諫めていうには「来俊臣は国賊です。その権力も長くは続かないでしょう。もし来俊臣が失墜すれば、その一派がまず処罰されます。どうか、来俊臣を遠ざけてください。」侯敏は妻のアドバイスに従って次第に来俊臣から離れていったので、来俊臣は怒って侯敏を涪州の武隆の長官に左遷した。侯敏は恐れて辞職しようとした。またもや、妻の董氏が言うには「辞めずに赴任しなさい。ただし、長居しないように！」こう諭されたので、赴任して涪州に到着するや故意に役職名などをわざと間違って紙に書き州の長官に提出した。州の長官はそれを見るや怒って「役職名すら正しく書けないヤツにどうして県の長官が務まろうか？」そう言って侯敏の任命状を出すのを拒んだ。

州の長官の怒りが激しいので侯敏が心配していると、妻の董氏は「ただここにじっとしていなさい。逃げ出そうとは考えないことです」と助言した。そうして州の役所に50日ばかり滞在していると、忠州の盗賊の一団が武隆県を襲って、県庁にいた前任者の県令と家人全員を殺した。侯敏は任命状をもらえず、州の役所に足止めされていたおかげで無事であった。その後、来俊臣が失脚した時、その一派は軒並み嶺南（現在の広東省あたり）に配流されたが、侯敏は免れることができた。【巻25／929】

侯敏は賢妻・董氏のおかげで、命拾いをしただけでなく、来俊臣が失脚した巻き添えをくわずに済んだ。これも全て賢妻のアドバイスに素直に従ったおかげだ。つくづく中国の政治家の処世術の難しさがよく分かる話である。

王章の妻　夫を叱咤激励し、分不相応な出世欲を諫める

王章は前漢の人。王章の妻は、王章が病気になってめそめそしていると叱りつけた。王章が奮起して、官位に就くと、今度は分不相応な行動をしようとするのを諫めた。

王章がまだ学生だった頃、長安で妻と二人暮らしをしていた。王章は病気になっても布団がなく、麻で編んだ牛にかぶせる粗末な布団（牛衣）にくるまって暖を取って寝ていた。そのうちに、あまりの惨めさに泣きだし、妻に別れようと言った。夫の不甲斐なさに妻は怒り「今の朝廷にいる人を見ても貴卿ほどの人はいません。それなのに、ちょっと病気になっただけで、奮起せずにめそめそ泣くなんて、なんと意気地のない人だこと！」と叱りつけた。

その後、王章は成帝の時に出世して京兆尹（都知事）になった。皇帝を凌ぐ実力者の王鳳を弾劾する意見書を皇帝に提出しようとした。妻が諫めていうには「人にはそれぞれ分があります。これ以上の高位を求めてどうするのですか？　牛舎の中で泣いていた時のことを思い出してください。」王章は「女は政治に口出しするな」と怒って、とうとう弾劾書を提出した。その結果、妻の危惧した通り、王鳳に逆襲されて妻や娘もろとも収監された。

王章の娘は当時12歳であったが、ある晩、起きて号泣して言うには、「いつもなら獄で囚人を

呼ぶ時は九人の名前を呼ぶのに、今日は八人までしか呼びませんでした。お父様は剛毅なので、死んだのはきっとお父様に違いない。」朝が明けて確認すると、果たして死んだのは王章であった。

〔明の呉長卿の評〕

王章の妻の明哲保身の術を考えた。娘は死を言い当てた。王章の妻程度の考えなら私にも及ばないことはないが、娘の考えには及ばない。【巻25／930】

このことから「夫婦が一緒に貧しい生活をおくる」という意味の「牛衣対泣」という故事成句ができた。

陳子仲の妻　政府の高官になるより隠遁して平穏に暮らそう！

陳子仲は戦国時代の斉の文士。戦国時代、諸侯は自国だけではなく他国からも有能な人物をスカウトして国力を高めようとしていた。そのようなスカウトに応じようとした夫をたしなめた賢妻の話。

楚王が斉の陳子仲を大臣に任命したいと思った。陳子仲が妻に誇らしげに言った「今日、大臣に任命されれば、明日からは四頭だての馬車に乗って、お付の騎兵を従えることができる。その上、食事も毎日、美味佳肴の贅沢三昧できるぞ！」

妻があきれて言うには「四頭だての馬車に乗り、騎兵が付いたところで、座る場所の広さはしれています。豪勢な食事といっても、食べられる量はたいしたことはありません。たったそれっぽちのものと引き換えに楚国の政治の憂い事を一身に引き受けるのですか？ 乱世ですからいつ殺されるかも知れません。きっと天命を全うできないことでしょう。」陳子仲は妻の言い分はもっともだと納得し、夫婦揃って隠遁して、庭園で水やりの賃仕事などをして生涯を終えた。【巻25／931】

儒教の経典の一つである『易経』には「遯の時義は大きい」（遯之時義大矣哉）と述べられている。つまり、煩わしい世事を逃れよ、タイミングを見計らって遁世せよ、と勧めている。この抽象的な語句を具体的行動指針として示したのが「王侯に事えず、その事を高尚にす」（不事王侯、高尚其事）という句だ。

儒教は自分の身を修めて、士大夫となり国家・社会のリーダーになれ、と積極的な政治活動を勧める一方で、立身出世主義にブレーキをかけることも忘れない。世の中の動向をしっかりと見定めて身を処す、という世故に長けた叡智も同時に必要だと教えている。

王珪の母　人相・態度から息子の同僚たちを大臣の器と見抜く

王珪は唐の創建時の宰相（大臣）。王珪は子供の頃から「気品があり、欲張らず、思慮深い」（性雅澹、少嗜慾、志量沈深）と褒められた。後日、唐の創建当時の四大宰相の一人になったが、当初は、皇太子の李建成の臣下で、太宗（李世民）に敵対した。李建成が亡くなってからは、太宗の腹心の部下の一人となった。

王珪がまだ出仕する前、房玄齢や杜如晦と親しく付き合っていた。王珪の母の李氏は息子に「お前はきっと出世するよ。しかし、一体どういう人と付き合っているのか、一度家に連れておいで」と言った。房玄齢たちが家に来ると、母の李氏は宴席の用意をしつつ、物陰からこっそりと見て、たいへん驚いた。宴が終わって皆が帰ってから王珪に「この二人は帝王を補佐する才能がある人たちで、お前の出世は間違いないね」とにこやかな顔をして言った。【巻25／936】

「この二人」といわれた房玄齢と杜如晦は王珪の母が予言したように、唐の太宗を支える名臣となった。

また、別の説では、王珪の妻が自分の髪の毛を切って売り、お金を作って王珪の友人をもてなした。そして物陰からこっそりと様子を見ていた。王珪の友人たちはどれも英傑ぞろいであった。末席にようやく髭が生えだした少年が座っていた。客が帰ってから妻が言うには「あなたが連れてきた人たちはいずれも将来きっと名を成すだろうが、それは皆、末席に座っていたあの少年のおかげでしょう」と予言した。少年とは唐の太宗（李世民）であった。（詩人・杜甫の記録）【巻25／936】

中国人は観相術を高く評価していた。付き合う人を間違ってしまえば、望まないにもかかわらず、ずるずると悪縁に引き込まれてしまう。観相術は、自分の命が懸った決断をする上で重要な判断材料を提供してくれる。

潘炎の妻　夫や息子の処世を観相術でアドバイス

潘炎は唐中期の文人。潘炎の妻は塩の専売制度を確立した財務大臣・劉晏の娘。

唐の徳宗の時代（八世紀末）、侍郎（次官）の潘炎が翰林学士（秘書官）に任命され、皇帝の思し召しがとくに深かった。潘炎の妻は時の権力者・劉晏の娘であった。京兆尹（都知事）が潘炎に謁見を希望したが、門番に阻まれて謁見できなかった。それで、その門番に高級絹布（縑）３００本を贈って潘炎に会わせてくれるよう頼んだ。劉夫人がそれを知って、潘炎に「あなたは単なる官僚に過ぎないのに、都知事が謁見したいために門番に高級絹布（縑）３００本もの豪華な賄賂を贈ってくるなんて、将来が危ぶまれます！」と言って、辞職するよう勧めた。

また、息子の潘孟陽が戸部侍郎（総務次官）に任命された時も、劉夫人は大層心配して、息子に「お前程度の者が、戸部侍郎のような高い位に就くなんて、嫌なことが起こりそうで恐ろしくていられないわ！」とつぶやいた。戸部の長官がしきりと潘孟陽に早く出仕するよう催促すると、劉夫人は「試しに、お前の同輩を家に呼んでおいで。私が観察するから」と言った。客がやって来ると劉夫人は物陰から観察した。宴会が終わってから「皆さん、なんて立派な方たちだろう。これなら心配ないわ」と喜んだ。「ところで末席に座っていた若者は誰？」と聞いたので、息子は「補闕の杜黄裳です」と答えると、劉夫人は「あの人だけは別格ね。将来、きっと大臣になって有名になる人だわ」と予言した。（杜黄裳とは、唐創建時の名宰相・杜如晦の六世の孫である。）【巻25／937】

中国では観相術は古くから盛んである。『史記』《淮陰侯列伝》には「貴賤は骨法にあり」とある。つまり、古代の中国人は人相だけでなく、体つきや声の質からその人の運勢や性格などが分かると考えていた。しかし、一方「馬を相してはこれを痩せたるに失し、士を相してはこれを貧に失す」（相馬失之痩、相士失之貧）という言葉も同じく『史記』にある。つまり、馬は痩せていると名馬でも駄馬に見えてしまうし、豪傑でも貧しい身なりをしているとクズに見えてしまうということで、この点が観相の難しいところだ。

日本はというと、寛政（かんせい）の頃大坂に水野南北という観相の大家がいた。人相と性格の関連の奥義を究めようとして、髪結や湯屋の三助、果ては火葬場の隠亡（おんぼう）にまで身を落として、実検分に努めた。それでも晩年になってもまだ観相の奥義を究めることができないでいる、と嘆いたとも言われている。

辛憲英　父や弟の処世法を的確にアドバイス

辛憲英（しんけんえい）は晋の人で、羊耽（ようたん）の妻。三国時代から晋の時代にかけては、権力者が次々と入れ替わった。それはまるで暴れ馬に乗っているようで、下手をして振るい落とされてしまえば、乗っている者全員の命が危ない。権力の推移を的確に判断する能力が何よりも必要とされた時代であった。

辛憲英は魏の侍中（秘書官）である辛毘（しんぴ）の娘で羊耽に嫁いだが、非常に頭が切れた。以前、曹操の息子の曹丕（そうひ）が世子（皇太子）に擁立された時、うれしさ余って辛毘の首に抱きついて「お前に、私がどんなにうれしいかが分かるか？」と聞いた。辛毘が家に戻ってこの話をすると、娘の辛憲英がため息をついて「世子というのは国君の代理となるものです。国君の代わりに国の心配ごとを引き受けなければならないので、慎み、畏れこそすれ、喜ぶとは！　この様子では魏も長くは続かないわね」と予言した。（事実、魏は王朝としては約50年しか持たなかった。）

また、辛憲英の弟の辛敞が曹爽の参軍となった時、宣帝（司馬懿）は曹爽を誅殺しようと計画していた。そして、辛敞に曹爽の誅殺に同行せよと言ってきたので、辛敞は板挟みになって困った。姉の辛憲英が言うには「曹爽は司馬懿と同じく魏の武帝（曹操）から顧命を受けたのに独断専行していいます。魏の王室に対して不忠な人だね。司馬懿のこの度の挙兵は曹爽を誅殺するだけで、曹爽のグループには害は及ばないでしょう。」

辛敞が「それでは、私は家に閉じこもっていればいいのですか？」と尋ねると、姉は「主君に仕える身でありながら、職務を放棄するのはよくない。誅殺に同行しなさい。もし戦死すれば、それは非常に名誉なことだわ。お前は皆と一緒に行きなさい」と励ました。それで、辛敞は意を決して、司馬懿に与して曹爽の誅殺に加わった。事態が落ち着いてから、辛敞は「姉がいなければ、世間から逆賊にされるところだったよ」と、安堵のため息をついた。【巻25／938】

袁隗の妻　夫のいじわるな質問全てに当意即妙に切り返す

袁隗は後漢末期の高官。

袁隗の妻は後漢の大儒・馬融の娘で、名を倫といった。雄弁で頭が切れた。生家は世々富豪であり、綺麗に着飾っていた。結婚したての頃、袁隗が尋ねた「妻というのは家の中を掃除し、整頓できればそれでよい。どうして綺麗に着飾る必要があるのだ?」それに対して馬夫人は「両親が私のためを思って用意したものをどうして逆らうことができましょう。貴卿に昔の鮑宣や梁鴻のような高い志があるなら私も貴卿に従って、貴卿の徳を高めることに努めましょう」と言い返した。

袁隗は言い負かされたのでむっとして「貴方の家では、弟が兄に先んじて高官になったので、世間の笑い者となっている。それだけでなく、お姉さんがまだ嫁いでいないのに、妹のあなたが先に結婚して恥ずかしくないのか?」それに答えて「姉は徳行が優れていて、その上、とびきりの美人なので、釣り合う人がなかなか見つからないのです。一方、私は姉ほどの取り柄がないので、はやばやと妥協して結婚した次第です。」

そう言われて、袁隗はいよいよむきになって「貴方の父上は学識豊かで、文壇の大御所であるのに金に関する醜聞が多いのはどういうわけだ?」それに答えて「孔子は大聖人であっても叔孫武叔に謗られました。子路は大賢人であっても公伯寮に讒言されました。私の父も、この人たちと同じように陰口を言われるのは仕方ないことです。」袁隗はことごとく言い負かされて、返す言葉が見つからなかった。【巻25/９４５】

さすがに大儒・馬融の娘だけあって、論語などはすっかり暗記していて、袁隗のつっこみに古典の知識を縦横に引用してするどく切り返している。なかなか手ごわい才女だ！

司馬懿の妻・張后　夫の仮病を隠すため下女を口封じ

司馬懿は三国志の英雄・曹操を支えたが、曹操の死後、魏の力を削ぎ、最終的に晋の実質的な建国者となった。司馬懿の妻・張氏も司馬懿に匹敵するような果断な実行力があったが、そのやり口はとても真似できるものではなかった。

司馬懿が魏の曹操から辞令を受け取った時、就任したくなかったのでリウマチだとウソを言って家に閉じこもって寝ていた。ある日、本を虫干ししていたが、にわか雨が降ってきたので、司馬懿はあわてて庭に飛び出て本を取り入れたが、その様子を下女に見られてしまった。司馬懿の妻・張氏はすぐさま自らの手で下女を殺して口封じした。下女を一人しか使っていなかったので、下女がいなくなって張氏は自分で夫の食事の世話をした。【巻26／950】

この話は『晋書』巻31に載せられているので、信憑性が高い。張氏は夫のリウマチのウソがばれるとどのような災難が降りかかってくるかもしれないと案じた。そこで、夫のウソを隠すためならためらうことなく人殺しのような非情なことも実行した。司馬懿が天下を取れたのも、このような気丈な夫人がいたおかげだともいえよう。それにしても、つくづく中国の政治家の危機管理意識は尋常ではないことを思い知らされる話だ。

劉太妃（1）　まず大義名分を得てから行動せよ

唐の末期、「黄巣（こうそう）の乱」で国が大いに乱れ、各地の軍閥が互いに食うか食われるかの勢力争いをしていた。その一人、李克用（りこくよう）（後唐の建国者・太祖）は妻・劉氏（りゅうし）の賢明な判断に大いに助けられた。

晋王の李克用の妻は劉氏といった。李克用が黄巣軍を討って梁に立ち寄った時、朱全忠（しゅぜんちゅう）（朱温）が宴会を催したが、実は伏兵を隠して置いて李克用を暗殺しようとしていた。夜半すぎ、李克用は襲われたが、危うく難を逃れて逃げ帰った。そうして、すぐさま朱全忠を討とうとしたが、劉夫人が諫めて言うには「公（あなた）の本分は国賊を討つことでしょう。今、朱全忠が公の暗殺を企てたのを知る者は誰もおりません。それなのに兵を挙げて朱全忠を討とうとすれば、世間の人はどちらに非があるか分からないではありませんか！　ここは軍をまとめて都に戻り、皇帝に朱全忠に暗殺されかかったことを訴え、勅命を得てから朱全忠を討つべきです。」　李克用はもっともな意見

だと悟り、それに従った。世間の人は朱全忠に非があるとした。【巻26／952】

劉太妃（2）噂が広まらないように夫の部下を口封じする

李克用が上で述べたように朱全忠に襲われた時、主人（李克用）を棄てて逃げ帰って、劉夫人に事態を報告した部下の兵士がいた。劉夫人は、顔色を変えずその部下を斬り捨て、秘（ひそ）かに武将たちを呼んで李克用を救出するための策を練った。劉夫人の智勇には李克用も及ばないであろう。【巻26／952】

李克用の夫人・劉氏が逃げ帰ってきた兵士を斬ったのは、噂が広まらないようにするためだったのか、それとも主人を見捨てたことに腹をたてたのか分からないが、ともかく夫のピンチを救うためとはいえ、実に非情なやり方だ。しかし、この行為は咎められるどころか、称賛に値すると考えているところがいかにも中国的である。

劉太妃（3）夫が敗戦で落ち込んでいる時に的確なアドバイス

劉太妃は、果断であり機転が利くだけでなく、軍略にも優れていた。夫の李克用は敗戦続きで、気が落ちこみ、間違った方向に逃げようとしたが、劉太妃のアドバイスで思い止まった。

李克用は太原で敵に包囲され、たびたび戦争に敗れた。どうすれば苦境を脱することができるか困っていた時、大将の李存信が「ここを棄てて北方の遊牧民の所に逃亡して再起を図りましょう」と勧めた。

李克用はその計画を妻の劉夫人に話したところ、劉夫人が怒って「李存信は元はと言えば北方の貧しい羊飼いに過ぎません。とても国家レベルの考えができません。公はかつて王行瑜が邠州から脱走したあげくに、部下に殺されたことをあざ笑いましたね。それと同じ間違いを犯す気ですか？　昔、公は韃靼に助けを求めて逃げて行った時、危うく自力で脱出できず困ったではありませんか。今、天下が乱れているので、むしろ南方へ進出する良いチャンスではないでしょうか。敗戦が続けば誰でも意思がぐらつくものです。公がしっかりしないで、誰が従ってきましょう？　北方へ逃げると言いますが、果たして無事にそこまで辿り着けるでしょうか？」　李克用はなるほど、と悟り、北方へ逃げるのをやめた。【巻26／952】

劉知遠の妻・李夫人　民心を得る方策をアドバイス

劉知遠は五代後漢の初代皇帝で、戦乱の中で帝位に就いた。劉知遠の出世物語を題材にした、美貌の妻・李夫人（李三娘）とのラブロマンスを掛け合わせた戯曲は『白兎記』として有名。

劉知遠が晋陽に着いた時、将兵をねぎらうために民の財産を巻き上げて分配しようとした。李夫人が諫めて言うには「陛下は河東を根拠に王朝を建てようとされていますが、いまだ民に何の恩恵も施しておられません。それなのに、民の財産を奪おうとするなどとは、新しく天子になられる方が民を慈しむ意図に逆行します！　将兵に報いるのであれば、今、軍中に蓄えている財宝を分配すべきです。たとえ分配金が少ないと言っても誰も文句を言わないでしょう。」　劉知遠はこの提言に従った。軍の将兵も晋陽の民もどちらも喜んだ。【巻26／954】

この話から、劉知遠より、妻の李夫人のほうが遥かに治世のツボを心得ていたように思える。

李景譲の母　部下の兵士が反乱寸前になったのを止める

唐の李景譲の母・鄭氏は聡明であったが、厳格でもあった。李景譲が官僚となって高い位に就いていたが、それでもわずかの欠点があれば、容赦なく鞭打った。李景譲が浙西の観察使（行政長官）であった時、部下の将官が逆らったので杖できつく殴り過ぎて、死んでしまった。軍の兵士たちは怒り、今にも反乱を起こしそうな険悪な雰囲気になった。

母親の鄭氏がこのことを聞くや役所に出向き、庁堂の席に座り、息子の李景譲を庭に立たせ、叱りつけた。「天子様がお前にこの地域を任せたのは、国家の刑法を自分の喜怒の赴くままに使えとでも言ったのかえ？　罪もないのに殺して騒乱でも起きれば、朝廷に背くだけでなく、この年老いた母も罰を受け、惨めな思いをするではないか。あの世に行ったら、どの面をさげてご先祖様に申し開きできようか？」　そう言って、役人たちに命じて李景譲の服を脱がせ、今にもその背中を鞭打とうとした。それを見た部下の将官たちはみな揃って、鞭打ちはやめてくれとしきりに懇願した。あまりに頼むので、次第に鄭氏の怒りも解け、軍も平穏になった。【巻26／955】

馮夢龍は鄭氏の筋の通った倫理観に共鳴していたようで、次のようなエピソードを添えている。

〔馮夢龍評〕鄭氏は早くに寡婦となった。家は貧しく、子供は幼かったので、鄭氏が自ら文字を教えた。たまたま、家の後ろの壁が崩れ、箱いっぱいの銭が出てきた。母は天に感謝して「『働きもせず金を得るのは災いになる』と聞いている。天がもし、私たちの貧乏を憐れむのなら、子供たちの学問が大成するように計ってほしいものです。この金は取らずにおこうと思います。」こう言って、また銭の詰まった箱を埋め戻した。これから、鄭氏は婦人の中では大見識のある人だと分かる。

李景譲の弟は李景荘と言った。いくら勉強しても、毎回科挙に不合格であった。母はその都度、罰として兄の李景譲を鞭打った。おかしなことだと笑うかもしれないが、李景譲は母から鞭打たれても、決して不正な方法で李景荘を科挙に合格させようと画策しなかった。そして言うには「朝廷で役人を採用するには、定められた基準がある。自分がその決まりを破っていては、どうして他人に守らせることができようか？」まことに正しい道理だ。

白瑾の妻　盗賊に目印を付けた財宝や衣服を与えておいて捕らえる

白瑾（はくきん）の妻は山陰出身の葛氏（かつし）であった。白瑾は病弱であったが、葛氏が世話をし、読書に専念することができたので、成化の期間（15世紀後半）に科挙に合格し分宜の県令に任命された。夫人の葛氏も任地に随行した。その翌年、白瑾の病気がやや回復した。

時に役所には銀数千両の蓄積があったが、近隣の村では飢饉（ききん）が発生して、数百人が盗賊の集団となって襲ってきた。役所には防護壁がなかったので、役人たちは銘々の家族を連れて家財を持って逃げた。葛氏だけは、門の入り口を警備させ、夫の白瑾を別室に移した。銀塊を池の中に埋め、夫の服を着て正堂に座って盗賊を待ち受けた。盗賊が来ると、ねぎらいの言葉をかけてから、装飾品や衣服などを分け与えた。盗賊たちは感謝して立ち去ったが、それらの品物には分からないような目印が付けてあった。後日、その目印のおかげで盗賊をことごとく捕らえることができた。【巻26／961】

盗賊たちは、手に入れた装飾品や衣服にそのような目印がついているなどつゆ知らず葛氏に感謝したが、見事に捕らわれてしまった。

朱序の母　敵の攻撃場所にあらかじめ防衛隊を配備した女傑

五胡十六国時代、南の東晋は北から激しく攻撃され、防戦一方であった。男だけでなく女も力を合わせて城を防衛した。

東晋の朱序が襄陽の防衛についた。前秦の皇帝・苻堅が将軍の苻丕に大軍を与えて襄陽を攻撃させた。敵が攻めてくる前に、朱序の母・韓氏が城壁の上から状勢を見て、西北の角から敵が攻めてくるだろうと予測し、百人ばかりの下女と城内の婦人を集めて、高さ20丈（60メートル）ほどの高い砦を築いた。その後敵が攻めて来たときに、案の定、西北角の守りを破って敵が侵入してきたが、新たに造った砦に拠って敵の進撃を食い止めることができた。それで、襄陽の人はこの砦を「夫人城」と呼んだ。【巻26／962】

朱序たちは必死の防衛戦を続けたが、残念ながら最終的に襄陽は陥落した。敵将の苻堅は、朱序の抵抗によって数多くの兵士が死んだにもかかわらず、朱序が節を曲げず東晋のために奮闘したことを称えた。

竇良の娘　逆賊の頭目の妻にされるも、逆賊一家を族滅する

唐は「安史の乱」で屋台骨が揺れた。戦乱のため、至る所で人々は殺されたり、さらわれたりした。竇良の娘は、無理やり逆賊の李希烈の妻にされたが、心まで奪われたわけではなかった。李希烈の死をきっかけに逆賊一家を皆殺しにする策略を練った。

逆賊の頭目の李希烈が汴城に入城した時、参軍である竇良の娘を無理やり妻にした。娘が父に言うには「どうか悲しまないでください。きっと賊をやっつけますので。」娘は李希烈の武将の陳仙奇が忠実で勇気があることを知り、夫に重用するように勧めた。そして、陳仙奇の妻もまた、自分と同じ竇姓であることから、李希烈に「同じ姓のよしみで彼女と仲良くしたい」と了解をもらった。李希烈が病気になったので、竇良の娘はチャンス到来とばかり陳仙奇の妻に言った「盗賊たちはいくら強いといっても最後は必ず滅びると思うが、あなたはどう思う?」

妻が陳仙奇にこの言葉を伝えると、陳仙奇は即座に意図を察知して、李希烈の侍医に賄賂を渡して毒殺させた。李希烈が死んだ時、李希烈の息子は喪を告げずに将軍たちを皆殺しにして自立

しようと考えた。その時、たまたま桃を献上する者がいたので、竇良の娘は将軍たちに桃を配って全てが順調であることを示したいと言った。そこで、染めた布で桃そっくりの形を作り、その中に密書を入れて将軍たちに送った。陳仙奇の妻が桃を割って、密書を読み、初めて李希烈が死亡したことを知った。陳仙奇は兵を率いて汴城に来て、李希烈の息子たちの首を刎ね、さらに李希烈の一族の男七人の首を都門にさらした。その後、これらの首を皇帝に献上した。その功績が認められて、陳仙奇は淮西節度使（地方長官）に任命された。【巻26／966】

李希烈の暴虐ぶりは『旧唐書』には次のように書かれている、「李希烈は元来、非常に残虐な性格であった。戦争で敵兵を殺して、おびただしい血が目の前に流れていても、表情や話し方は普段と全く変わらず、にこやかに談笑しながら食事をした。これは兵士たちを畏れさせて命令に従わせ、戦争に死力を尽くさせるための方策であった。」これほどの悪人であれば、誰もが暗殺に協力するはずだ。

鄒僕の妻　目の前で夫が殺されても冷静に復讐する

目の前で盗賊のグループに夫が殺されたなら、誰しも気が動顚して大泣きするだろう。そうなると、盗賊たちは騒がれると困るので、ついでに妻も殺してしまうことになる。しかし、鄒景温の家来の妻は突発事態にも取り乱すことなく冷静に対処し、秘かに復讐した。

梁の末期（6世紀）、襄州の都軍務の郗景温が徐州に転任して、また都軍を監督することになった。郗景温の家来（僕）の一人が体力には自慢があると、妻と二人だけでロバに乗って任地に向かった。途中で、沼地の所にさしかかると大声で「この辺りに力自慢の盗賊がたむろしていると聞いたが、わしと勝負する者はいないか？」と怒鳴った。たちまち、草むらの中から五、六人の強盗が飛び出してきた。一人が家来の後ろに回って抱きかかえて倒したところへ、もう一人が短刀で喉を掻き切った。全く油断していた罰だ。

殺された家来の妻は、別段驚く様子も見せず、むしろ、はしゃいで叫んだ「お見事、ブラボー！今日ようやく私の恥を雪いでくれたわね。私は元は良家の娘だったけれど、こいつにさらわれてここまで連れてこられたの。天罰が当たったんだわ。」強盗たちは、女の言葉を真に受けて、女を殺さず荷物を載せて二頭のロバを曳いて南へと進んだ。50里（25㎞）ばかり行くと亳県の北界に至り、孤荘の南に到達したので、休憩することにした。孤荘のある家の門には兵器が飾ってあったので、近くに巡邏の警備兵がいることが分かった。女はすたすたとその家の中に入っていくので、盗賊たちはきっと食物をもらいに入ったのだろうと思い、疑わなかった。女は家の中に入ると、家の当主に夫が殺された経緯を泣きながら話した。当主は秘かに人を集めると盗賊たちを一挙に縛りあげたが、一人だけは取り逃した。盗賊たちは枷をはめられて亳城の役所に送られ、

全員処刑された。女は襄陽に戻ってから尼となり一生を終えた。【巻26／970】

自分の夫が目の前で殺されたにもかかわらず、一粒の涙も見せることなく、芝居を演じるとは、どんなに上手な役者でもかなわない名演技だ。

崔簡の妻　淫乱の皇子を手厳しく打ち据えて悪癖をやめさせる

滕王は、唐の創建者・李淵の末子であるが、極めて淫乱で、美女と見れば誰かれなく関係を強いた。誰もがその淫行を止められなかったが、田舎から出てきた崔簡の妻はいとも簡単に問題を解決してみせた。

唐の滕王は極めて淫乱で、高官に美人妻がいれば「滕王の妃が話したいことがある」と偽って宮中に呼びつけては有無を言わさず犯していた。ある時、典籤（総務文書係）の崔簡が妻の鄭氏を伴って田舎から初めて都に上ってきた。滕王は早速、鄭氏を宮中に呼んだ。崔簡は、滕王の悪い噂を聞いていたので妻を宮中に行かせたくなかった。しかし、行かせないと滕王の怒りを買うかと言って、行かせれば滕王に手籠めにされる。どうも困ったものだと崔簡は大いに悩んだ。

妻の鄭氏は「大丈夫、心配いりませんわ！」と言って、宮中に行き、滕王の屋敷の中門をくぐり、小さな亭に入った。中にはすでに滕王が待ち構えていて、鄭氏が入るとすぐさま迫ってきた。鄭氏は大声を上げて「お前はこの家の下僕であろう。滕王ならこんなふしだらな真似をするはずがない」と靴を手に取って滕王の頭を思いっきり叩（たた）いた。滕王は顔面血だらけになったところへ滕王の妃が騒ぎを聞いて駆け付けてきてくれたので鄭氏は無事に家に帰ることができた。滕王は、顔を殴られたことを恥じて十日ばかり政務をとらなかった。崔簡は毎日、滕王の邸（やしき）に参上して門のところで滕王から声がかかるのを待っていた。とうとう崔簡は滕王に面会することができたので、座に着いてから先日の妻の無礼を詫（わ）びた。滕王は恥じて何も言わず席を立って行ってしまった。これを聞いて、それまで抵抗せずに手籠（てご）めにされた高官の妻たちは皆恥ずかしく思った。【巻26／977】

もし滕王が残虐な性格であれば、崔簡の妻はその場で即座に斬り殺されていたことであろう。しかし、滕王は淫乱ではあるが、残虐ではないので手荒いまねはしない、と見抜いた崔簡の妻は堂々と滕王の顔面を殴りつけた。手籠めにされた高官の妻たちは、そういった滕王の性格を見抜けなかったのを、恥ずかしくもあり、また悔しく思ったに違いない。

藍姉　強盗の背中にロウの目印をつける

夜中に突然強盗が襲ってきた。財宝を渡すのを拒めば殺される。しかし、財宝をごっそりと持って行かれるのもつらい。どうすればいいか？

南宋の紹興年間（12世紀）、京東出身の王知軍が新淦の濤泥寺に寓居していた。ある時、宴会で多数の客が来た。主人が酔って寝ていたところ、突然多数の強盗が押し入ってきて、賓客や下女たち全員を縛り上げた。下女たちは口々に「蔵の鍵は藍色の服を着た姉御が持っている」と叫んだ。藍服の姉御は即座に「鍵はここにありますので、ご主人様を起こさないでください」と言いつつ鍵束を取り出すと、宴席の上にあった燭台を手に持って蔵に入った。

そして、次々と金杯や銀杯、さらに宝石で飾られたネックレスなどを取り出しては強盗に渡した。強盗たちはそれを受け取ると飛ぶように逃げていった。主人は目が覚めてから一部始終を知り、県庁に訴え出た。藍服の姉御が主人に言うには「捕まえるのはわけないことですわ。強盗たちは皆白色の服を着ていました。私は燭台を持ってそれぞれの着物の背中にロウを垂らしておきました。これを目印にして捕まえて尋問すれば見つかるはずですわ。」後に、果たして強盗たちを全員捕まえることができた。【巻26／978】

強盗が押し入ってきたとき、もし主人が知ったら、騒ぎたてるか、財宝を渡すのを拒んで殺されるのが関の山だ。姉御は一旦は強盗の言いなりになったふりをして財宝を渡した。実に機転のきく姉御だ！

遼陽婦　矢が尽きても盗賊たちを追い払った婦人たち

遼陽（りょうよう）は中国の東北にあり、日露戦争（1904〜1905）の遼陽会戦で日本とロシア軍が激闘した所でもある。広大な平野が広がる土地柄だけあって、乗馬を得意とする盗賊（匪賊（ひぞく））が昔から横行していたようだ。婦人たちだけでも盗賊どもには果敢に立ち向かった。

盗賊たちが遼陽の東山一帯を強奪して回っていた。たまたまある一軒に来たが、男たちは皆、家を出払っていて、三、四人の女しか家にいなかった。盗賊たちは事情が分からなかったので無理に家に入ろうとはせず、まず矢を一本家の中に打ち込んだ。室内にいた女たちは協力して盗賊に対抗した。二人の女が縄を両側から引っ張り、一人の女が矢をつがえて窓から盗賊めがけて射た。矢を何本か放ったが盗賊たちは逃げて行こうとしなかった。

その内、女たちの矢が尽きた。一人の女が大声で「矢を取ってこい」と怒鳴った。積んであった麻の束を棚からどさっと地面に落とした。その音はあたかも矢の束のように聞こえたので、盗賊たちは驚いて「どうやら、やつらはまだまだたくさんの矢を持っているようだ。これじゃ堪らん」と言って逃げていった。【巻26／980】

李成梁夫人　強盗を井戸に導き入れて、閉じ込めて殺す

明の元帥・李成梁は中国北東部の遼東一帯を治め、大きな勢力を持っていた。そのような勇猛な夫に相応しく夫人もまた智恵も胆力も兼ね備えた女性であった。

伝え聞くところによれば、明の元帥・李成梁の夫人はもとは遼陽の民家の娘であった。当時、遼陽の人々は盗賊の強奪に苦しめられていた。それで、常々、地中に深い井戸を掘ってその中に財宝を隠していた。さて、李成梁の夫人の家もそのように財宝を隠し、娘一人だけ井戸の中に残して避難した。そこへ二人組みの強盗がやって来た。井戸の中に人がいることを知るや、一人が綱を伝って降りてきた。うら若き娘がいたので喜んで、上にいるもう一人に娘を引き上げさせた。

そうして、井戸の上の盗賊が井戸の中を覗いている隙に娘は盗賊を後ろから思いっきり押して井戸の中に突き落とした。井戸に蓋をして重しを載せ、入口につないであった盗賊の馬に乗って走り去った。数日して、盗賊の集団が引き上げた時、父母と一緒に家に戻った。娘が事情を説明

し、皆で井戸の中に居た盗賊を殺し、首を切って役所に届けた。李成梁は当時、役所に勤めていたが、娘の智略を聞いて感心し、妻にした。後に、その女は一品夫人という高い地位に昇った。【巻26／981】

中国の諺に「一人で廟に入るな、二人で井戸を覗くな」というのがあるという。その意味は、「一人で廟に入ると、悪い坊主に殺されて金品を奪われる恐れがある。二人で井戸を覗くと、相棒に突き落とされる恐れがある。」盗賊は、うら若き娘だと安心して、この諺を忘れてしまっていたのだろうか。

練氏　処刑される運命の武将を逃がし、後で大きな恩返しを受ける

五代十国の戦乱の時代、各地はそれぞれ独立した国々であった。それで、一国で罰を受けても、他国に逃亡することが可能であった。章仔鈞の妻・練氏は、遅刻したために処刑される運命にあった二人の武将を夫に無断で逃がしてあげた。そのおかげで、後日、皆殺しされるはずであった城内全員の命が助かった。

宋の名臣・章得象の曽祖父・章仔鈞は建州の人である。初め、章仔鈞は五代の時、閩王の審知

に仕えて、州の刺史（州長官）となったので、章太傅と言った。その夫人の練氏は智恵、学識ともに人より遥かに優れていた。（閩とは現在の福建省辺りにあった国）

章仔鈞がある時、出陣する際に二人の武将が期限に遅れてやって来たので、処刑しようとした。夫人は夫・章仔鈞のために酒席を用意し、着飾った美女を勧めた。章仔鈞は酔っぱらってすっかりいい気持ちになり、夜になると寝入ってしまった。そこで夫人はこっそりと二人の武将を牢から出して逃亡させた。二人は北方の南唐に亡命し、後に南唐の将軍となり、建州を攻略するため進軍してきた。その時、章仔鈞は既に亡くなっていたが、夫人はまだ建州に住んでいた。二人の将軍は夫人に使いを遣し、宝物と白旗一本を渡して次のように伝えた。

「我々は近日中に建州城に総攻撃を加え、城中の人間を皆殺しにする予定です。夫人は家にこの白旗を掲げてください。そうすれば、我々の兵士にこの白旗の家は略奪や殺戮はするな、と命じておきますから。」

この言葉を聞いて、夫人は宝物と白旗を返し「貴卿たちが昔の恩に報いようとするなら、建州城全部の財産と人命を守ってください。もし、皆殺しにするというなら、私たちも城民と一緒になって死にます。私たちだけが助かろうとは思いません。」二人の将軍はその言葉に感激し、総攻撃を中止したので、城内全員の命が助かった。【巻26／983】

練氏夫人の行いは、まさに士大夫（教養ある貴族）の鑑だ、と馮夢龍は次にように褒め上げている。

〔馮夢龍評〕章太傅（章仔鈞）には息子が13人いた。その内八人はこの練氏夫人から生まれた。次の宋の時代になって、章仔鈞の子孫から大官に至った者は極めて多いが、全てこの八人の子孫だ。『淮南子（えなんじ）』に「陰徳ある者は必ず陽報あり」（有陰徳者必有陽報）というが、そのような「陰徳の報」は本当にあるということではなかろうか？

第4章

策略を成功させる第一要件は冷静さだ

「上智」とは策略の中でも最も優れたもの、という程度の意味であろうが、内容的には他の智とあまり差が見られない。日本人にはうさんくさくみられる「ずる賢い」策略もふんだんに登場する。数多くの事例から、馮夢龍が考える上智の本質を探ってみるに、結局、上智とは己の感情を抑えることができるようにする術だということが分かる。

例えば、唐の時代、元載は宰相（大臣）の位に就いていた時、宦官の魚朝恩が『易経』の一節「鼎の足が折れて餗を覆す」（鼎覆餗）について講義をし、宰相にある者たちはどいつもこいつも役立たずなクズばかりだ、とあてこすった。これに対して宰相の一人である王縉はかんかんに怒ったが、元載はけろりとしていた。それを見た魚朝恩は「怒るのは人情、怒らずに笑う者は底が知れない」（怒者常情、笑者不可測也）と恐れた。事実、魚朝は後日、用意周到な元載に計られて宮中で縊り殺された。元載のように感情を表情に表さないことが策略を成功させるための第一歩だと分かる。要は、冷静さを保てることが上智の必要条件ということだ。

楚荘王　「絶纓の会」で武人の面目を救う

古代中国で、春秋の五覇の一人と言われた、楚の荘王はスケールと度量が大きな王であった。荘王は武人の面目を救ったおかげで、後日、絶体絶命の負け戦を勝ちきることができた。

荘王が大勢の家来を呼んだ宴会の最中に、強風で明かりが突然消えた。その隙に王の美人の袖を引く者がいた。気の強い美人は不届き者の冠の纓を引きちぎり、荘王に明かりをつけて犯人を捕らえるようにと叫んだ。荘王は、出席者全員に冠の纓を引きちぎるように命じてから明かりをつけさせた。後日、楚と晋の戦争で、荘王は敵兵に襲われたが、王の窮地を五度も命懸けで救った戦士がいた。戦が終わり、尋ねてみると件の冠の纓を引きちぎられた武人であった。【巻1／11】

この有名な話は劉向が編纂した『説苑』に載せられていて、そこには「陰徳を施すものには、必ず良い報いがある」（此有陰徳者、必有陽報也）と王の人徳を誉めるコメントが付けられている。この話は次の种世衡の話のイントロになっている。

种世衡　美人の侍女を与えて最強の軍団をつくる

宋の种世衡は中国西北部の辺境地帯の軍備を任された。策略を用いて味方を強め、敵の力を削いで、祖国防衛に尽くした。

北方の遊牧民の中では蘇慕恩が率いる部落が最も強かった。北辺の警備についていた种世衡はある晩、蘇慕恩と酒を酌み交わしていたが、蘇慕恩が酌をしている侍女に気をひかれていることを知ると、わざと酔ったふりをして奥に引き籠った。これ幸いと蘇慕恩が侍女に淫らな振る舞いに及んだが、种世衡が不意に現れた。蘇慕恩は「しまった、えらい所を見られた！」と平謝りに謝った。种世衡は笑いながら「その侍女が気に入ったか？」と尋ね、蘇慕恩の返事を待たず、即座に侍女を与えた。それ以降、その辺りで反乱を起こす者がいると、常に蘇慕恩を差し向けたが、負け知らずであった。【巻1／11】

楚の荘王と种世衡の二つの話を比べてみると、楚の荘王が武人のメンツを守ってあげたのは、別段、後々の特別な働きを期待してのことではなかったが、それが結果的に功を奏した。种世衡の場合は、わざと隙を見せることで蘇慕恩を腹心の部下に引き込むことに成功した。

馮夢龍は种世衡の策略について「种世衡はこの術を使って謀反人を討伐した」（此術討叛）と褒めている。

蕭何・任氏　長期を見据えて最大の利益を得る

人は財産というと金銀財宝、つまり金目のものを連想する。劉邦が秦の都の咸陽に入った時、武将たちは血眼になって金銀財宝を漁った。しかし、最終的にはそれらは小さな利益に過ぎないことが分かった。

ここに登場する蕭何は劉邦を支えて秦を倒し漢を建国した最大の功労者。戦闘ではなく、後方から劉邦の軍隊を強力にサポートしたが、そこには常に冷静な判断が働いていた。

劉邦が秦の軍を破り真っ先に秦の都・咸陽に入城したとき、将軍たちは先を争って宮殿の倉庫に押し入り金銀財宝を分捕った。ところが、蕭何だけは秦の大臣や役人の法律の関連書をそっくり収蔵した。劉邦が即位して、各地の人口や天下の形勢を知ろうとした時、これらの図書が大いに役立った。

次も同じく秦が倒れた混乱の中で、冷静な任氏が巨万の富を築いたエピソード。

宣曲に住む任氏の一族の先祖は代々倉庫管理の役人であった。秦が崩壊すると、豪族たちは先を争って宮殿の倉庫から金銀財宝を盗んでいったが、任氏だけは穀物を運びだして自分の穴倉に保管した。その後、漢（劉邦）と楚（項羽）の戦いが始まると滎陽で持久戦となったために、庶民は田を耕すことができず食料難に陥った。米の値段が暴騰したので、豪族たちが持っていた金銀財宝はすべて、任氏の手元に集まった。【巻1／27】

この二つの話は短期的な利益に惑わされず、長期的な視点に立った時にどうすれば利益が得られるかという実例を示している。

胡濙　一言の忠告で朝廷と状元のメンツが保たれた

胡濙（こえい）は明の文人官僚。状元（じょうげん）とは科挙の試験のトップ合格者である。任命式の朝、状元が遅刻したので、朝廷から探索隊を派遣することになったが、機智を効かした胡濙の一言の忠告で状元のメンツがつぶれずにすんだ。

明の英宗の正統13年（1448年）、彭鳴（ほうめい）が科挙を状元（トップ）で合格した。帝への謝恩会の宴を翌朝に控え、彭鳴は遅刻してはいけないと思い、前夜から徹夜で朝を待っていたが、明け方近くに不覚にも机に突っ伏（つぶ）して寝てしまい、朝礼に間に合わなかった。

朝礼の席で、糾儀御史（きゅうぎ）（倫理監査担当役人）は錦衣衛（きんいえい）（秘密警察）に命じて彭鳴を逮捕（拿（だ））に行かせたい旨を上表し、帝が裁可した。そこに胡濙が進み出て「状元の彭鳴は遅刻していますが、錦衣衛は逮捕（拿）に行くのではなく、捜索（尋）に行くべきだと考えます」と述べた。帝は「それが良い」と賛成した。

この胡濙の一言がなかったならば、この度科挙でトップ合格を果たした状元をあたかも罪人の如く引っ立てて行く様子を庶民が見ることになり、科挙の権威ががた落ちになるところであった。老成した文人官僚の胡濙はさすがに大きな視点を持っている。【巻1／42】

うっかりミスで遅刻した彭鳴を「捕えに行く」のでは科挙の権威が大きく失墜し、ひいては文人政治そのものに対する信頼感が失われてしまう。それを大人の風格を備えた胡濙の機転で、一言「捜索に行く」と言い変えることで、科挙のトップ合格者・彭鳴だけでなく文人全体のメンツが保たれた。

賈彪　捨て子、嬰児殺しの悪習を断つ

後漢時代、儒者たちは社会改革にも大きな貢献をした。賈彪は貧民が生活に困って捨て子や嬰児殺しをする悪習を全力で阻止した。

貧民の多くは子供を養えないので、捨て子にしたり嬰児を殺したりしていたが、新息県の知事となった賈彪はそういった行為は殺人と同罪にすると布告した。

ある時、町の南で強盗殺人事件が発生し、町の北では母親の嬰児殺しが発生した。賈彪は早速

現場に駆けつけようと役所を出たが、下役は南の強盗殺人現場へ賈彪を連れて行こうとしたので、賈彪は怒って「盗賊が押し入って人を殺すのはしょっちゅうあることだ。母が子供を殺すのは道に外れた行いで許しがたい」といって北に向かい、母親に罰を下した。それを聞いた、南の強盗殺人の犯人は自分の行いを悔いて自首してきた。嬰児殺しの悪習がなくなったので、数年の間に殺されずに育った子が数千にものぼった。人々は皆、「賈父が育てた子供たちだ」と言って、男の子が生まれれば「賈男」と名付け、女の子なら「賈女」と名付けた。【巻1／45】

処理すべき仕事の優先順位を正しくつけることができるのが、一流の政治家の証といえよう。そうした意味で、前漢の丞相（総理大臣）の丙吉は街中を視察中に、喧嘩で死傷者が出ていたのは無視したが、牛があえいでいたことを見咎めた。つまり、丞相たるものは警察官のような目先の仕事ではなく、旱魃を引き起こすような天候不順のような大きな事に対して対策を立てるべきだということになる。近年のコロナ禍においても、世界の政治家が期せずして一斉に何を優先すべきかという、政治家としての資質と判断力が問われることになった。

李沆　帝王には国内の難問を積極的に報告すべきだと説く

李沆は北宋時代の名臣、常に『論語』の章句で身を律していたという。北宋は豊かな経済力をバツクに平和を謳歌していたものの、次第に治世に真面目に取り組まなくなった。最終的には放漫政治が北宋を滅亡に導くことになったが、早くからそうした事態を見通していたのが李沆であった。

李沆が大臣の職についてから、若い皇帝・真宗に各地で発生した水害や旱魃などの自然災害や盗賊、暴動、反乱などを毎日のように報告した。それを聞くたびに真宗は青ざめ、悲しげな様子をうかべた。

傍で聞いていた王旦は朝廷から退いた後で李沆に「このような些細なことをいちいち主上に報告するまでもないでしょう。聞いていて不快なことばかりなので主上の気分を害するばかりです」と言うと、李沆は「いやそうでない。今、主上はまだ30歳になったばかりの青年だ。今のうちに国内には難問が山積しているという実態をよく知ってもらう必要がある。さもないと、そのうちに若さに任せて、女色や遊楽にふけるか、さもなければ建築に熱中したり、大遠征を企てたり、あるいは大金をつぎ込んで封禅のような大規模な儀式を行おうとするであろう。わしは老い先が短いので見届けることはできないが、将来必ずそうなるに違いない」と言った。

李沆が亡くなってから、真宗は契丹と平和条約を締結し、西夏の臣属を受け入れるようになるや、とたんに贅沢にふけるようになった。泰山で封禅を行ったり、宮殿を大々的に増築したり、過去の法律の調査をしたりと、治世に無益なことに熱心に取り組むようになった。王旦はこういったばかげたことを真宗に勧めている王欽若や丁謂を排除するよう真宗に進言したが、どうすることもできなかった。かといって、朝廷を去ろうとしても真宗から強く引き留められてしまった。それで、李沆の言ったことを思いだし、つくづく「李文靖（李沆の尊称）は遠くまで見通した聖人であったなあ」と感嘆した。【巻2／63】

中国の古典的な歴史書の『春秋左氏伝』《成公・16年》に「外寧必有内憂」（外寧（ほかやす）ければ必ず内憂（ないゆう）あり）という言葉がある。外部に敵がいなくなれば、内部に必ずもめごとが起こるということだ。李沆が口をすっぱくして真宗に自然災害や盗賊・内乱の事件を報告したのは、まさにこの観点から帝王を戒めるためであった。中国の政治の流れをみると満州事変以降の反日運動や近年の愛国教育は、この「外寧必有内憂」を逆手にとって、わざと外敵をつくって国内を治めるという中国の伝統的な統治手法であることが分かる。

趙鼎　わざと刑罰を緩くして敵の勢力を削ぐ

趙鼎（ちょうてい）は早くに父親をなくし、母親の手ひとつで育てられたが、見事に科挙に合格し、ついには南宋四名臣の一人と称された。

中国では常に深刻な党派対立が政局を揺るがした。互いに、わずかなミスを見つけて相手方の勢力を削ごうと躍起になっていた。しかし、相手のミスを厳しく問い詰めるよりも緩やかな方法で処罰することによって、逆に相手の勢力を削ぐことができると趙鼎は諭した。

御医の馮益は薬にする目的で鳩を買ったが、その時に朝廷を誹謗するような言葉を吐いたと、劉予に弾劾された。それを聞いた張濬は「馮益を処刑して事の経緯を明らかにすべき」と主張した。それに対し、趙鼎は「本件は事実関係がはっきりしない部分が多いので暫くの間、馮益を地方へ左遷するのがよい」と反対した。帝は趙鼎の意見を採用した。

張濬が怒って趙鼎に文句をいうと、趙鼎は次のように諭した。「昔から、腹黒い役人（小人）どもを厳しく弾劾すると、普段仲たがいしていても一致団結して必死に反抗するようになる。しかし、左遷程度であれば団結しないので、彼らの勢力を削ぐことができる。もし団結させれば、逆にこちら側（清廉な役人）が彼らの標的になってしまう。どちらがよろしいか、お分かりでしょう。」この意見を聞いて張濬はすっかり感服した。【巻2／69】

ここで述べられているのは、中国の昔からある君子と小人の争いである。清廉な役人が君子で、腹黒い役人が小人という配役だ。腹黒い役人たちは普段は自分の出世や財産獲得でお互いに敵同士ではあるが、一旦、仲間が弾劾されると、自分たちのグループ全体の利益が損なわれるという危機感から一致団結して清廉な役人たちに立ち向かう。そうした心理を読みつくした趙鼎は馮益を地方へ左遷するという緩やかな罰を適用することで、小人たちに危機感を抱かせず小人たちの力をじわりじわりと削いでいった。

日本の役人たちは、法律に反すれば、どれほど小さいことも処罰することで安寧を保とうとする。あるいは、法律を整え厳格に執行すれば世の中が丸く収まるはずと考える。このような人間心理に疎い日本の役人たちには、趙鼎のような世故に長けた発想は難しいだろう。

陳仲微　毒まんじゅうの紹介状を封を切らずに突き返す

陳仲微は南宋の文人官僚。清廉で決断力のある政治家として尊敬を集めた。地方官として赴任した折に有力者から地方のボスへの紹介状が送られてきたが、どう処置したものか？

陳仲微が初めて田舎の村の役人になった時に、村の有力者から、その地方のボスによく言っておいたから訪ねていくように、と陳仲微にボスへの紹介状が送られてきた。だが、陳仲微は受け取った紹介状をそのまま机の引き出しにしまっておいた。次の年になって、紹介状を送ってきた有力者が税金を支払わなかったので、その家の下僕が逮捕された。有力者は怒って「紹介状まで書いてあげたのに」と恨み言を言ってきたので、陳仲微は封を切っていない紹介状を突き返した。有力者は恥じて詫びた。【巻2／74】

「関係（グァンシー）」が重視される中国で有力者とのコネは絶大な威力を発揮する。しかし、それは一方では自分の行動の自由を縛る足枷（あしかせ）にもなる、恐ろしい毒まんじゅうだ。陳仲微は、紹介状を利用すれば、その送り主の有力者に弱みを握られることが分かっていたので、封を切らずにしまっておいたわけだ。

案の定、その有力者は紹介状を発送した段階ですでに陳仲微をまるめこんだものと安心しきって不正を行った。もし陳仲微が紹介状の封を切っていたなら、その有力者の不正摘発という強い態度には出られなかったことであろう。つまり、将来が読めないと、中国では官僚として成功できないという教訓だ。

孔子　人を救って報奨金を受け取らないのは間違い

孔子（こうし）には孔門十哲と呼ばれる優秀な弟子たちがいた。その一人、子貢（しこう）は人助けをしたが、報奨金を拒否したので、孔子は叱った。良いことをしたはずなのに何故、孔子は叱ったのか？

孔子の弟子の子貢は頭の回転の速い秀才タイプであった。魯（ろ）の国の法律では、魯の女性が他国の諸侯の妾（めかけ）となっている場合、もし身請けしたら、国から報奨金がもらえることになっていた。

子貢は自腹を切って魯国の女性を身請けしたにもかかわらず報奨金の受け取りを辞退した。

この子貢の行為を聞いて孔子は叱った。「お前の行いは間違っている。本来この制度ができたのは良き風俗をつくるためである。魯国には金に困っている者が多いが、その人たちが善事をして報奨金を得るのは悪いことではあるまい。もし報奨金をもらうのが悪いことだとの認識が広まってしまったなら、これから先、身請けしようとする人が出てこなくなるであろう。」

もう一人の弟子である子路は川で溺れている人を救った。その人はお礼にと子路に牛を贈り、子路は受け取った。孔子はそれを聞いて「よくやってくれた。これから魯国では溺れている人を救おうとする人が増えることだろう」と言って子路を褒めた。

この二人の対応に関して、馮夢龍は自分の意見を述べるのではなく、明の儒者・袁了凡（本名は袁黄、『陰騭録』の著者）の論評を以下のように引用している。

〔馮夢龍評〕 孔子の弟子の二人の行いに対して明の儒者・袁了凡は次のように評した。

「世間一般では、子貢が金を受け取らなかったことは、子路が牛を受け取ったことよりも立派な行いだと考えるであろう。しかし、孔子は牛を受け取った子路を褒めて、報奨金を受け取らなかった子貢を叱っている。これから考えると、人に善行を行わせるのは目先の行いを議論するのではなく、多くの人をいかに巻き込むかを考えなければならない、ということだ。また、現在の一時点を取り

上げて議論するのではなく長期的な観点から良い方法を論じる必要がある。」【巻2／77】

子貢が女性を救ったのは真心からの行いで、決して報奨金目当てではなかった。しかし、そのような人は稀である。孔子は、世間一般の人に善行をさせるには精神論ではダメで、報奨金というエサ（実利）が必要だと知っていた。「人は理念では動かない、実利が人を動かすのだ」とは実務家の孔子らしい発言だ。

宓子　目先の損よりも悪弊が広がるデメリットのほうが大きい

宓子とは宓子賤のこと。孔子の弟子で、『論語』には子賤という名で登場する。「君子の中の君子」と、孔子がべた褒めした人物だ。

斉の軍が魯に侵攻するという噂が流れた。その通り道にあたる単父の長老たちが宓子に「麦の収穫時期ではありませんが、すでに十分熟していますので、民に麦刈りをすることをお許しください。そうすれば備蓄も増えますし、敵にむざむざ食糧を取られることもありません」と三度、願い出たが、宓子は断じて許さなかった。

突然、斉の軍が侵攻して、麦を刈り取って行った。魯の大臣の季孫氏は怒って、使いを送って宓子を責めた。宓子はやるせない気持ちを隠しきれずこう言った。「今年麦の収穫がなくとも、来年また植えればいいだけの話です。しかし、戦争のために麦刈りを早めるのを許したなら、中には麦植えもしていないのに、どさくさに紛れて他人の収穫物を盗み取ろうとする不心得者が出てくるでしょう。そうなると、人々は外敵の侵入を喜ぶようになります。単父の今年一年の収穫は魯国全体の国力の増減に全く関係しませんが、外敵の侵入を期待するような風潮をつくれば、今後、数世代にわたって大きなマイナスとなります。」季孫氏はこの言葉を聞いて「そのような深い考えをしているとは、穴があったら入りたい」と恥じた。【巻2／78】

今年の収穫がなくても何とか生き延びることができるが、法を無視する風潮が蔓延（まんえん）すると、取り返しがつかなくなると宓子賤は心配したのだ。宓子賤の心配とは「時期が来ていないのに麦の刈り取りを許すと、それぞれが勝手に麦刈りを始めるので、大混乱が生じる。それを好機として、他人の畑の麦まで刈ってしまう不心得者が出ないともかぎらない」ということだ。政治において、法の遵守が最も重要だと考えていた孔子は弟子の子貢から「『軍隊、食糧、信用』（兵食信）のどれが一番大切でしょうか？」と聞かれた時に「信用」と答えた。この思想が宓子賤にも脈々と引き継がれている。

程琳　税制は煩わしいほうが望ましい

程琳（ていりん）は北宋の政治家。訴訟では、貴戚（きせき）（身分の高い人や皇帝の親戚）に遠慮することなく判決を下したと言われており、将来のことまで正しく見通せる見識を持っていた人のようだ。

程琳が三司使（財務大臣）に就任した時、官僚の中には税金がいろいろな名目をつけて徴収されているのは煩わしいので一本化するのが望ましい、と考える人がかなり多かった。程琳はその意見に反対して「多くの名目をやめて一本化するのは一見便利なように見えて、後日、あくどい官僚が出てきたら必ず追加の名目で税金を徴収することになるでしょう。それでは民はかえって困ることになります。」

官僚たちは、表面的には程琳の意見に納得したふりをしたが、心の底では、納得していなかった。ところが、後になって蔡京（さいけい）が「方田の法」（農地に課税する新たな法律）を施行する段になって、ようやく程琳の意見が正しかったことに気付き、その先見の明に感嘆した。【巻2／79】

税金を数々の名目で徴収されるのは、確かに煩わしいように思えるが、結局、中国の政治事情ではこの煩わしさのおかげで庶民は酷税を免れていたことになる。何でもかんでも論理的に割り切った方が良いという考え方が、中国社会においては机上の空論に過ぎないことがよく分かる事例だ。

王鐸　無駄な出費が社会的弱者を救う

王鐸（おうたく）は唐の官僚で、都・長安の知事になった。米の輸送にかかる無駄な出費をやめるべきとの意見が王鐸のもとに届けられた。現在は国でも会社でも、無駄な出費を抑えれば豊かになるとの考えが一般的だが、実はそうでないケースもある、というのがこの話。

王鐸が京兆丞（けいちょうじょう）（副都知事）であった時、部下の李度支が次のような意見を提出した。「毎年、江南から米を都の長安まで輸送してきますが、その運搬費用は一斗（日本の一升）につき700文（一万数千円）かかっています。ところが長安の米は一斗、わずか40文（800円）です。つまり運搬にずいぶんと無駄な費用が掛かっているわけです。それで、江南の米を運搬するのをやめて、代わりに一斗につき700文の税を納めさせるようにしたいと思います。」

この提案に対して、王鐸は「良策とは言えない。運搬をやめれば、都近辺から米を買い入れることになるので都近辺の米はすぐに底をつくだろう。また、運搬に無駄な費用が掛かっているとの指摘だが、この運搬によって、どれほど多くの人々が生活の糧を得ているかを考えてほしい。」

しかし、とうとう李度支の提案する米の買い入れ制度が裁可された。さて、実施されると王鐸の予想通り、都下の米価が高騰した。十日も経たないうちに、李度支は新制度の廃止を請願した。というのは、もはや都の近辺からは運搬する米がなくなってしまったからだ。朝廷の人々は王鐸の明察に感嘆し、これ以降、王鐸は重用された。【巻2／81】

『荘子』に次のような寓話が見える。ある村に庚桑楚という役人が赴任してきた。三年のうちに村が豊かになったのを喜んだ村人は次のように言った。「庚桑先生の仕方では、日々の勘定ではマイナスだが、一年終わってみると勘定がプラスになっている。まさに聖人のようだ」（日計之而不足、歳計之而有余）。

王鐸は、江南の米を運搬するのは無駄な出費と考えられるかもしれないが、運搬に携わる人たちの生活を支える公共福祉事業だと考えていた。大きな視点で見ると善悪の評価が逆転するという話だが、現在の日本でもこれに通じる話は多いことだろう。

韓雍　わざと病気のふりをして証拠を残して身を守る

韓雍は明の政治家。文人でありながら、各地の反乱を鎮めたり辺境の蛮族を討伐したりと軍事にも功績を残した。

明の時代、韓雍が江南を巡察していた時、突然、寧王（ねいおう）の弟の某王が来訪したとの知らせを受けた。韓雍は体調が良くないとの口実で、某王を少し待たせた。その間に秘かに人を三司（役所）に送り、公的な文書を書くための白木の板を何枚かもらってこさせた。そうして、いかにも重病であるかのように足を引きずって、某王に拝謁した。

某王が部屋の中に入って話を切り出そうとすると、韓雍は病気のせいで耳がよく聞こえないので、書いてくれるよう頼んだ。某王は兄の寧王に謀反の企みがあることを白木の板に詳しく書いてから出て行った。韓雍は寧王の謀反を朝廷に報告した。朝廷から人が派遣されて寧王に謀反の企てがあるかどうかを調査したが、証拠が挙がらなかった。朝廷は、韓雍が意図的に寧王と朝廷の間を裂こうとしたとして収監しようとしたが、韓雍は某王が書いた白木の板を見せたので、嫌疑が晴れた。【巻2／88】

重病を装い、耳が聞こえないふりをして、証拠を残したので、韓雍は投獄されずに済んだ。ここまで用心深くして、身を守るための手段を即座に考えつかないと中国の官僚は務まらないということだろう。

孫叔敖　王から賜る田地を美地ではなく荒地にしてもらったわけ

孫叔敖（そんしゅくごう）は春秋時代の楚（そ）の賢相。荘王に仕え、楚を強国にするのに貢献した。死後、その功績に対して、子孫が王から田地を賜ったが、美田を断り、わざわざ荒地を願った。そこには孫叔敖の子孫の安全を守るための深謀遠慮があった。

春秋時代の楚の公族の一人であった孫叔敖が死の床にあって息子たちに次のように遺言した。

「私が死ぬと、楚王はお前たちに封土を与えてくれるであろう。その時に、便利で地味の良い土地をもらってはいけない。越との境に寝丘という痩せた荒地がある。そこをもらえ。」

孫叔敖が亡くなると、予想通り王から美地を賜るとの話があったが、息子たちは父の遺言に従って美地ではなく荒地を要望した。誰も欲しがる土地でなかったので、何世紀経ってもなお、子孫がその地に安泰に暮らすことができた。【巻2／102】

楚国に対して偉大な功績を遺したので、王は何でも希望通りの物を与えたいと思ったことだろう。しかし、孫叔敖は富や財というのは、かえって盗賊をおびき寄せる餌（えさ）であることを知っていたので、わざと誰も望まないような荒地を賜ることで、子孫の安全を確保したのであった。

汪公　理屈で治めようとすると、自分の首を締めることになる

王雲鳳は明代の硬骨の政治家。権門に阿ることなく、悪い点をびしびし指摘したので、国事に真面目に取り組む政治家として知られていた。しかし、正義一直線ではうまく行かないとのアドバイスを老知事・汪公から受けた。

王雲鳳が陝西州の提学（文教長官）として赴任した時のこと、現地の郡知事の汪翁（おう　じいさん）が次のように警告した。「君はこの地の風紀を糺そうとしているようだが、役所内部のことに専念し、そこらあたりにたくさんある得体のしれない祠や僧侶などには手出しをしない方がいいよ。」

王雲鳳はそれに答えて「これこそまさに私がしようとすることですが、何故そうしてはいけないとおっしゃるのですか？」　汪翁が言うには「君が確実な証拠をつかんで風紀を糺すのならいいが、そうでなく単に業績を挙げることで名声を高めようとするならやめたほうがいい。というのは将来、もし家族の誰かが病気にかかって病気祈願のためにどこかのお社に行けば、それこそ世間の物笑いになるだけだ。」　王雲鳳はその高説に感服した。【巻２／１０４】

政治家の中には、法律を楯にとり全てを法律通りに厳しく取り締まれば世の中が良くなる、と考えている人がいるようだ。そうした人たちは、厳しくすればするほど良吏の誉を得ることができると考えるのだろうが、いざ家族が病気などの不幸に見舞われると、途端にそれまでの論理的、法律的な考えは吹き飛んで、神頼みの願をかけるようになる。すると本心から法律を守る心構えがなかったことがすぐにばれてしまう。まるで、グリム童話の赤ずきんちゃんに登場する狼のように、首から上は老婆の恰好をしていても、足元は狼の足なので本性がすぐにばれる。

汪翁の忠告は、現代風に言い換えれば「全てを規則ずくめで厳重に取り締まるというのは、ハンドルの遊びをなくすようなものだ。何事もぴしっと完璧に整えすぎてしまうと、まさかの時に融通が利かなくて困るよ」ということになるだろう。

劉大夏　身分不相応な贈り物は厄介物にすぎないと断る

劉大夏は明の第十代皇帝・孝宗（弘治帝）時代の名政治家で、王恕、馬文升と合わせて「弘治三君子」と称えられた。清廉であるだけでなく、人情の機微にも通じていた。

劉大夏は粛州に防衛任務で駐屯していた時期、非常に貧しかった。しかし、中央官庁の役人は皆、宦官の劉瑾に逆らうことを憚って、誰も敢えて穀物を駐屯所に送ってこなかった。ただ、三人の学生だけが変わりばんこに穀物を届けてくれた。ある時、副将の某氏が穀物をどっさりと送ってきた。使いの者は、「劉公に受け取ってもらうまでは戻ってくるな、と厳命されている」と言った。

劉大夏は力なく笑って「わしはもうこの通り老いた身だ。それに従僕も一人しかいない。一日に食べる量もわずか数銭で足りる。もし、このような大量の穀物をもらっても、下僕が盗んで逃亡してしまえば、貧乏どころか、厄介なことを背負い込むことになる」と応じた。たまたまその時、粛州に駐屯していた鍾尚書の財産が下僕に盗まれて持ち逃げされるという事件が起こった。この盗難事件を聞いて、人々は劉大夏の先見の明に感服した。【巻2／108】

誰しも、物を贈るときは何らかの見返りを期待するものだ。それで、受け取ったほうは事あるごとに贈り主にどのように報いようかと心を煩わせることになる。劉大夏の言葉はこのことを婉曲的に表現したに過ぎない、と馮夢龍は見抜いていたようで、次のようなコメントを付けている。

〔馮夢龍評〕劉大夏はもともと、贈り物を受け取りたくはなかったのだ。下僕が盗むと困る、との説明はいわばこじつけと言えよう。似た例がある。曹操が官渡に滞在していた時、華歆を招聘した。千人を超える友人や賓客たちがそれぞれ餞別を持って見送りに来た。華歆は数千にも及ぶ餞別を素直にもらったがそれぞれに印を付けておいた。そして、いよいよ旅立つ段になると集まった人たちに「私は別に餞別を受け取らないことを主義にしているわけではありません。ただ、餞別があまりにも多く、これを抱えて、単身で遠くまで旅行すると盗賊の恰好の餌食となってしまわないかと不安になります」と言って、餞別を一つ残らず元の贈り主に返した。人々は華歆の人徳に敬服した。劉大夏の行為は華歆の智恵に倣ったといえる。

龔遂　盗賊たちの暴動を一片の布告で鎮める

龔遂は前漢の官僚。剛毅で、国家を背負っているとの気概溢れる人であった。顔だちは貧相であったが、世の中の混乱を手際よく鎮めた。

前漢の宣帝の時、渤海郡で大飢饉が発生して盗賊が暴れまわっていたが、知事は手の下しようがなかった。宣帝は「誰か適任者はいないか」と大臣たちに尋ねたところ、龔遂が推薦された。宣帝が面接したが、歳は70歳にもなり、背は低く、その上、貧相な顔だちだったので宣帝は内心がっかりした。それでも、気をとりなおして龔遂に盗賊を退治する方策を聞いたところ「反乱の民を治めるのは乱れた縄を整理するようなもので、急いでやろうとすると一層もつれるものです」（治乱民如治乱縄、不可急也）と答えた。

龔遂は任地に着くや次のような布告を出した。「盗賊退治の役人は全員解雇する。手に鍬や鋤を持っている者は、今までのいきさつはチャラにして、全員善人とみなす。しかし、手に武器を持つ者は盗賊と見なして捕まえるぞ。」この布告を聞き知った住民たちは、皆武器を捨て鍬や鋤に持ち替えた。【巻3／125】

龔遂は一兵も煩わさずに乱を収めた。騒乱の元は、飢饉が引き起こした食糧難が原因だった。餓死するならいっそのこと郡の倉庫にある穀物を強奪しようとして乱が発生したのだった。龔遂は乱の原因を見抜き、乱を鎮めるのは案外簡単だと悟った。倉庫を襲ったことで当面の生きる分の食料を確保した民衆はもはや盗賊を続ける必要はなかったのだ。龔遂は盗賊たちが良民に戻れるように逃げ道を作ってあげた。乱れた糸や紐は無理にひっぱると、固まって解き（ほど）にくくなるのだが、ゆっくりと一本ずつ見極めながら解（ほぐ）していくと全体がほどけてくる。

馮夢龍はこの記事に対して次のようにコメントしている。

〈馮夢龍評〉 かつての有能な官僚というのは、面倒なことでも何でもないことのように処理してしまう才能を持っていた（古之良吏、化有事為無事、化大事為小事）。今の官僚は逆で、つまらないことでも処理を誤って大ごとにしてしまう。それでも罪に問われることなく、かえってそれを処理したことが功績と認められるのだ。

ここで馮夢龍が指摘していることは、火事にたとえれば、世の中のずる賢い役人は、くすぶっている所をわざと煽って大火事にしてから消し止めて自分の功績を捏造しているということだ。つまり、役人が出世するには何らかの功績を立てなければならないわけで、事件が小さい間に処理したところで、誰も認めてはくれない。それで、わざと問題を煽って大きくしてから大勢の人と大金をつぎ込んで解決しようとする姑息な役人に対して憤っている。

1989年6月に天安門事件が発生した。元総書記の胡耀邦の死をきっかけとして学生の民主化要求デモが発展し、各地で大規模な反政府的な雰囲気が盛り上がった。この時、いち早く上海の反政府デモを武力で鎮圧した江沢民は鄧小平の後継者に認められて次期指導者となった。馮夢龍が指摘したように、江沢民は「化有事為無事、化大事為小事」（有事を化して無事と為し、大事を化して小事と為す）を実践できる有能な官僚と鄧小平から評価されたのであろうか？

韓褒　盗賊の頭目たちに盗賊を取り締まらせる

戦乱が続いた南北朝時代（5世紀から6世紀）、各地の豪族たちは政府の力が届かないのをいいことに、盗賊を取り締まらなければならない立場にもかかわらず、盗賊まがいの悪業を繰り返していた。韓褒は盗賊退治を命じられたが、さてどのように処理したのか？

南北朝時代、周の文帝（宇文泰）の時、韓褒が北雍州の知事となったが、そこには盗賊が多くいた。韓褒は赴任すると、早速、秘かに州内の様子を探らせて、豪族たちの所業だと突き止めた。それから、豪族たちを訪問し、礼儀を尽くして挨拶をしてから、「私は白面の書生ですので、盗賊の取り締まりについては全く分かりません。それで、貴卿に盗賊退治のご協力をお願いする次第です」と、あたかも何も知らないふりをして下手に出て、豪族たちを油断させた。

それから、州内のごろつきを集めて、盗賊退治の隊長に任命し、それぞれ担当する地域を決めた。そして、担当地域内の盗難案件で犯人が捕まらないと、隊長が犯人を見逃しているためだ、とわざと決めつけて責任に押し付けた。隊長たちは、初めはごろつきから役人になれたと喜んでいたが、こういう事態になると真っ青になって「これこれの盗難は誰々がやった」と具体的に名前を挙げるようになった。韓褒はそのようにして得た犯人の名前を役所の門に張り出し、そこにはこう書かれていた。「盗みを働いた者は、早急に自首せよ。今月を過ぎても自首しない者は、見つけ次第処刑し、妻子は官婢とする。今月内であれば罪は赦す。」この張り紙を見た、盗賊たちは尽く一ヶ月以内に自首してきたので、名簿と照らし合わせて、それぞれの罪を赦してやった。その結果、この地方から盗賊はいなくなった。【巻3／128】

中国では、「毒をもって毒を制す」（以毒制毒）という策略が頻繁に用いられているが、韓裒のやり方もまさにその流儀だ。『水滸伝』でも、山賊の統領の宋江が最後には、朝廷に投降した後に、官吏に登用されて、今度は逆に盗賊を取り締まる立場になっている。このように、「以毒制毒」には長い伝統がある。ひょっとすると現在でも秘かにこの策略が用いられているかもしれない。

王敬則　屈辱を与えるだけで盗賊を退治

王敬則は南北朝時代の武将。刀剣が大好きな武人で、元は犬の屠殺（屠狗）を生業としていた。武芸で劉宋の武人に採用されたが、後に南斉を建国する蕭道成に仕え、南斉の高官にまで上り詰めた。

王敬則が呉興の太守（知事）になった。その地方には盗賊が多かった。王敬則はたまたま一人の泥棒を捕まえた。その親族を呼んできて、その目の前で鞭打ち数十回の刑に処し、これから暫く街路を掃除せよ、と命じて屈辱を味あわせた。暫くして「仲間の泥棒をひっぱってきたら許してやろう」と言ったところ、仲間の泥棒は皆逃げていってしまい、領内には泥棒がいなくなった。

【巻3／132】

中国では伝統的に個人は家族・親族（宗族という）の中で生きていくことができた。それ故、親族から爪はじきされることは死を意味していた。そこに目をつけた王敬則は庶民の犯罪を防ぐには、厳罰で臨むより親族に爪はじきされた方がずっと効果があると考えた。実際、この方法は盗賊を減らすという効果を挙げたが、つらつら考えるに、盗賊自体が減ったのではなく、別の場所に移っただけかも知れない。これから分かるように、中国人が「問題は解決した」と言った時には結果の妥当性を吟味することが必要だということが分かる。

王徳元　捕えたスパイを放ち、逆にこちらの情報を漏らす

スパイとは敵陣の情報を入手するのが仕事だ。こちらの情報がスパイの活動によって敵方に漏れるのはマズイと考えるのが普通だが、王徳元はそうは考えなかった。

明の時代、王徳元が枢密帥（参謀本部長）となり熙河で防衛任務についていたとき、西戎が明に侵入しようと計画し、スパイを潜入させたが、明の国境警備隊に捕まった。服を探ってみると、地域一帯の人馬の数や食糧など軍事機密を細かく書いた冊子が見つかった。警備兵たちは、スパイを八つ裂きにすべし、と叫んだ、王徳元はスパイの背中を20回鞭打った後で、顔に大きく「蛮族を返却す」（番賊決訖放帰）と六文字を刺青して、釈放した。

当時、西戎の兵や軍馬は非常に多く、食糧もふんだんに蓄えられていた。しかし、このスパイが戻って明の様子を冊子に基づいて報告すると、西戎の将軍たちは明の防衛力が充実していることを悟り、侵入するのをやめた。【巻3／134】

王徳元は、敵方のスパイを殺すよりも、こちらの軍備が整っていることを知らせるほうが戦争抑止効果があると考え、スパイを見逃して、逆に情報を拡散させたわけだ。

劉舜卿　敵対する部族の出鼻をくじく

劉舜卿（りゅうしゅんけい）は北宋初期の文人政治家。各地の地方官を歴任したが、特に敵対する遊牧民を上手に抑え込んだ。

北宋の初期、元豊時代（11世紀後半）、劉舜卿が雄州の知事となった。北方の部族の一人が夜中に関所の門の鍵が付いている鎖を取り去って逃げた。役人がこっそりと報告しに来たが、劉舜卿は騒がずに、門の錠だけ大きいものに取り換えさせた。数日後、部族が泥棒と盗んだ鎖を送り届けてきた。劉舜卿は「当方の鎖が盗まれたとは聞いていない」と言い、念のため届けられた鍵で門を開けさせようとしたが、大きさが違っていたので開かなかった。それで、泥棒と鎖を返した

が、部族は恥をかかせられたとして泥棒を処刑した。【巻３／１３５】

次の話も同じ趣旨の話。

李允則（1）　敵のスパイを手間をかけずに消す方法

李允則（りいんそく）は北宋の政治家。20年にもわたり河北の国境地帯を治めていた。清廉で、不正蓄財はせず部下や住民からも慕われる人であった。

李允則が北方の契丹（きったん）族との境界地方を治めていた時のこと、国境警備の兵士が契丹人に殴られて怪我をしたが、相手を取り逃がしたと訴えてきた。李允則は負傷した兵士に２０００銭（四万円）を与えただけで調査しようとはしなかった。翌月になって、隣の幽州から役人が来て、こういった暴力事件がなかったかと尋ねた。李允則はわざと「そういった事件はなかった」とウソの返事をした。これは、例の契丹人がスパイとしての能力を証明するための証拠としてあの事件を挙げたのだった。しかし、そういった事件がなかった、と言われたので、スパイはウソの報告をしたとみなされて殺された。【巻３／１３６】

中国にとって北方の遊牧民は常に、隙を見ては侵攻する実に厄介な部族であった。弱みを握られると、将来、どのような災難がふりかかるかも知れない。敵のスパイの報告の信用を落とすことで、スパイ活動を抑制することができた。狐とタヌキの化かし合いだ。

李允則（2）　武器庫が燃えても、そ知らぬ顔で宴会を続ける

李允則が軍営で宴会を開いて楽しんでいると暫くして火事が発生した。ボヤ程度だったので火事はすぐに消し止められた。ただ、兵器のいくつかが燃えてしまったので、秘かに近くの軍営から茶籠（ちゃかご）に入れて少しずつ兵器を運びこませた。一ヶ月も経たない内に兵器は元通りに揃った。世間の人はこのことを知らなかった。

内閣の枢密院がこの火事に対する李允則の処置が不適切だと弾劾した。真宗は「李允則のことだから何か意図があってのことに違いない。ちょっと調べてみてくれ」と、枢密院に指示を出した。李允則は枢密院の調査に対して次のように答えた。「兵器の貯蔵場所は火事が起こらないように厳重な警備をしていました。それで宴会の時に出火したのは、きっと悪人の計画的犯罪に違いないと考えました。もし、宴会を中止して消火活動に駆け付けたなら、その隙に動乱が起こるかもしれないと考え、動かなかった次第です。」【巻3／136】

李允則は火事の起こるはずのない場所で火事が発生したのは計画的な放火に違いないと判断した。それで、敵の裏をかいてわざと宴会を続けたのだ。何か異変があると、必ず裏があると考えるのが中国人だ。

この二つの事件の処理を見ても分かるが、李允則はよほど異民族の対応に慣れていたことが分かる。事件の裏に潜んでいる策略を機敏に察し、的確な判断を下すことができた武将だ。

文彦博　騒ぎが起こっても知らんぷりをして翌日に処罰する

文彦博（ぶんげんはく）は宋代の代表的な文人政治家。国の元老として重きをなしたが、晩年になって王安石の新法に反対して神宗から疎（うと）まれた。

文彦博が成都の知事だったある大雪の晩、客を招いて酒を酌み交わしていた。夜遅くなっても宴は続いていた。あまりの寒さに従者たちはいきりたって罵（のの）しりながら、近くの小屋を壊して、勝手にたき火を始めた。護衛の責任者が報告に来た。客たちは「さては暴動か?!」と怯（おび）えたが、文彦博はあわてず「寒いのだから、小屋の木でたき火するのもいいだろう」とそのまま宴を続けた。やがて従者たちも静かになり、その晩は何事も起こらなかった。翌朝になって、文彦博は従者のうち、小屋をまっ先に壊したものだけを罰して追い払った。【巻3／138】

【馮夢龍評】気は火のようで、挑発すれば燃え上がる。しかし、薪を取り去ってしまえば、炎は鎮まる。

現在の日本では、コンプライアンス遵守を声高々に叫ぶ人が多い。しかし、場合を弁えずにコンプライアンス遵守に固執すれば、「角を矯めて牛を殺す」の諺のように、「コンプライアンスは守ったが、騒動が発生した」という困った事態になるかも知れない。文彦博にしろ、先の李允則にしろ、たしかに些細な点ではコンプライアンス違反をしているが、機転を利かした「大人の対応」で問題を見事に解決している。

蘇軾　殺人を犯した警官をこっそりと殺す

蘇軾は宋代を代表する文人政治家。世間には政治家というよりむしろ、書家として、また誰もが知る有名な詩や文を書き残した文人として知られている。人間的におおらかな性格で、現代に至るまで信奉者が絶えない。そのような人に似つかわしくない策略を紹介しよう。

蘇軾が密郡の通判（副長官）であった時、盗難が発生したが、犯人が捕まらなかった。それで、安撫使（警察長官）が警部に屈強な警官数十人をつけて捜査させたところ、警官たちは目に余る乱暴な振る舞いをした。ある民家に目をつけ「この家には朝廷が禁じている物が隠されている」と、ありもしない言いがかりをつけて押し入った。とうとう、一人の警官が言い争いのあげく家人を殺してしまったが、とんでもないことをしたと恐くなって逃走した。被害に遭った家が書面で蘇軾に訴えたが、蘇軾はその訴えの紙をほうり投げて「こんなことはあるはずがない」と取り合わなかった。逃走していた警察官はそれを聞いてほっとして職場に戻った。頃合いを見て蘇軾はその警察官を秘かに呼び出して殺した。【巻3／138】

〔馮夢龍評〕問題が発生した時には、蘇軾のように落ち着いて処理するだけの力量が求められる。しかし、アイデアが湧いてこなければ結局は解決などできない。

蘇軾のような人徳のある名臣でも世間を欺いた、という点で私にはこの話は非常にショッキングだった。警官の殺人にしても、たまたま言い争いの末に偶発的に起こったことで、決して意図的な殺人ではなかったかもしれない。警官にはそれ相応の言い分もあったことだろう。いずれにせよ、蘇軾が被害者側の主張を無視したことで、警官は自分の罪は重くないと考え、自発的に職場に戻り、蘇軾の策略にはまってしまった。相手を油断させておいて秘かに殺して物事を丸く収めるのが中国式の政治の常道だとすれば、1989年6月4日、鄧小平が突如、天安門に戦車を突入させて地面に座りこんでいた学生たちを踏みつぶさせた解決策も、中国では「あり」と是認されるのかも知れない。

林興祖　ニセ札づくりの巨魁を無理せずに捕まえる

林興祖（りんこうそ）は元（げん）の時代の科挙に合格した文人政治家。地方に赴任するや、巨悪を摘発し、庶民を慈しむ政治を行ったので、その地はよく治まった。

元の時代、林興祖が鉛山州の知事になった時、鉛山という所にニセ札作りが多くいた。なかでも呉友文という者が巨魁（おやぶん）であった。地元の州だけではなく、数多くの州にまで仲間や製造工場をもち、莫大な利益を上げていた。スパイを数十人使って偵察させ、密告しようとする者があればいち早く暗殺した。数多くの者が殺されていただけでなく、人妻や若い娘、合わせて11人も強奪して妾にしていたが、怖がって誰も訴えようとはしなかった。

さて、林興祖が着任して呉友文の悪行を知ると「これはぜひ解決して民を救わねばなるまい」と決意した。そこで、紙幣の偽造する者を密告すれば褒美を出す、との張り紙を出したところ、ある人が告発に来た。林興祖はわざと「そんな話は信用ならん！」といって受け付けなかった。もう一人告発してきたので、ようやく腰を上げてニセ札作りの下っ端二人を捕まえて取り調べた。

調書ができた頃合いに、親分の呉友文自身が二人を救おうとして出頭してきたので投獄した。林興祖が呉友文を捕えたことが知れ渡ると百人を超える人々が告発に来た。【巻3／144】

〔馮夢龍評〕 凶悪犯を相手にするときは、初めから力んで検挙しようとしてはいけない。ゆっくりと始め、狙いが定まってから突進すれば相手を捕らえることができる。

ニセ札作りを告発せよ、という布告を出しておきながら告発されても、まともに取り上げなかったので、呉友文は今度の知事は腰抜けと見くびって、わざわざ自首してきた。林興祖の罠にかかって、呉友文が投獄されたので、それまで報復を恐れて黙っていた被害者たちは堰を切ったように一斉に呉友文を告発した。全てが林興祖のシナリオ通りに進行した大捕り物劇であった。

鞠真卿　「殴ったら損」の罰金で殴り合いをやめさせる

鞠真卿は北宋の政治家。

鞠真卿が潤州の守（知事）の時、庶民の間では口争いの末に殴り合いの喧嘩になることが多かった。それで、判決の罰金とは別に、先に手を出して殴った者から金を取り、殴られた者にその金を与えることにした。庶民はケチなので罰金を取られるのを嫌がるだけでなく、その金が喧嘩相手に渡るのが癪に障った。その後、口争いなどがあっても殴り合いの喧嘩にまで発展することはなくなった。【巻3／155】

日本では、喧嘩両成敗することで争いごとを減らしたが、中国ではそれよりも穏やかな方法で同じ効果を挙げた。それぞれ、国民性に応じた処置方法があるということだ。

趙予　訴える人には必ず「明日、来い」と言う

趙予は明初の政治家。「時が解決する」という智恵をうまく使って、訴訟の数をぐ〜んと減らした。

明の時代、趙予が松江の太守（知事）であった時、訴える者が来ても、緊急の案件でないといつも「明日、来い」というばかりであったので、皆笑って、たちまち「松江の太守、明日来い」という唄が流行った。翌日になってやって来た時には訴える者の怒気が収まっていたり、だれかにアドバイスを受けていたりと、たいていの者は訴訟を取りやめた。策略といっても人を陥れるものもあれば、人助けをするものもある。同じ策略でも天地ほどの差があるものだ。【巻3／156】

程卓　民に犠牲を強いて官が利を貪る悪習をやめさせる

程卓（ていたく）は南宋の文人政治家・程大昌（ていたいしょう）の息子。父の程大昌は中国の地理に関する大著『禹貢論山川地理図（うこうろんさんせんちりず）』を著した。一方、程卓は国使として金に赴いたが金人が畏怖（いふ）を抱いた、というほど迫力のあった人のようだ。

南宋時代、程卓が嘉興の守（知事）でいた時、ある悪党が官庁の印紙を偽造して大量に売りさばいた。ある役人が偽造された印紙を見つけ、程卓にこれはぼろ儲（もう）けできると提案した。つまり、印紙が本物か偽物かをチェックする手数料を役所が徴収すれば莫大（ばくだい）な利益を得ることができると説明した。程卓は「ことの発端は印紙の偽造者が悪いだけだ。それなのに全ての印紙をいちいちチェックすることになれば多くの人が騒ぎだすであろう。役所の利益を考えるより民衆の平安を第一に考えるべきだ」と提案を退けた。そして、偽の印紙を買った者は申告すれば無料で本物と交換すると布告したところ、たちまち大勢の申告者が押し掛け、交換が終わると、途端に騒ぎは収まった。【巻3／158】

これは南宋時代（13世紀）の話であるが、近年の中国でも役人が民に犠牲を強いて甘い汁を吸うという構図は全く変わらない。役所が利益を上げるためには手段は問わない、と中国の役人は考えるようだ。

一例を挙げれば、中国の旧体制下では貨幣が統一されていなかったという記述が同地を旅行した人々の記録にしばしば見られる。たとえば、明治末期に清国を旅行した中国文学者の宇野哲人は、その旅行記『清国文明記』で憤懣やる方ない思いを次のように述べる。

> 中国に入って最も不都合・不便利を感ずるのは、貨幣制度の一定せぬことである。…中国における有力なる銀行家はこの面倒の間に巨利を博し、官吏もまたこの面倒のために尠からぬ利を占める。…（貨幣制度の）不都合・不便は実際その地を踏んだものでなければ、到底想像することはできないであろう。

つまり、貨幣が統一されないのは、両替商・銀行が巨額の差益を得ることができるからである。そして、当然のことながら、貨幣統一を放任している官吏たちがその上前を撥ねるという構図である。

程卓は民を食いものにする官吏のあり方に対して断固反対した。程卓のような良心的な政治家が現在の中国にもいるのではないかと私は期待はするが…。

劉坦　反乱の計画を知っていても、わざと対処せず

劉坦は南北朝時代の南朝の南斉および梁の武将。動乱の世の中、いつ家来が歯向かうか分からない時代に反乱の情報を得たが、わざと対処しないことで、逆に反乱を鎮めた。

劉坦が長沙の太守で湘州を治めていたとき、王僧粲が謀反を起こした。湘州の民はそれに応じて一斉に蜂起した。前鎮軍の鍾玄紹が秘かに反乱軍と通じていて日を決めて蜂起することになっていた。劉坦はスパイからこのことを聞いても、わざと何も知らないふりをして平常通りに職務についた。

その夜になると、劉坦は自分から城門を開けて軍事行動を起こすようなふりをした。それを見た鍾玄紹は劉坦に計画が漏れたのかもしれないと疑い、行動を起こさず、朝になってから役所にいる劉坦を訪ね開門の理由を聞いた。劉坦はわざとぼかして鍾玄紹と世間話をして役所に釘づけにした。

その裏で秘かに家来を鍾玄紹の家に遣って反乱の証拠書類を探させた。そうとは知らず鍾玄紹は役所でまだずっと劉坦と世間話をしていたが、そのうち劉坦の家来が戻ってきて証拠書類を見せた。鍾玄紹を問い詰めると反乱計画を認めたので、即座に鍾玄紹の首を刎ね、その書類を焼い

た。証拠書類がなくなってしまったので、反乱に加わる予定だった人々も安心し、湘州に平穏が戻った。【巻4／184】

劉坦の部下の鍾玄紹は反乱を計画しながらも、土壇場になって、反乱の計画が劉坦に漏れたのかもしれないと思って躊躇（ちゅうちょ）した。そのちょっとした判断の迷いが鍾玄紹の運命を変えた。司馬遷の『史記』《淮陰侯列伝（わいいんこう）》には「天が与えてくれているのに受け取らないと、かえって天から咎められる。時が熟したのに行わなければ、かえって災いを受ける」（天与弗取、反受其咎。時至不行、反受其殃）という言葉が見える。この言葉は、韓信（かんしん）（淮陰侯）が反乱の機会があったにもかかわらず躊躇したために、捕らわれて一族皆殺しの憂き目に遭ったという故事に由来する。同じように、鍾玄紹の優柔不断が自ら死の悲劇を招いたということだ。

第5章

策略に「賢い」も「ずる賢い」もない

「雑智」とは文字通り雑多な場面で発揮される策略である。この章には「騙す」策略、つまり「ずる賢い」智恵がかなり多くの割合を占めている。しかし、序章で述べたように中国人にとっては「ずる賢い」というのは「賢い」と等価であることから、ここで取り上げられている「騙す」戦略もポジティブに評価されている。同時に「このような策略に騙されてはいけない、身を引き締めよ」との訓戒がこの章には込められている。

実際、馮夢龍は本章の冒頭で「正智はずるいことはしないものだが、正智がかえってずるい者に困らされることがある」（正智無取於狡、而正智或反為狡者困）と述べている。つまり、自分のほうは正智で勝負するにしても、相手が狡智で向かってきた場合はしっかりと対応できるようにせよ、と戒めているのだ。その意味で、この雑智は相手の手段を事前に知っておく意味で有意義な内容を含む。

荀伯玉　敵の力を借りて自分の主人を操る

荀伯玉は南北朝時代の南朝の大臣。南北朝時代、王朝は短期間で替わり、下剋上が当たり前の時代だった。君主にとって有力な部下は、同時にいつ自分を倒すかも知れぬ強敵でもあった。劉宋の臣下で後に南斉を建てた蕭道成も劉宋の君主から恐れられていて、厳しい監視下に置かれそうになった。

蕭道成は南斉の初代皇帝であるが、初めは南朝の宋に仕えていた。ある人が、蕭道成は特異な人相（つまり皇帝になる相）があると密告した。宋主はそれを聞いて、自分の地位がおびやかされるのではないかと恐れ、身近に置いて監視をするために、黄門侍郎（秘書官長）に任命しようとした。蕭道成はこの役を断りたかったのだが、言い訳が見つからないのでこの役に就くしかない、と観念していた。智恵者の荀伯玉が蕭道成に、北魏との国境に秘かに騎兵隊を出すよう進言した。敵の騎兵隊を見つけた北魏も対抗上、騎兵隊を出して国境を警備させた。それを聞いた宋主は北魏が攻めてくるのではないかと恐れ、蕭道成を元の役職に復帰させて国防を担当させた。【巻27／988】

いわゆる「マッチポンプ」（自作自演）の策略であるが、宋主の不安を煽った荀伯玉の策は見事成功し、おかげで蕭道成は宋主の監視を免れることができた。

藍道行　帝の質問を百発百中で当てるいかさま占い師

明の時代の話。封書に入れられた帝の質問内容を百発百中ぴたりと当てる占い師がいた。神業との評判をとったが、それは至って簡単ないかさまであった。

明の世宗のとき、占い師の藍道行（らんどうこう）はよく当たる占いのおかげで帝から大変寵愛（ちょうあい）されていた。一度、帝が尋ねたいことがあって、宦官（かんがん）に問を書かせた密書を持たせて祭壇で宦官に燃やさせたところ、藍道行の答えはピントはずれであった。それを責められると藍道行は「宦官は汚れた存在であるから、神仙の啓示を受けられなかった」と、さもそれらしき理由をつけて、当たらなかったのは宦官のせいだと反論した。それ以降、宦官が密書を藍道行に渡した際、祭壇では藍道行自身が燃やすことになった。藍道行は予（あらかじ）め密書と外観がそっくりの封書を作り、祭壇ではそれを燃やした。そして本物の密書はこっそり開けて読んだので帝の問いには全てピタリと答えることができた。それで、帝はすっかり「藍道行は神だ」と信じ、いよいよ藍道行を篤く信用するようになった。【巻27／995】

この程度のいかさまを見抜けないとはなんとも間抜けな、と思う人は多いだろう。しかし、ちょっとチェックすれば簡単にいかさまが見抜けるはずの「振り込め詐欺」でも一向に被害が減らない現状からすると、人は思い込みの盲点を突かれると簡単に騙されてしまうものらしい。

厳嵩　賄賂の金の返却を迫られるも、また取り戻す

厳嵩は明初期の権臣（政界の大物）。賄賂政治を行ったが、家庭内では妾を置かず、妻には良き夫であったようだ。「金の切れ目が縁の切れ目」といわれているように、権力の座から失墜すると、それまで山のように集まっていた賄賂もぴたりと止まった。それどころか、今までの賄賂を返却せよ、と迫る御仁も現れた。厳嵩は策略を駆使して、その御仁に返却させられた賄賂をしぶとく取り戻した。

朱楧（明の太祖・朱元璋の息子、王の位から庶人の位に落とされた）がまだ王だった頃、あまりにも残虐に暴力を振るったため、たびたび検察に糾弾された。罰を逃れるため、厳嵩に賄賂を贈りその額は十万両（40億円）にも及んだ。

後に厳嵩が失脚して蟄居すると、朱楧は兵士を十人ばかり厳嵩の家に送り、賄賂を返却せよと迫った。厳嵩は酒席を設けて兵士たちをもてなし、穏やかな顔をして「私が頂いたのは十万両ではありません。確かに半分は頂きましたが、その半分を使ってしまい、手元には二万両（八億円）しか残っていません。どうぞこれでご勘弁を」と言って、帝から拝領した、宮廷の刻印が押されている金貨を渡した。

兵士たちがそれを持ち去ると、早速、地元の役所に行って「たった今、我が家に強盗が入り、二万両が盗まれました。早く行けば捕まえることができます。」役所は急いで警官を派遣して、宮廷の刻印が押されている金貨を持っている兵士全員を捕まえて処刑した。【巻27／996】

吉温　拷問を見せつけて裁判の審理を速める

吉温は唐の玄宗皇帝の時代の有名な酷吏（残酷な役人）。

唐の朝廷では、李適之と李林甫の党派争いが激しかった。お互いに相手の派を陥れようと、盛んに摘発合戦を行っていた。そうした摘発がでっち上げだと知っていた吉温は、不要な拷問審理はせず、次々と迅速に結審していった。

李適之が兵部尚書（国防大臣）に就任したので、李林甫は不愉快だった。それで、軍部に不正があったと摘発して、60人ばかりの役人を捕まえて、京兆尹（都知事）に調査せよと申し入れた。京兆尹は法務担当の吉温に取り調べをさせることにした。

吉温が法廷に入ると、まず、60人の役人を法廷の庭に立たせたまま、別件で逮捕した重罪犯二人の尋問を始めた。重罪犯たちは、自白を強要されて、鞭打たれたり石を膝の上に乗せられて、悲鳴は聞くに堪えなかった。役人たちは以前から、吉温の取り調べが残酷であるとの評判を聞いていたので、重罪犯の取り調べが終わって、自分たちの番になると、皆、吉温が作文しておいた調書の内容をそのまま認めた。それで、あっという間にこの件は結審した。役人は誰一人として拷問に遭わなかったし、李適之もめでたく無罪放免となった。【巻27／997】

わざと拷問の場面を、役人の目の前で見せることで、作文された調書の内容に従わないと厳しい拷問が待っているぞ、と吉温は無言で脅したのだ。収監された人々は拷問を見てビビッてしまい、提示される調書の内容を即座に認めた。吉温はニセの調書を作文して、もともと冤罪である全員の罪を軽くして赦免したのだ。

丁謂　嘆願書がわざと帝の手に落ちるように仕組む

丁謂は北宋の文人政治家。科挙を四番という非常に優秀な成績で合格した。「機敏で智謀あり」といわれるも、同時に「人一倍、狡賢い」とも評価されていた。

北宋の時、新法派と旧法派の派閥争いが激しかった。旧法派が実権を握り、新法派の丁謂が崖州に流刑となった。刑の軽減を帝に嘆願したいが、誰も流罪者・丁謂のために仲介してはくれない。そこで考えた丁謂の策略とは？

崖州に流刑になった丁謂の家族は洛陽に住んでいた。ある時、丁謂が家への手紙を書いた。使者に手紙を渡して言うには、「まず洛陽郡守（洛陽の知事）の劉燁の元に届けよ、そこから自宅へ転送してもらえ」と命じた。さらに、「手紙を渡す時は劉燁が多くの同僚たちと一緒にいる時を狙って渡すのだぞ」と念を押した。

使者は命じられた通り、劉燁が帝や大勢の人と一緒にいる時に手紙を渡したので、劉燁は隠すことができず、帝に丁謂の手紙を差し出した。手紙には、丁謂は反省することしきりで、今までの帝からの恩恵に感謝していること、また家人には誰も恨むな、などと書かれていた。帝は丁謂が可哀想になり、もう少し都に近い雷州へ移してあげることにした。【巻27／1000】

丁謂の読み通り、手紙は帝の目に触れることができた。文面はもともと、帝が読むことを想定した表現になっていた。偶然と思わせたが、全て緻密な作戦だったという話。みごと、流刑地の条件改善を成し遂げた丁謂の作戦勝ちだ！

秦檜（1）　わざと糟漬の青魚を贈って太后の嫉妬をそらす

南宋の実力者・秦檜の家に宮中から贅沢な贈り物が届いた。秦檜の妻は太后につい本当のことを言ってしまったのだが、事実がばれると太后に嫉妬されて命が危ない。さて、秦檜のピンチを脱する策略とは？

南宋の時代、秦檜が権力を握っていた時、天下の貢納品中の最上品は秦檜の家に運びこまれ、ランクが一段落ちた品物は宮中に運び入れられた。ある時、秦檜の妻の王夫人が宮中で顕仁太后と世間話をしている時、太后が「近頃、大きな魚がとんと手に入らなくなったわねえ」と言うと、王夫人は「それなら私の家にあります。明日にでも百尾持ってきましょう」と答えた。家に帰って、夫の秦檜に話すと、秦檜は王夫人の軽率さに腹を立てた。翌日、王夫人は糟漬の青魚を百尾、宮中に持参した。顕仁太后は手を打って大笑いして「やっぱりね。思った通り、この人の言うのはでたらめだったわ」と喜んだ。【巻27／1001】

秦檜の家には当然のことながら、生きた大きな魚も数多く届けられていたはずだ。しかし、秦檜は王夫人にはわざと糟漬けの魚を持って行かせた。それを見て顕仁太后は「宮中にも大きな生きた魚が届けられていないのなら、どの家にもそのようなものがあるはずがない」と安堵したのだ。もしも秦檜の家の方が宮中より豪華な贈り物が集まっていると分かったら、太后に嫉妬されて、どのような濡れ衣を着せられるか分かったものではない。秦檜の策略でピンチを脱することができた。

秦檜（2）

証拠が残らないように科挙の試験で不正を行う

難関の科挙の試験ではあの手この手で不正合格を狙う者が絶えなかった。採点する試験官に賄賂を贈るのが一番確実だが、試験官もばれるのが恐ろしい。秦檜の策略は、試験官にじわりと迫るものだった。

程厚（ていこう）は秦檜と仲がよかった。程厚が中書舎人（文書係長）で科挙の試験官であったある日、秦檜から迎えが来て、役所のある一室に案内された。部屋はがらんとしていて机の上には表紙が紫の一冊のノートが置いてあった。中には《聖人以日星為紀》と題する詩（賦）が書かれていて、最後のページには「学生類貢進士・秦塤（しんけん）呈」と書かれていた。作者の秦塤とは秦檜の孫の名前である。文章はなかなか素晴らしかった。程厚は椅子に座り、静かにこの賦を何度も読み返し、暗記してしまった。部屋には、時折、下僕が酒と魚を運んでくるだけで、晩までいたが、とうとう秦檜はやって来なかった。

程厚は仕方なくそのまま帰宅したが、何のために呼ばれたのかさっぱり見当がつかなかった。数日して、役所で科挙の試験があった時初めてその意味が分かった。つまり、当日出題された賦の題はまさに先日読んだものであったからだ。もちろん、秦塤の賦がトップに選ばれた。【巻27

／1001】

秦檜は孫の秦塤が科挙にトップ合格するよう策略を考えた。当然のことながら、科挙の試験官の言動は厳しくチェックされているので、おおっぴらに賄賂を贈ったりすることはできない。試験官がチェックする科挙の答案用紙には受験者の名前の部分に紙が糊付けされていて、誰の答案か分からないようになっている。それで、あらかじめ試験官に秦塤の答案の文章を知ってもらえるよう、さりげなくノートを置き、酒を提供したという訳だ。このような手の込んだ策略では証拠は残らないので、罪に問われることもない。当然のことながら、試験官の程厚は合格発表後、たんまりとお礼を受け取ったに違いない。

狡い訟師　依頼人の耳を噛みちぎって無罪を勝ち取る

日本人には一万年経っても思いつかないアイデアで、依頼人の無罪を勝ち取った弁護士の話。

浙江に70歳になる父親を殴って歯を折った息子がいた。父親は歯を持って役所に訴えた。息子は裁判を恐れ、有名な訟師（訴訟請負人）に百金（400万円）で解決案を出してくれるよう頼んだ。訟師は「非常に難しいことですな」と引き受けようとはしなかった。息子は「そこを何とか」と無理にお願いした。訟師は三日考えさせてくれと言った。

期限の日、訟師は「解決案が見つかった。人払いしてくれ。盗み聞きされないよう耳元で教えてあげる」と言ったので、息子が耳を近づけると訟師はその耳をガブリと噛んだ。耳は半分ちぎれて、服は血まみれになった。息子はびっくりしたが、訟師は「誰も呼ぶな！　あなたの危機を脱出する方法がこれだ。このちぎれた耳を大事にしまっておいて、尋問された時にこれを出しなさい」と智恵を授けた。

息子は言われた通り、尋問の時にこのちぎれた耳を見せ、父親の歯が折れたのは自分の耳に齧りついたからだと抗弁した。裁判官も、耳というのは自分で噛めないし、老人の歯は固くないので齧って折れてしまったのだろうと推測し、息子は無罪放免となった。【巻27／1004】

なんともすさまじいやり方だが、見事に依頼人の無罪を勝ち取った。このような突拍子もない解決策を考えつくのが中国人だ。こうした話を読むと、日本人と中国人は根本的に思考回路が全く別物だと思い知らされる。

皦生光　20倍も高い買い物をさせられた「安物買いの銭失い」の話

明の皦生光は、あくどいやり方で人を騙しては法外な利益を貪った。何でもない玉杯をネタにしてもとの売価の20倍もの金をむしりとったその手法は、ちょっと真似ができそうもない。

噉生光はずる賢い智恵のよく回る人で、たびたび計略を使って人を操り利益を得ていた。ある時、一人の紳士が、知人の誕生日祝いに立派な玉杯を贈りたいので手に入れてほしいと、噉生光に相談した。三日も経たない内に噉生光が一対の杯を持ってきて言うには「これは某宦官が持っていたもので、百金（４００万円）の値打ちがありますが、今だと半額の50金（２００万円）で手に入れることができます。」紳士は喜んでそれを買った。

数日して、突然役人が、二人の人間を縛って慌てた様子でこの紳士の所へやってきた。よく見ると、その内の一人は噉生光で、もう一人は宦官であった。噉生光は顔をしかめ、困った様子で「先日お渡しした一対の玉杯は宮中の品物で宦官がこっそりと持ち出したものです。それがばれてえらい騒ぎになってしまいました。早く元に返さないと大事になり、あなたも私も命がありません。」紳士は大層困ったことになったとしょげ返った。というのは、玉杯はすでに贈り物として知人の手に渡ってしまっているのでもう取り戻せないという。それで、噉生光にどうすればよいかと尋ねた。

噉生光は困った顔をした。暫く考えていたが、賄賂を使えば何とかなるでしょうと言って「この宦官にはこれだけの賄賂、この門番にこれだけの賄賂を渡せば何とかもみ消すことができるでしょう」と数字を挙げた。紳士は仕方なくしぶしぶこの案に従った。結局〆て千金（４０００万円）

を支払わされる破目となった。後になってこれは全て皦生光の仕組んだ芝居だと分かったが、どうしようもなかった。【巻27／１００６】

紳士は、50金で買った玉杯が宮中の盗品ということで、後始末のため、結局、千金もの大金を支払わされる破目になった。皦生光のずるさが光る一件だ。そのようなあくどさが最終的には皦生光に酷いしっぺ返しとなって戻ってきた。というのは明の万暦年間（1600年前後の数十年）、怪文書が出回る事件（妖書事件）が発生し、皦生光が犯人だとして逮捕されて厳しい拷問を受けたからだ。皦生光はいくら拷問されても自分ではないと言い張った。神宗は罪を認めない皦生光に腹を立て、凌遅刑にせよと命じた。凌遅刑とは、寸刻みに皮膚を裂き、数日かけてじっくりと死に至らしめる、最も残酷な刑である。それまで皦生光のあくどいやり方に不満を抱いていた北京の人たちは皦生光の処刑を聞いて、快哉を叫び喜んだという。もっとも、現在ではこの事件の真犯人は皦生光ではなかった、というのが定説のようだ。

永嘉船夫　拾った死体で金持ちを強請り、金を巻き上げた船頭

中国や台湾では死体をネタにして金持ちから金を脅し取る手法があった。大怪我をした人の話を巧みに利用して金持ちから金を巻き上げた船頭と、悪乗りして主人を強請った下僕の話。

湖中でショウガを商(あきな)っている零細商人（以下、商人）と永嘉の大商人の王生(おうせい)が値段交渉で折り合わなかった。王生が強硬に値下げを要求したので商人は悪態をついた。怒った王生は商人の背中をきつく殴ったので商人はドアの角で頭を打って気を失った。王生は慌てて介護したので、暫くして商人は意識を取り戻した。王生は乱暴したことを謝り、酒と食事を供した。そしてお詫びの印として、何本かの絹の巻物を渡した。

さて、商人が帰りに船に乗ったところ、船頭に「その絹の巻物はどこで手に入れたのか？」と聞かれたので、王生に殴られた経緯(いきさつ)を話し、「気を失って、もう死にそうだったよ」と笑った。船に乗ること数里（数㎞）で、船頭は死体が流れているのを見つけた。途端に船頭はあくどい策略を思い付いたが、それを言わず、商人から絹の巻物と竹籠(たけかご)を買い取った。商人が去った後で、早速、川に流れていた死体を引き上げて家に持ってかえり、死体が身に着けていた服を脱がして、商人の服に着せ替えた。そして、王生の家まで走っていって門を叩いて、慌てた様子で「今日の午後、湖州を船で渡っていた客があなたの家のご主人のせいで死にました。死に際に、私に役所に届けてくれ、また身内の者に仇(あだ)を討ってくれるように伝えてくれと頼みました。その証拠物件としてここの絹の巻物と竹籠があります。」

王生の家の人たちは恐ろしさのあまり一家挙げて泣いた。船頭に口止め料として20万銭（400万円）を渡して、死体をどこか遠くの林の中に埋めてくれるよう頼んだ。その後、この話をネタにして王生の家の下僕が主人を強請って金を巻き上げた。そのうちに噂が広まったので、王生は流刑に処せられた。役人が王生に証人の死体の埋めた場所を尋ねたが、王生は忘れたと答えた。怒った役人は王生をきつく拷問したので、王生はとうとう死んでしまった。さて、翌年、件の商人が取引をしようと王生の所にやって来た。王生の家族が例の事件を話して、ようやく船頭の悪事が露見した。役所に訴えたので、船頭と王生の家の悪辣な下僕の二人は捕らえられ処刑された。【巻27／1007】

孫三　真っ赤な猫で大儲けした老人の策略

世の中に、真っ赤な毛の猫など存在しないが、いれば誰もが珍しがって欲しがるはずだ。巧みに真っ赤な猫の噂を広め、宦官に高値で売りつけた老人の策略は人の心理を衝いた見事なものだった。

臨安の北門の外側のみすぼらしい通りに、熟成肉（熟肉）を売る孫三という翁が住んでいた。毎朝、家を出る時に妻に「しっかりと猫の面倒を見てくれよ。都中探してもこのような猫はいないのだからな。決して人に見せるなよ。見せれば、間違いなく盗まれてしまうだろう。そしたら、わしは絶望して死んでしまう。子供がいないので、この猫は子供同然なのだから。」

このように毎日、同じように繰り返したので、村の人たちは一体どんな猫なのだろうと興味津々（しんしん）だったが、ちっとも見る機会がなかった。ある日、たまたま猫が門を走り出た。妻は急いで捕まえに出たが、ちらりとその姿が見えた。猫は真っ赤で、とりわけ尾と足は赤々と燃えるような色をしていた。この猫を見て感嘆しない者はいなかった。孫三は戻って来ると、妻が猫を家の外に出してしまったことを大声で叱った。たちまちこの噂は広まり、とうとう宮中の宦官の耳にまで入った。

宦官は立派な贈り物を携えて、辞を低くして孫三にこの猫を譲ってくれるように頼んだが、孫三は頑として受け付けなかった。宦官はそれでも諦（あきら）めきれず、繰り返し要求した。要求を繰り返すこと四回目にしてようやく猫をちょっとだけ見る機会が与えられた。実際に見た後はますますその猫が欲しくなり、遂に30万銭（600万円）を出してようやく猫を手に入れた。

孫三は猫を手放して涙にくれ、妻を何度も叩き、終日嘆いていた。宦官は猫を手に入れてたいへん満足して飼いならし、ゆくゆくは皇帝に献上しようと精魂こめて世話をしていた。ところが、そのうちに段々色が落ちてきて、半月も経つと真っ白い猫になってしまった。慌てた宦官は孫三の家に駆け付けたが、すでに孫三は引っ越しをして行方（ゆくえ）が知れなかった。

後になって、孫三が馬纓（ばえい）（馬の腹帯）を染める方法を使って猫の毛を毎日染めていたことが分かった。妻に猫を外に出すなと戒めていたり、怒ったりしていたのは全て仕組まれた計略だったわけだ。【巻27／1008】

老人は妻をわざと叱って、真っ赤な猫を外に出さないようにして、あくまでも隠し通そうとした。そうすると、人は逆にますます見たくなるもので、噂はいとも簡単に広がる。この老人の策略はこうした人間心理を実に巧みに衝いている。マーケティング戦略の本にでも取り上げたいような話だ。

京邸の仮宦官　大金を借りようとして手土産をかすめ取られる

明の時代の話。大金を借りるには、貸主に対して手土産を渡さなければならなかった。だが、手土産をかすめ取られて、肝心の大金は借りられなかったという、まるでアラビアンナイトに出てきそうな話。

明の嘉靖（かせい）年間（16世紀頃）、ある士人（役人希望者）が北京に来て役職を探していたが、職が見つからず、ついつい滞在が長引いたので、持ち金をほとんど使い果たした。しかし、ようやくある役職を得られそうになったが、手もちの金では賄賂を贈るには足りないので千金（4000万円）を借りようと考えた。それで、北京で知り合いになった人に事情を話したところ、数日経って「ある宦官が500金（2000万円）なら貸そうと言っている」との連絡があった。

士人は「それでは少ない」と文句を言ったが、知人は「金を借りるには手土産がいる。もし相手に気に入ってもらえたなら増額してくれるかもしれない」と期待を持たせた。士人はそうならば、と手元にある家財道具を売り払ってようやく百金（４００万円）もする豪華な土産を揃えた。約束の日に宦官の邸宅に行ったところ、大きな邸宅で門や建物は堂々とし、邸宅内の子供たちや召使いたちは綺麗な着物を着ていた。蔵には米袋がびっしり詰まっていて、全ての袋に「宮中御用達」の文字が書かれていた。

暫くして主人の宦官が出てきた。ふくよかな体格をしていて、二人の童子の召使いが頭を垂れて付き従っていた。宦官は高価な土産を受け取ると満足げに微笑んで「５００金（２０００万円）と言ったが、８００金（３２００万円）を貸そう」と約束した。童子の召使いが「今日はもう遅いので、お金は明日用意することにしては」と助言したので、宦官も「そうしよう」と言った。士人は礼を述べて邸宅を出たが、金を借りることに成功してうきうきした気分になった。知り合いの人が耳元で「明日は朝早くお越しください。私もここでお待ちいたします」とささやいた。

翌日、邸宅に行ったところ、空き家となっていた。蔵の軒下には袋からこぼれ落ちた炭が二山だけ残っているだけであった。士人は真っ青になって、邸宅の持ち主を探して尋ねたところ「昨日、宮廷の宦官が半日だけ家を貸してほしいとの申込みがあったが、誰かは分からない」との返事だった。知り合いの人を訪ねても行方が知れなかった。それでやっと、仮宦官に騙されたことに気付いたのだった。【巻27／１０１０】

京師の騙子　都の一流の詐欺師の腕前

いつの世も、都には一流品と一流の人士が集まる。詐欺師（騙子）も例外ではない。騙しのテクニックにかけても都の詐欺師が群を抜いている。そのテクニックとは？

都の詐欺師の騙し方はピカ一だ。わずか一銭（20円）で百金（400万円）を盗み取った詐欺師がいたが、その話をしよう。

ある詐欺師が貴紳の身なりをして馬市に行った。途中で椅子売りの露天商に声をかけ一銭を与え「わしはこれから馬に乗るので、汝は椅子を持ってついてまいれ」と命じた。露天商を従えて馬主の所に行って「わしは駿馬を買いに来た。乗ってみてよかったら値段交渉しよう」と言うと、馬主は大喜びでどうぞお乗りくださいと勧めた。椅子売りの露天商は馬主のために椅子を置いた。詐欺師は馬に乗ると疾駆して去った。

馬主は初め、椅子を置いた者は、貴紳の従僕だと思っていたが、騙されたことに気付くや、大急ぎで馬の後を追いかけた。さて、馬を盗んだ詐欺師は大きな店にやって来ると、馬から降り、馬を入口につないでこう言った「わしはある宦官の下僕で、絨毯を調達しに来た。今、金は持っていないので馬を質として置いて行く。金は入り次第支払う。」　店の主人はつながれている馬が立派なので、何の疑いも持たず、絨毯をいくつか取り出して勧めた。詐欺師は気に入った絨毯を担いで出て行ってしまった。そうこうしているうちに馬主が店に現れ「これはわしの馬だ」と主張したので、店の主人と喧嘩になった。話し合いがつかないので役所に訴えたが、役人もどうすれば良いのか判断できなかった。結局、馬の値段の半分を馬主が絨毯店の主人に払うことで決着した。【巻27／1011】

これも人間の心理を巧みに衝いて人を騙している。ちょっとした小道具を使うことで、少しずつ信用を増している。椅子を持ち運ぶ下僕を従えているというのは、貴紳の証拠だ。馬主はこの詐欺師を貴紳と思って、すっかり信用してしまった。立派な馬を見た絨毯屋の店主は、絨毯より高価そうな馬なので、まさか絨毯の代金を踏み倒すような詐欺師だとは思ってもみなかったであろう。結局、詐欺師はわずかの銭で高価な絨毯を手に入れることに成功したことになる。これは昔の話なので、笑い話ですむが、現実にこういった策略を実行されたら、日本の商人など束になってもかなわないだろう。

騙驢婦　婦人に巧みに三頭のロバをタダ取りされる

ある時、三人の婦人がロバを雇って騎乗して旅行に出た。ロバの持ち主の男は鞭を手に持って、三人の後を歩いた。突然、一人の婦人が後の二人の婦人に「私はこの付近をもう少し見たいから、ぶらぶらと先に行ってよ」と呼びかけた。そして男に助けられてロバから降りて、ロバの持ち主の男とふざけながら和気あいあいと歩いて行った。暫くしてまたその婦人はロバに乗ったが「何だか息苦しいので、急かせないで」と言った。男は二人の婦人に追いつきたいと思ったが、無理強いもできないので仕方なく道端に腰を下ろして休息したものの、知らないうちに寝入ってしまった。ふと気がつくと婦人の姿が見当たらない。婦人はとっくの昔にロバと共に逃げ去っていた。結局、男はロバを三頭とも盗まれてしまった。【巻27／1013】

猾吏奸官　罪人の罪を軽くするからと、賄賂をせびり取る獄吏

包拯は北宋時代の有名な官僚。清廉で公正な裁判官で、日本で言えば大岡越前守のような人だ。中国では絶大の人気を誇り、現代でも時代劇でよく取り上げられている。そのような聡明な裁判官でもころりと騙されたという話。

包拯が北宋の首都・開封の知事であった時、民間人で法律違反する者は背中を鞭打つ刑罰に処した。ある人が収監されたが、狡猾な獄吏がその囚人に賄賂を要求して次のように約束した。「包拯様の態度からするに本件に関しては必ず私がお前の処罰を担当するはずだ。お前はただ、自分

には罪がないと叫ぶだけでよい。そうすれば、お前の罰をわしが幾分か引き受けてやろう。」

さて、裁判の席で、囚人を曳きだして、包拯がいろいろと尋問した後、予想通り、例の獄吏の担当となった。囚人は教えられた通り、無実であることを弁明してやめなかった。獄吏は大声で囚人を叱った「お前は黙って罰を受ければいいだけなのに、何故、それほどまでまくしたてるのだ?」包拯は獄吏の態度に腹を立て獄吏を、法廷の庭に引きずりだして、70回鞭打った。というのも、包拯は獄吏が権力を笠に着て囚人の言い分を抑えつけようとしていると考えたためだが、獄吏と囚人との間で裏取引のあったことなど知る由もなかった。【巻27／108】

智恵者の包拯でも、姦計に長けた老獪な獄吏にはまるで赤子の手をひねるようにやられてしまったと、馮夢龍は次のように嘆息する。

〔馮夢龍評〕「包鉄面」とのあだ名を持つ聡明な包拯でさえ、騙されてしまうのであるから、他の裁判官であれば猶更だ。

過去の中国では、行政の末端はここに登場するような吏(胥吏)が担っていた。科挙に合格し、政府から高給が支給されていた官僚と異なり、彼らは無給で民間人からの手数料で生計を立てていた。庶民と接する人たちがこの吏のようであれば、お上に対して庶民が強い不信感と猜疑心を懐くのも無理はない、と感じる。

袁術諸妾　寵愛を受けた美女を殺し、自殺に見せかける

袁術は三国志の時代の名門の武将の一人。袁術に見初められた美女が後宮に新たに入って来た。以前からいた後宮の宮人たちは袁術がこの新人にぞっこんなことに嫉妬した。皆でグルになって新人を殺し、自殺に見せかける細工をした。

馮方の娘は国一番の美人であった。都が戦乱に陥ったので、揚州に避難した。ある時、袁術が城に登り、城下にこの娘の姿を見つけ一目ぼれし、早速呼び寄せ、はなはだ寵愛した。後宮の宮女たちは嫉妬を隠して馮氏の娘に「殿（袁術）は、志節（国を思う心）のある人が好みなのよ。それで、時々は涙を見せて亡国を憂うふりをすれば、きっと長く寵愛を受けられるわよ」と入れ智恵した。

娘はもっともだと思い、それからは袁術に会うたびに、いつも涙を流した。袁術はうぶなやつだと、一層寵愛した。そこで、宮女たちは共謀して娘を絞め殺し、トイレの梁に掛けて、あたかも娘が首つり自殺したように見せかけた。袁術は、娘が乱世を儚んで自殺したものと思い込み、葬儀を手厚く営んだ。【巻27／1029】

この話を読むと『韓非子』《内儲説・下》の次の話を連想する。

魏王が楚王に美女を贈った。楚王がこの新人の美女を寵愛するので、夫人の鄭袖は嫉妬したが、そうした素振りなど全く見せず、王と同じようにかわいがった。そして新人に「王はあなたの鼻があまりお好きでないわよ。王の前では鼻を覆いなさい」と忠告した。暫くして王が夫人に「あの新人はわしの前ではいつも鼻を覆うが、お前は理由を知っているか?」と尋ねたところ、夫人はわざと躊躇いがちに「王の体臭が嫌いだと申しておりました」とウソをついた。王は激怒して「新人の鼻を削げ」と命令した。哀れ、美女はたちどころに鼻を削ぎ落とされてしまった。

『韓非子』に登場する美女も、袁術の新人のどちらのケースも新入りの宮女が古株の宮女たちの嫉妬の犠牲になってしまった話だ。これからすると後宮は一見華やかに見えても、その実、奸計がどす黒く渦巻く陰険な世界であったのだろう。

孟陀　実力者の宦官に一礼させるだけで大儲けする

後漢の末期、桓帝のときにいわゆる十常侍と呼ばれる宦官たちが権力を振った。その筆頭が張譲だ。孟陀（もうだ）は張譲に多額の金品を贈ったが、見返りに一礼を要求しただけだった。

張譲が桓帝の時に絶大な権力を握っていた。扶風（ふふう）の富豪の孟陀は張譲の監奴（かんど）（奴婢頭（ぬひがしら））と親しくなり惜しみなく財をつぎ込んで交際した。監奴は孟陀に大いに感謝し「何が欲しい、言ってくれたら何でもするぞ」と言ったところ、孟陀は「私に一礼をしてくれるだけで結構です」と答えた。当時、公卿（こうけい）たちは張譲に面会を求めて、朝早くから張譲の邸（やしき）の前に詰めかけていた。

ある日、孟陀がやって来たが、すでに門の前には車がびっしり連なっているので、前に進めなかった。遠くにいる孟陀の車を見つけた監奴は手下を引き連れて、道路を開けさせ孟陀の車に一緒に乗って門の中に入った。それを見ていた公卿・貴紳たちはびっくりして、孟陀は張譲に重んじられている人だと思い、争って孟陀に贈り物を届けるようになった。孟陀は瞬く間に巨万の富を集めた。【巻28／1042】

〔馮夢龍評〕特別な訳もないのに目をかけて、親しく付き合うのは、いつか必ず自分の役に立てようという下心があるからである。この点で、孟陀は良い買い物をした。呂不韋（りょふい）と比較してもひけをとらないと言える。

馮夢龍の評に登場する、呂不韋とは「奇貨（きか）居くべし」の故事で有名な大商人だ。戦国時代の末期、呂不韋は趙に人質となってみすぼらしい姿をしていた秦の公子である子楚（後の荘襄王）を一目見て、その将来性を見抜いた。それで、多額の金を費やして、秦に帰国させて子楚を王位に就けることに成功した。即位した荘襄王のおかげで呂不韋は投資した金の何倍、否、何十何百倍もの莫大な資産を手にすることができた。

ところで、孟陀の話は後漢の桓帝（紀元後二世紀）の頃なので、今からざっと2000年も前の話だ。しかし、現在の中国共産党の政権下でも共産党幹部の親族には巨額の賄賂が贈られていることから、時代が変わっても、また社会システムが変わっても、中国社会の本質的な部分は全く変わらないということがよく分かる。

竇公　策略を用いてビッグビジネスで莫大な利益を得る

ビッグビジネスで莫大な利益を得る人は、目の付け所が違う。唐の時代、崇賢竇公は利用価値のない汚泥地を大金を生む施設に変貌させた。

唐の時代、崇賢竇公という資産家がいたが、財をなすためにいろいろと智恵を働かせた。都の長安にちょっとした空地があった。隣の土地には宦官の実力者が住んでいてその土地を欲しがっていた。土地はたかだか50万銭（1000万円）から60万銭程度の比較的安いものであった。竇公は何も言わず、宦官にその土地を無償で提供した。宦官は大層喜んだ。竇公は話のついでに、と自分の慎ましい要望を述べた。「実は南方の江淮に行くので、紹介状を三通書いてもらえないでしょうか」と頼んだ。宦官は喜んで紹介状を書いた。竇公はその紹介状を使って、およそ3000緡(びん)（6000万円）を儲けたので、先に提供した土地の五倍以上の利益を得ることができた。

また、長安城の東側に空き地があったが、土地が低いため汚泥が溜(た)まるので二束三文で売りにだされていた。竇公はその土地を買い取った。近所の女たちに餅(もち)を焼かせて、盆に載せて近隣の子供たちを集めた。泥の中に目印となるレンガを置き、石をあてれば餅を挙げようと言った。子供たちは競ってレンガめがけて石を放り投げたので、たちまちのうちにその汚泥の場所は七割方、投げた石で埋まった。そこで、表土を運び入れて地面をならし、西域(ペルシャ)の外国人専用のホテルを建てた。ホテルは一日に一緡（二万円）の利益を得たという。【巻28／1043】

汚泥の土地をまともに埋め立てようとすれば、大規模な工事が必要になるが、子供に石当てをさせれば、餅代だけで済む。このような智恵を出せる人がビッグビジネスで成功するのだろう。（尚(なお)、ホテルの利益は一日あたり一緡となっているが、これではあまりにも少ないとは思うものの、修正のしようがないのでこのまま訳しておいた。）

黠童子　自分の駄馬を他人の駿馬とタダで交換する

駄馬を駿馬とタダで交換することなど普通はありえない。しかし、ちょっと頭をひねれば不可能が可能になるという話。

一人の子供が主人に従って官職を求めて諸国を巡行していた。自分も馬に乗りたいと主人に言うと馬に乗せてもらえたが、全くの駄馬（ダメ馬）であった。ふと振り返ると、見知らぬ人が駿馬に乗ってやって来た。それで、その子供は一計を案じた。馬の手綱を握りしめ、しきりにウソ泣きをした。後ろから来た人が「ぼうや、どうして泣いているの？」と聞くと「ぼくの馬はあまりに速く駆けるので、馬から振り落とされて怪我をしないかと心配なんです」と答えた。後から来た人は、きっとその馬は駿馬に違いないと考えた。

見たところ、子供はまだ幼いのでまさか騙すことはあるまいと軽く考えて、馬から降りて子供の馬と交換し、子供を自分の馬に乗せてあげた。子供は、駿馬に乗ると、すぐに鞭を当ててすっ飛んで行った。後から来た人は子供の馬に乗って駆けたが、まるで進まず、初めて騙されたことに気が付いた。しかし、もうどうにも追いつくことはできなかった。【巻28／１０４６】

日本人にとってこの話は典型的な「ずる賢い」話であるが、中国人はきっと「賢いやり方だ」と肯定的に評価することであろう。

種氏　猛獣の虎を膠で捕らえる

猛獣の虎を捕まえるのは、いくら多人数で立ち向かうにしても相当危険なことだ。しかし、アイデア次第では全く危険を冒すことなく捕まえることもできるという話。

忻州の種氏の一門の青年たちは、集まると武芸を論じていたが、奇抜なアイデアを競い合うことが多かった。ある晩、皆が月荘に集まると月荘の主人が皆を迎えて言うには「ここ数日、毎晩虎が麦畑に来て麦わらの中をごろごろと転がるのが楽しいらしい。暫くすると来なくなるので、捕まえるのなら今のうちだ。」参加者の一人が「矢一発で倒して見せますよ」と豪語したが、それを聞いていたもう一人の参加者が笑って「私はそんなものは使いませんよ。雀を捕まえる時に使う膠で簡単に仕留めてみせましょう」と請け合った。周りの者は皆「そんなのできっこない」と嘲り笑ったので、提案した者は「それなら、賭けをしませんか？　皆さんで５０００銭（十万円）を出して酒と肴を買ってください。もし私が賭けに負けたら全額私が払いますよ。」皆、賭けに応じた。

さて翌朝、皆は月荘に集まってきた。提案者は大きなバケツ一杯の膠を麦わらとその下に置いた棒に塗りたくり、そこに羊をつないだ。夜になると皆と一緒に周りに伏せて虎を待った。月明かりの下を横切って虎が現れた。羊を見つけると飛びかかって食べた。満腹になると、満足そうに手足を伸ばし、麦わらの中をごろごろと転がり廻った。しかし棒の膠が体に粘り着くと体が縛られたように動けなくなった。虎は気性が荒いので、身動きが取れなったので、大声で吼え、しきりと飛び跳ねようとした。ほとんど一丈（三メートル）近くも飛び上がったところでそのまま動かなくなった。遠くから様子を見ていた参加者は暫くして虎の所に来てみると、虎はすでに死んでいた。【巻28／1051】

王姓官員　新任の知事に山のような贈答品が届けられたが

中国では科挙で合格した中央官僚が地方に知事として赴任すれば、三年経たないうちにひと財産ができたと言われている。宋の時代、清廉を謳われた官僚が赴任した時、早速、住民たちから金品が次々と届けられた。さて、どう対処したものだろうか？

宋の時代に世間で賞賛された王という名の官僚がいた。南の浙西の知事となって赴任した初日に、住民たちは銘々、豪華な贈答品や多額の銭の束を持って訪れ「これがこの地方の慣例です」

とへつらった。王知事はそれを見ると怒って「これは清廉を謳われている自分への侮辱だ。上司に報告する書類を書く」と声を荒げた。役所の下役たちは何度も「それは思い止まってください」と懇願したので、「それでは、大きな箱を一つ持って来い」と命じた。住民たちが持って来た贈答品や銭の束を全てその箱の中に投げ入れ、封印して役所のホールに置いた。そして役所の下役や住民たちに「もし、お前たちが法を犯すようなことがあれば、直ちにこの箱を上司に届けるから、覚悟しておけ」と警告した。

下役と住民たちはそれ以降、この警告に恐れて法律違反をしないよう慎んだ。王知事の任期が終わり、船に乗り込む段になって、下役が「ところで、ホールに置いてある箱はどうしましょう?」と聞いたので王知事は「この地方の慣例であるから箱は受け取らないわけにはいくまい。ただ、この経緯を文書に残して置くことにしよう」と言った。下役が文面を作成して持ってくると、王知事は文面を了承した後、箱を船に積み込ませて去っていった。【巻28/1056】

王知事は住民が持ってきた贈り物―つまり賄賂―を結局は自分の懐に入れたのだが、別段、むやみと利益を貪ったわけではない。住民の慣例を頭から否定しないことで、結果的に住民たちに法律遵守を徹底させた、と馮夢龍は次のように褒める。

〔馮夢龍評〕 慣例を無視するわけでもなく、さりとて利を貪るわけでもない。王知事は名実の両方を得た。こういう人が大きなことを成し遂げる官僚の鑑ともいうべき人だ。

中国では清廉な官僚といっても日本流の杓子定規な律儀さ一本では通用しない。中国の風土に合わせた柔軟な姿勢、つまり清濁合わせ飲むという心構えが求められる。こういう呼吸はなかなか日本人には難しいのではないだろうか？

第6章

策略の落穂ひろい（パラリポメナ）

この章は、『智嚢』の元の五部分、具体的には《明智》《察智》《胆智》《語智》《兵智》から〝智のエッセンス〟を落穂拾いのように掬い出したものである。序章でも述べたように『智嚢』の部分けはざっくりとした分類であり、配列はさほど意味を持たない。各部から選び出した智恵を並べてみても、智恵の分類による差は感じないであろう。

《明智》——愚者には世の中に起こっていることがどのように推移するか分からなくとも、智者は将来をよく見通すことができる。『戦国策』にも「愚者は起きてしまったことでも理解できないが、智者はまだ起きていないことでも予測できる」(愚者闇於成事、智者見於未萌)という言葉がある。かすかな事象から正しく将来を予測し、行動することで、禍を避けたり、利益を得たりすることができると説く。

隰斯弥　人の秘密に気づいても素知らぬ振りを通せ

隰斯弥は春秋時代、斉の田成子の家臣。戦国時代、太公望・呂尚が建てた斉の国は臣下である田成子に実質的な権力を握られていた。田成子は秘かに斉国の奪取を考えていた。

隰斯弥が田成子の家を訪問し、田成子と一緒に塔に登って四方を見渡した。三方は遮るものがないのでよく見渡せるのに、南の方角だけは隰斯弥の家の樹木が生い茂っているので見通しが悪かった。田成子は何も言わなかったが、隰斯弥は家に戻ると下僕に樹木を伐るように命じた。下僕が斧を数回入れたところで、隰斯弥はやめさせた。それを見ていた夫人は「何と心変わりの早いことですね？」と皮肉ると、隰斯弥は「諺に『淵中にひそむ魚を知る者は不吉な目に遭う』（知淵中之魚者不祥）というではないか。田成子は秘かに大きな事変を起こそうと計画している時に、わしが田成子の心の底を見抜いていることを示してしまうと、わしの命が危ない。樹木を伐らずとも罪にはならないが、人の心の底が読めると思わぬ罰を受ける。それで樹木を伐るのをやめたのだ。」【巻5／218】

隰斯弥は田成子の心の底が読めたが、そういった能力を悟られてしまうとかえって身が危ないことを知っていた。中国では、何気ない動作や言葉から、本心を探ることができなければ安心して生きていけない。逆に、心の動きが読まれてしまうような人が高い地位に就くとかえって身が危ないということになる。

現代の中国のテレビドラマ（例：『如懿伝』、『宮廷の諍い女』）などでもちょっとしたしぐさや言葉遣いから心情や策略を読まれてしまうシーンはかなり多い。それが何もドラマの中だけでなく、現在でも日常的に起こっているように感じられるのは、俳優の演技が非常に自然に見えるからだろう。

龐参　謎めいたしぐさで教える

龐参(ほうさん)は後漢の政治家。若い頃からすでに「文武両道に優れていて、智略は奥深く、義理に篤く勇気もある、実に博雅深謀の人である」との高い評価を受けていた。

龐参が漢陽の太守（知事）であった時、任棠(じんとう)という一風変わった人がいて、隠居して私塾で教えていた。龐参が自分から訪ねていくと、任棠は一言も言わず、ただ大きなラッキョウ一株と水を盆に入れて扉の前に置き、幼い孫を抱いて扉の下に置いた。この様子を見た龐参の家来は傲慢(ごうまん)なしぐさだと怒ったが、龐参はその動作を解釈して次のように言った。「あのじいさんはわしに教えてくれているのだ。水というのは欲を清めよという教えであり、大きなラッキョウを引き抜いたのは勢力のある豪族を取り除けということだ。幼子を抱いて扉の下に置いたのは、孤児を憐(あわ)れんでやれということだ。」

【巻5／220】

その後、龐参は豪族を抑え、弱者に手を差し伸べ善政を行ったので、民心を得ることができた。

直接的に表現するのではなく、謎かけで意図を伝えるのが明智だというのだろう。謎めいた暗示だけなので伝達内容がばれにくいし、もし捕まったとしても言い訳ができる。

謎かけは西洋でも行われていた。ローマの歴史家、リウィウスの『ローマ建国以来の歴史』（巻1）には次のような話が見える。

セクストゥス・タルクィニウスはローマから近郊のガビイへと逃亡したが、やがてガビイの人々から信頼されるようになった。それで、セクストゥス・タルクィニウスは権力固めを確実にしようと父親（タルクイニウス・スペルブス）に使者を送りアドバイスをもらおうとした。父親は使者と一緒に花壇に出て、歩きながら無言で背の高いけしの頭を摘んだだけであった。アドバイスをもらえず、使者はがっかりして帰り、事情を報告した。セクストゥス・タルクィニウスは、すぐに「頭を摘む」とは、つまり「有力者を殺せ」という意味だと理解した。そして、有力者を殺してガビイの権力を確実に掌握した。

任文公　大乱を予測して家族全員で事前トレーニング

劉邦が建国した前漢が、外戚の一員である王莽（おうもう）に奪われ、世の中が乱れた。その前にすでに任文（じんぶん）公（こう）は内乱を予見し、一族が内乱を生き延びるためのトレーニングを開始していた。

前漢が王莽に乗っ取られた。巴郡（はぐん）に任文公という占（うらない）を善（よ）くする人がいて、将来必ず大乱が起ころと予見したので、家族の者に百斤（20kg）ほどの物を背負わせて、毎日、家の周りを数十回走らせた。人々は何故そんなことをさせるのか理解できなかった。後になって、至る所で戦乱が起きた時に、逃げ延びることができた者はわずかであった。しかし、任文公の一族だけは荷物を背負って駆け足で逃げることができたので皆無事であった。【巻5／232】

大乱の予測能力だけでは生き延びられない。逃げるためには体力が必要だ。大乱を予見し、いかにして逃げ延びるかを真剣に考えていた者が生き残った。同じような例が、戦国時代にもあった。かつて、燕は内乱につけこまれて隣国の斉に侵入され、国を荒らされた。燕は名将の楽毅を得て、報復のチャンスを狙っていた。趙、楚、韓、魏との連合がなるや、燕軍は一挙に斉に攻め入った。斉の民は車で逃げようとしたが、逃げる途中で車軸が折れて多くの斉人が燕軍に捕まった。しかし、田単の一族は、予め鉄で車軸を補強してあったので、皆、無事に逃げ延びることができた。

東院主者　戦乱を見越して食糧を確保

唐の末期（9世紀末）岐王の李茂貞と梁の朱全忠の争いが激しくなった。東院主はきっと大乱が起こると予測し、毎日、粟などの穀物を粉にひいて団子にした。また家の中の梁や柱を増やした。周囲の人たちは、気が狂ったと笑ったが、やがて乱が起こると、食料や薪は李茂貞の軍に奪われてなくなり、人々は餓死した。東院主だけは、団子を水に解いて粥にして食べ、梁や柱を取って薪にして、生き延びた。【巻5／233】

これも同じく、戦争を予測して、食糧と薪を確保しておいた賢人の話だ。ここで感心するのは、食糧をそのまま保存しておいたのでは、見つかって没収されてしまう。それで、粉を団子状態にして、無用の物に見せかけてカモフラージュした。薪も蔵などに漫然と積み上げて置くのではなく、柱や梁に形を変えておいたことだ。普通なら食糧や薪を備蓄した段階で「やれやれ、これで一安心」となってしまうところだが、更に一歩進めたのが東院主の知恵の冴えたところだ。

唐寅　狂人を装って反乱軍に取り込まれるのを防ぐ

朱宸濠は唐六如（本名：唐寅）が大好きであった。昔、使いに百金（400万円）を持たせて蘇州にまで呼び寄せた。唐六如が到着すると、別館に住まわせて好待遇でもてなした。唐六如は半年ばかり滞在したが、朱宸濠のなすことに違法なことが多く、この人は将来必ず反乱を起こすに違いないと考えた。それで、わざと気が狂ったふうを装った。朱宸濠から贈り物を届ける使者がやって来ると裸になって胡坐をかいてわざと手淫をしながら使者を罵倒した。使者が帰って朱宸濠に報告すると「誰が唐六如は賢者だといったのか！　単なる気の狂ったアホだ！」と朱宸濠は

怒り、唐六如を全く相手にしなくなった。暫くして、果たして唐六如の予想通り朱宸濠は反乱を起こした。【巻5／241】

陽明学は日本では幕末の志士である吉田松陰や西郷隆盛らが心酔したことで今でも非常な人気を誇っている。陽明学の創始者の王陽明は学者でもあるが、同時に優れた軍略家でもあった。軍略家としての才能を発揮したのが、帝室の一員でもある朱宸濠の反乱だ。

この話はその反乱の際の話。唐六如は朱宸濠の言動からいつかは反乱を起こす危険人物だと感づいた。朱宸濠に取り込まれてしまうと、反乱に加担させられるので、気が狂った真似して、朱宸濠から逃れようと考えた。唐六如は名優顔負けの演技でまんまと朱宸濠を欺いた。このような例は、過去にもある。

諸葛孔明の好敵手であった司馬懿は、曹爽一味を殲滅しようと画策した。わざとボケた振りをして曹爽たちを油断させておいて、郭太后を味方につけて実権を握り、一挙に曹爽の一味を殲滅した。曹爽はまんまと司馬懿の「ひっかけ」の術策に騙され、一族全滅の憂き目をみた。策略は何も筋書が良いだけでは成功は覚束ない。成功するには、顔の表情や態度から、きっと本物に違いないと信じさせる迫真の演技力も必要なのだ。

王応　人間心理の底まで読まないと生き延びられない

王敦は東晋で最大の軍事力を持っていた。その力を背景に帝座を狙っていた。その魂胆を見抜いた王彬が王敦を強く非難したので、王敦は怒った。いよいよ王敦が王座を奪うべく都へ進軍し官軍と対戦したが、その最中に死んでしまい、王敦の軍は空中分解した。困ったのは、王敦と行動を共にしていた兄の王含の一家だ。王含の息子の王応は状勢を正しく判断していたが、父に反対されて生き延びるチャンスを逃がしてしまった。

王敦の兄の王含は王敦と共に進軍していたが、このままだと身が危ないと考え、従弟の王舒の下に逃げ込もうと考えた。王含の息子の王応は父の考えに反対し、王彬の所に行くことを提案した。王含が反論して言うには「お前は、王敦と王彬が普段険悪の仲であったと知っているだろう。それなのに、王彬の所に行けというのか？」王応が答えて言うには「王彬は剛直な性格で、王敦が勢力を持っている時には、間違った点は手厳しく非難しましたが、これは普通の人にはできないことです。しかも、一旦、王敦が死んで我々に行く当てがないことを知ればきっと憐れんでくれることでしょう。王舒は几帳面で法律に忠実であろうとするので、反乱軍の我々を救ってくれるでしょうか？」王含は王応の意見に耳を貸さず、一族を連れて王舒の下に赴いた。

王舒は案の定、王含の父子を揚子江に投げ込んで殺した。一方、王彬は王敦が死んだと聞くや、きっと王含の一族が自分を頼ってやってくるものと考え、迎えの船を用意して待っていたが、とうとうやって来なかったのを非常に残念がった。【巻6／253】

王彬と王敦の仲が悪かったのは、王彬が王敦の政治的姿勢に批判的であったからだが、それは感情的なものではなく、王彬の剛直な倫理観・正義感に由来する。一方、王舒は規則に縛られた小心者で、法律の文面通りに従うのを善しとする性格である。それ故、今や逆賊と見なされた王敦の兄である王含一家を受け入れると自分も逆賊と見なされるのではないか恐れて、王含親子を殺した。

この話に関して馮夢龍は「弱者を凌ぐのを好む者は、必ず強きものに付く。よく強きものを折る者は必ず弱きを扶く」（好凌弱者必附強、能折強者必扶弱）との格言を引用しているが、王舒と王彬の性格と行動にピタリと当てはまる。さらにこの格言に関連して次の事例を付け加えている。

春秋時代、晋の中行文子が政争に敗れて国外逃亡した時、ある村を通りすぎた。従者が言うには「この村には旦那様の知り合いの人がいます。ここで休息をして、後から来る車を待ちましょう。」中行文子が答えて言うには「わしは昔、音楽が好きだったが、この男はそれを聞くと早速、立派な琴を贈ってきた。またわしが珠玉（jade）が好きだと知ると、早速、素晴らしい玉環を贈ってきた。この男は私の愛玩する物を贈ることで、私に取り入ることだけ考えている人だ。そのような人だから、きっと誰かに取り入るために落ち目の私を利用するに違いない。」と言って早々に立ち去った。果たして、その男は遅れてやってきた中行文子の後続の車、二台を捕まえて晋王に献上した。

人の考えは危機の際に明らかになる。表面的な言葉を信じると酷い目に遭うということだ。現在社会では人を見誤っても殺されはしないだろうが、昔はそうではなく、死に直結していた。表面的な友好的な態度など、本当の危機が迫った時には全く役に立たないという例だ。

趙抃　飢饉の時、わざと高い買値をつけて米を集める

趙抃は清廉なうえに庶民思いなことで有名な北宋の名臣。顔が黒いので「鉄面御史」というあだ名を付けられた。

趙抃が熙寧年間（11世紀後半）に浙江省の知事になった。旱魃と蝗の害で米価が高騰し、餓死者が溢れた。周りの州では、米価のつり上げを禁止する立札が出された。趙抃だけは、違うやり方をとった。街に出て米を持っている者から市価より高い値段で米を買い取った。この噂を聞い

て、米穀商人が続々と米を運び入れたので米価は次第に安くなった。【巻8／326】

飢饉の時は、食糧価格が高騰する。為政者は民を安心させるために価格を抑えようとして命令を出すが、一向に効果がない。食糧は集まらず、結果的に餓死者は増加する一方だ。しかし、高い価格でも買い入れてもらえると分かると、四方八方から食糧は自動的に集まってくる。物が豊富になれば、自然と価格が下がるのは物の道理だ。

范純仁　刑罰として、桑の木を植えさせて庶民の福利向上を図る

范純仁は宋を代表する文人政治家・范仲淹の息子。高官に昇っても相変わらず質素倹約を通したので、「布衣宰相」（普段着の大臣）と呼ばれた。

范純仁が襄城の知事であった時、襄城の庶民は養蚕や機織りをする習慣がなかったため、桑の木を植える者がほとんどいなかった。范純仁はこうした状態をなんとか改善したいと思い、軽犯罪を犯した者には家に桑の木を植えさせ、植える本数は罪に応じて決めた。その後、桑の木が順調に成長すれば罪を赦した。これによって桑の木を植えた人は利益を得た。范純仁が去った後も、人々は范純仁を懐かしみその恩沢を忘れなかった。【巻8／340】

刑罰として桑の木を植えさせたが、結局、それは罰としてではなく、庶民の福利厚生向上の施策であったということだ。

趙開　ニセ札作りの職人をそっくり雇い入れる

趙開は北宋の経済官僚。ニセ札作りの職人を罰することなく、ニセ札作りをやめさせる名案を出した。

趙開が紙幣を流通させることに成功し、庶民は喜んだ。ある時、ニセ札が30万枚見つかり、ニセ札作りの賊50人が捕まった。法律を厳格に適用すると死刑で、裁判官の張濬もそうしようと考えた。だが、趙開が反対した。「貴卿の判断は誤りです！　ニセ札に本物の印を押せば、本物として使えます。賊には刑罰の黥を入れてお札作りに従事させ、そのニセ札を没収すれば、労せずして一挙に30万枚のお札と50人の工人が得られましょう。」【巻8／342】

中国に進出した日本の企業はコピー商品の流通に悩まされている企業も多い。中国の裁判制度にのっとって訴訟を起こす企業もある。一時、ホンダもコピー商品に悩まされ、コピー会社を見つけ出しては告発していた。しかし、それではうまく行かないと考え、趙開のように、逆にコピー商品を作る会社を下請け企業として使って成功した。

賀盛瑞　材木の横取りを防ぎ、貧民に安く分け与える

賀盛瑞は明代の建設大臣。中国の官僚や宦官たちは、公的資産を食いつぶしたり横流ししたりする。皇女の葬式のために造った壮大な葬儀場の材木を式が終われば、横取りしようと宦官たちは待ち構えていた。しかし、予め分解しにくいように組み立ててあったので、さすがに強欲な宦官たちも諦めた。

明の時代、永寧長公主の葬儀が営まれた。葬儀会館は、間口を全て合わせると300間もある壮大な建物だった。宦官たちは、葬儀が終わると建物を解体して、材木を持ち去ろうと考えていた。賀盛瑞は空き地に葬儀用の塔を建設したが、柱にほぞを彫らせ、互いに棒で連結した後、連結部を地下に埋めさせた。また座席のござは麻ひもで互いにしっかりと結わえさせた。職人や工夫たちは無駄な仕事をしている、と笑っていた。

さて、葬儀が終わると、予想通り宦官たちが材木（柱）を取りに来たが、あたかも根が生えたように固くて動かない。また席を取ろうにも、いちいちつなぎ目の麻ひもを切らないと取れない

ことが分かり、諦めて何も取らずに行ってしまった。賀盛瑞は職人や工夫たちに向かって「お前たちの粗末な家では嵐や大雨を避ける場所がないであろう。この大きな建物を分解すれば、お前たちが住むための小さな家ならいくつも造ることができる、どうだ?」職人や工夫たちは「便(ありがたいことです!)」と賛成したので、賀盛瑞は「ござ一枚は一分五厘かかったが、半分の七厘で分けてやろう。取った分だけ工賃から差し引く。最後の儀式が終わったら、皆、木材や縄も、全て自由に持ち去って使っていいが、どうだ?」皆はまた、「便(ありがたいことです)。」と感謝した。【巻8/349】

中国では古来「上に政策あれば、下に対策あり」と言い慣わされている。つまり、悪事を防止しようとして、いくら規則を作っても、必ず抜け穴を見つけて悪事を成し遂げるということだ。公主の葬儀後の建築素材の処理をめぐって、宦官たちは業者に横流しして、ぼろ儲けをしようとたくらんでいた。その魂胆を見抜いた賀盛瑞は対策を考えた。賀盛瑞は、葬式の後で不要になった材木、ござ、麻の縄、などを宦官たちが持っていけないように柱を互いに連結させ、その連結部を地中に埋めた。また、ござも外せないように縄で丹念に結わえておいた。

こうすることで、宦官たちが暴利を貪(むさぼ)るのを阻止した。宦官たちに「暴利を貪るな!」と警告するのではなく、さりとて強奪の実力行使を阻止するために警護隊を置くでもない。わざと解体しにくいように造らせることで、宦官たちが自発的に解体を諦めるような構造の建屋にしたのだ。さらに、賀盛瑞は、作業員（夫匠）たちの粗末な住まいを改善するために葬儀会館を廃物利用することまで考えていた。一片の紙きれの命令書に従順な日本人とは全く異なっている中国人を心服させて統率するには、事態の先まで見通す能力が必要とされるということだ。

种世衡　辺境の防御強化策

种世衡（ちゅうせいこう）は宋の時代の名将。辺境では遊牧民の襲撃が頻繁に発生する。軍隊を駐留させると、莫大（ばくだい）な費用が発生する。どのようにすれば、経費を使わずに国境防衛ができるのか？

种世衡が築いた青澗（せいかん）城は遊牧民との国境に近い所にあった。守備隊は弱く、馬の飼葉や食糧が乏しかった。种世衡は公金を流用して商人に貸し付けて使い道やそれで得た利益などの配分は商人に任せたので、暫くすると、倉庫に食糧が満ち溢れるようになった。また、男だけでなく僧侶や婦人にも弓を習わせた。銀で的を作り、的に当てた者には褒美としてその的を与えた。次第に当てる者が増えたので、重さは変えずに小さく分厚くした。また、賦役はくじ引きで決めていたが、弓矢で決めるようにした。当たった者は、賦役を免除した。人々はますます弓矢に励むようになり、その辺りでは最強となった。【巻8／356】

軍隊を駐留させず、住民の弓矢の能力を高めて辺境を防衛しようと、种世衡は考え、住民が自発的に弓矢の練習に励むよう仕向けた。金をかけて訓練しても弓矢の腕が上がるとは限らない。個人個人が弓矢の腕前上達のインセンティブを感じれば放っておいても練習してめきめき上達する、ということだ。これは何も弓矢の競い合いに限ったことではない。

《察智》——隠された事情をかすかな情報から察知し適切に行動せよ。ただし余りにも勘が働き過ぎると禍を招くというのが「淵中の魚を察見するは不祥なり」（察見淵魚者不祥）という諺の教えるところだ。

唐の某御史　告発状を二度書かせて、でっちあげの告発と証明する

歴史上、「謀叛を企んでいる」とのニセの告発で罪なき数多くの人が犠牲になっている。ちょっとした策略で、告発が本物かどうかを見分けた唐代の官吏の話。

李靖が岐州の刺史（州長官）になった。ある人が、李靖は謀反を企んでいると告発した。唐の高祖（李淵）は一人の御史（監察官）に取り調べるよう命じた。御史はこれは証拠もないでっち上げの告発に違いないと考えた。それで、告発した者を連れて都に行く途上で、わざと訴状をな

くしたと大騒ぎし、訴状を運んでいた随員を鞭打った。そして、告発者に訴状をもう一度書いてくれと頼んだ。二つの訴状を比べて、内容が食い違っていることを高祖に報告した。高祖は告発者を処刑した。【巻9／368】

ドイツには「ウソの脚は短い」(Lüge hat kurze Beine) という諺がある。「ウソはすぐにばれる」ということだ。まさにこの事件はこの諺が正しいことを証明している。巷でいう、ウソつきは記憶力がよくなければ務まらない、とはよく言ったものだ。

程戡　母を殺して、仇の家の門に置き、罪をなすりつける

程戡は北宋の政治家で、任地は辺境地域が多かった。累進して高官に至り、最後には老齢になり引退を願い出たが、皇帝の英宗から茶、薬、黄金などを賜わり、固く慰留されたほど帝の信頼が篤かった。ただ、宦官と結託したとして評判はあまりよろしくなかったようだ。

程戡が処州の知事になった。ある家族には仇がいた。その家族の子供たちがある時、老齢の母に言った。「母は老いているうえに病気もありもう長くはないでしょう。それで、母には死んでもらって仇を報じたい。」母も納得したので、自分たちの手で母を殺して、死体を仇の家の門に

置いて、役所に訴えた。仇の家の者は弁明できなかった。程戡は怪しいと思ったが、下役の者たちは何も怪しくはないと言った。程戡は「殺人をしておいて、わざわざ死体を自分の家の門に置くだろうか？」と疑った。そこで、自分でこの件を調べあげて、仇の家にかけられていた殺人の疑いを晴らした。【巻9／379】

この話のように、死体を使って金持ちへの強請（ゆすり）の方法は作餉（さくしょう）とよばれ、かつては台湾でも見られた。清の時代、台湾で地方行政官を務めていた陳盛韶の『問俗録』（平凡社東洋文庫）に「作餉」の事例が見える。この背景には中国では、深い怨（うら）みを持つ人は時として仇の家の前でわざと自殺するという風習があったからだろう。死体をチェックして自殺か他殺かを正しく判断できないと、この話のような冤罪（えんざい）事件が起こってしまう。

某巡官　文の読み替えで故人の遺志を読み解く

家族・親族の絆（きずな）が日本とは比べ物にならないぐらい強い中国でも、金や権力がからんでくると時には血なまぐさい争いに発展することもある。死の床にあった老人は、幼い息子の命を身内の娘婿から守りつつ、財産を安全に譲るために一通の巧妙な遺言書を残した。

明の時代、張という金持ちの老人がいた。正妻から娘は生まれたが、息子はできなかった。それで、娘婿を取った。暫くして、妾が息子を生んだので一飛と名付けた。息子が四歳の時、もう長くないと知った張は婿に次のように言った。「一飛は頼りにならないので、お前たち夫婦にワシの財産を全部譲る。ただし一飛母子の面倒をみるように」と言って次のような遺言を書き残した。「張一非吾子也、家財尽与吾婿、外人不得争奪」（張一『飛』は我が子にあらず、家の財産は全て娘婿に譲る。他人には財産を与えない。）

一飛が成長し、役所に財産分けの請求をしたが、例の文書のため却下された。その後、役人が替わり、一飛母子が再度訴えた。役人は文書を次のように読んだ。「張一非、吾子也、家財尽与、吾婿外人、不得争奪」（張一飛『非』は我が子だ。家の財産を全て譲る。我が娘婿は他人だ。財産を与えない。）「お前の亡父は明らかに『娘婿は他人だ』と言っている。わざと『飛』の字を『非』と書いたのは、当時、『一飛』はまだ幼かったので、お前に殺されることを恐れたために違いない。」こう言って、一飛母子に財産を与えた。【巻9／394】

これから分かることとしては、まず、娘婿は他人であることだ。なぜなら、婿になっても元の姓のままであるからだ。次に、親族でも財産がからむと殺されることがあるということだ。自分が死んだ後に残された幼い子供を守るための父親としての秘策であった。『智嚢』にはこれに類した話がいくつか載せられている。遺産相続に関しては、他人の婿との間だけでなく実の兄弟姉妹の間にも熾烈な争いがあったことが分かる。

張斉賢　遺産相続に不満の二人の訴えを一挙に解決

張斉賢は北宋の名臣。様々な部署の大臣の役を20年以上も歴任した上に、契丹との戦争でも大戦果を挙げた。文武両面にわたって活躍した人だ。

宋の時代、帝室の外戚たちが住んでいる裕福な村があった。そこで遺産相続に関して訴訟が持ち上がった。張斉賢は帝に対して「これは政府が直接タッチする必要のない事案です。私が処理してきましょう」と言って、役所に訴えた二人の者たちを呼び、それぞれに聞いた。「お前は、あいつより取り分が少ないと言うのか？」「はい、さようです」と二人とも答えた。それを聞いた張斉賢は役人を二人呼んで、それぞれが遺産相続した家に入って家財を全て列挙させた上で「これらの家財は動かしてはならぬ」と申し渡し、家財リストを互いに交換させ、互いに相手の家に移らせた。翌日、帝に報告すると帝は「朕は貴卿しかこの問題を解決できるものがおらぬと思っていたよ。」と微笑んだ。【巻9／395】

遺産相続で、互いに相手の方が多い、と文句をつけたが、別に調査して主張しているわけでもなく、単に自分の取り分を増やしたいために駄々をこねていたのであった。それを読み切った張斉賢の見事な「大岡裁き」であった。

黄霸　兄弟の間で争った子供の親を見定める

黄霸は前漢時代の名臣。部下だけでなく、庶民にも温かく接したので、治績は天下第一と称された。

潁川に金持ちの兄弟が同居して住んでいた。兄弟の妻が同じ時に懐妊した。長男の妻の子は流産したが、弟の妻は男の子を産んだ。長男の妻は秘かにこの男の子を取り、自分の子だと言い張った。訴訟になり三年経っても決着がつかなかった。丞相の黄霸は下役に子供を連れてくるよう命じ、二人の妻を子供から十歩の所に立たせ、子供を取るように命じた。二人が取り合いになり、長男の妻は無理やりに引っ張ったので子供は痛がって大声で泣いた。弟の妻は子供の泣き声を聞くとこれ以上引っ張ると子供が怪我をすると思い、手を離したが、見るからに哀しそうな顔をした。それを見ていた黄霸は「この子は弟の子だ」と断定した。長男の妻を厳しく問い詰めたところ、長男の妻はようやく罪を認めた。【巻9／400】

江戸時代の講談に「大岡裁き」というのがあるが、それと同じ趣旨の話。どちらが実母かを判断するため、両方から子供の手を引っ張らせたのだが、大岡裁きより2000年も前に実例があったとは！

范部　所有を主張する二人を観察し、ニセの所有者を見つける

范部（はんたい）が濬儀（しゅんぎ）の長官であった時、二人が市場で絹の一本の巻物を自分のものだと主張して争っていた。そこで半分に分けて半分ずつを与えて去らせた。そして秘かに人をやって二人の様子を観察させたところ、一人は喜び、もう一人は悔しがっていた。そこで、喜んでいる方を捕えた。【巻9／401】

なまじっか感情を表に出したためにウソがばれてしまったというわけだ。第4章でも紹介したように、魚朝恩（ぎょちょうおん）の傲慢（ごうまん）さに朝臣たちは皆怒ったが、元載（げんさい）だけはニコニコとしていた。魚朝恩は「怒るは人情。笑う者は、底が測り知れぬ」と元載を恐れた。自己の感情を抑えることができなければ、無事に生き延びていけない、というのが中国の恐ろしさだ。

趙広漢　ひっかけ捜査で悪事を暴く

趙広漢（ちょうこうかん）は前漢の政治家。「悪を憎むこと仇（あだ）のごとく」と評され、実力者の不正を厳しく糾弾したので、庶民から喝采を受けた。

趙広漢はひっかけ捜査で悪事を暴くことを得意とした、これを鉤距（こうきょ）（曲がった針で釣り上げる）という。例えば、馬の値段を知りたいときは、まず犬の値段を聞く。次に羊の値段を聞き、牛の値段を聞く。最後に馬の値段を聞くことで、家畜の値段の相場を知ることができる。趙広漢は、この方法で値段をふっかけられたり、騙されることはなかったが、他人にはとても真似はできなかった。【巻10／410】

趙広漢は、地元に根を張って政府に従わない名家が結束して反抗しないようにわざと情報をリークして、互いに疑心暗鬼を抱（いだ）かせた。このような手法で、趙広漢は数々の実績を挙げたが、最後にはあまりにも調子に乗りすぎて丞相（じょうしょう）の妻の犯罪をでっち上げたとの罪に問われ、処刑ではもっとも苦痛を伴うといわれる腰斬（ようざん）に処された。

鉤鉅は毛沢東も得意としていた。ソ連との対立が激化し、中国共産党の権威が落ちてしまったのを挽回するため、共産党への建設的な提言を求めるというふれこみで、1956年に「百花斉放・百家争鳴」という運動を始めた。この撒き餌に飛びついた反体制派の文化人・知識分子が次々と批判を繰り出すや、突如、1957年に反右派闘争を開始した。元来、「百花斉放・百家争鳴」は、言いたい放題の発言を許すという前提であったが、実際は「蛇を穴からおびきだす」(引蛇出洞)という戦法、つまり鉤鉅であった。この結果、体制批判を口にした知識人は軒並み粛清されてしまった。

蘇無名　名推察でペルシャ人の盗賊団を捕まえる

唐の武則天時代、国際都市・西安でペルシャ人の盗賊団を機智を働かせて捕まえた役人の話。

武則天が娘の太平公主に宝物や豪華な盆など、合計で黄金百鎰(数億円)に相当する品物を贈った。公主はこれらを蔵の中に大事に保管したが、一年ばかりすると尽く盗まれてしまった。公主が事の次第を話すと武則天は大層怒って洛州長史(都知事)を呼んで「三日以内に泥棒を見つけなければ死刑にするぞ!」と脅した。都知事は真っ青になって、都の両県の警察長官を呼んで「二日以内に盗賊を見つけないと死刑にするぞ!」と脅した。県の警察長官たちは部下の警官たちを呼び「よいか、今日中に必ず捕えよ、さもなくばわしより先にお前たちを殺すぞ！」と怒鳴りつけた。

警官たちは、議論するも良いアイデアが出ず、おろおろとするばかりであった、警官の一人が街中を歩いていると、たまたま当地に滞在していた湖州別駕（副長官）の蘇某という名刑事に出会った。そこで警官が蘇某に「何か良い智恵はないだろうか？」と尋ねたところ「もし陛下に会わせていただけるなら方策を述べよう」と言ったので、武則天の所に連れていった。武則天が「盗賊を捕まえる策を聞かせてはくれぬか」と問うと、蘇某は「もし、私に盗賊を捕まえよとのご命令なら、期限は問わないでください。また捜査区域の制限を設けないでください。最後に、二県の警察官全員の指揮権を私に与えてください。そうすれば、数日ならずして盗賊を捕らえてみせます」と言い切った。武則天はこの願いを許可した。

蘇某は一ヶ月間、警察官たちを自由にさせておき、寒食の時節が到来すると警察官たちを呼んで次のような命令を出した。「十人、ないしは五人で組を作り、都の東門と北門辺りで見張れ。もし、ペルシャ人が十人ほどのグループで揃って喪服を着て北邙（貴族たちの墓地）に向かうのを見つけたなら即座に知らせせろ。」警察官たちが見張っていると果たして、怪しいグループを見つけたので早速後を付けて行った。その一方で蘇某に注進した。「ペルシャ人たちは、ま新しい墓に着くと、墓に供えものをしましたが、泣きもせず悲しむ様子もありませんでした。供え物を片付けると墓の周りを一周してから互いに顔を見合わせ、にこやかに微笑(ほほえ)んでいました。」

蘇某は「とうとう見つけたぞ！」と喜んだ。そして警官を動員してペルシャ人たちを皆捕まえ、墓の棺桶(かんおけ)を開けたところ、棺桶の中には盗まれた宝物がそっくり入っていた。武則天に報告すると、蘇某に下問があった。「貴卿(きけい)の頭の冴(さ)えには感心するが、どうして分かったのか？」

蘇某が答えていうには「特別なことではありません。ただ私は泥棒たちを見知っていたのです。私が、当地へ参りました時にこれらのペルシャ人たちは葬式の恰好(かっこう)をして墓へ向かう途中でした。私は、やつらは泥棒に違いないと思ったのですが、どこに隠したのかは分かりませんでした。しかし、今は寒食の時節になりましたのでやつらもきっと墓に行ってお供えをするだろうとにらんだのです。やつらの後をつけていけば墓の場所は分かります。墓にお供えをして、泣かないというのはニセの墓だからです。墓を一周してお互いににこやかに笑ったのは、宝物を隠したのがばれていなかったからです。先日、もし陛下が急いで盗賊を捕えようとして大勢の警察官を動員したなら、やつらは必ずすぐさま宝ものを取り出して大急ぎで逃げたはずです。そうなるといくら追っても追いつけなかったことでしょう。しかし、盗難などはわざと素知(そし)らぬ顔をしたおかげで、賊も安心だと思って今まで市内に潜伏していたわけです。」武則天はこれを聞いて誉め、金銀や絹の褒美の品を贈り、蘇某の官位を二階級上げた。【巻10／421】

さすがに唐代の華やかな国際都市の長安だけあって犯罪も国際的だ。ペルシャ人の窃盗団に財宝を盗まれたとあってさすがの武則天も真っ青になったはずだ。蘇某が見事に検挙したというが、名前が残されていないのは残念だ。

吉安某老吏　拷問も尋問もせずに泥棒であることを証明する

吉安州の富豪が妻をめとった。結婚式の混乱に乗じて、泥棒が新婦の部屋に忍び込み、ベッドの下に潜み、夜になってから盗みを働こうとした。しかし、夜中じゅうずーっと明かりがついていることが三日にも及ぶと、泥棒は空腹に耐えきれずにベッドの下から這い出てきたところを捕まった。しかし、「わしは泥棒ではない、医者だ。新婦に病気があり、わしは婚家について行っていつもの薬を調合するようにいわれたのだ」と言い張った。警官が何度問い詰めても新婦の家の事情に非常に詳しい証言をしたがそれは皆、潜伏していた間に新婦がベッドの中で話したことを聞いて覚えていたからに過ぎなかった。警官は泥棒の言うことが当たっているので、新婦を会わせて真相を調べようとしたが、富豪はメンツが潰れるとして断固反対した。警官は仕方なく老役人に相談した。

老役人が言うには「新婦は初婚なのにこのことが公になって噂になれば、メンツは大潰れでしょう。ところで、泥棒は忍びこんでから今までに新婦を見ていないので、きっと顔を知らないはずです。それで、もし別の娘を見せてそれを新婦だと言えばウソがばれるでしょう。」警官は「それはいい考えだ！」と賛成し、早速一人の芸妓に新婦の服装をさせて泥棒に引き合わせた。泥棒はその芸妓に向かって「貴女の病気を治すために私は呼ばれたのに、泥棒と言うのかい？」と叫んだので、警官は大笑いした。泥棒は罪を認めた。【巻10／429】

拷問にかけて厳しく尋問すれば犯行を自供すると考えるかもしれないが、証拠がなければいずれ放免となるのがおちだ。拷問も、尋問もせず犯行を認めさせる。このように智恵が回るのが中国人だ。

高澗　靴の盗人を暴き出す

高澗は南北朝時代の北斉の政治家。

北斉の高澗が并州の刺史（州長官）であった時、ある婦人が川で服を洗おうとして靴を脱いで岸に置いていたところへ馬に乗った人が通りかかり、婦人の新しい靴を見つけ、自分の汚い靴と取り替えて行ってしまった。婦人はその汚い靴を持って役所に訴えた。高澗は周辺に住むおばさん連中を集めて汚い靴を見せながらこう言った。「馬に乗った人が道で盗賊に殺された。遺品はこの靴だけだが、誰か親族の者はいないか？」あるおばあさんが胸を叩きながら嘆いて「私の息子が昨日この靴を履いて嫁の家に行った。」そこでその息子を捕まえた。世間の人は「何という明察！」と褒め称えた。【巻10／433】

靴を盗んだ犯人をまともに調べようとすると、捜査を知った犯人は証拠を隠そうとするので捜査に非常な時間と労力がかかる。そこで、犯人を探しているとは言わず、靴の持ち主が盗賊に殺られてしまった、というウソをついて、犯人の関係者が自発的に名乗り出るようにした。目的を達成するのには、どこを押せばよいかと考えるのに智恵を絞るのが中国的な策略の本質と言えよう。

陳襄　泥棒をいとも簡単に探し出す方法

陳襄は北宋の文人政治家。清廉で公明な政治を行った。当時、教養溢れる人物に「海浜四先生」がいたが、陳襄はその筆頭。「海浜」と名付けられているのは、昔、福建地方で勢力を持った儒学の一派を閩学派と呼んだことに由来する。ちなみに、閩とは現在の福建省で海岸に面していて、「呉越同舟」の故事で有名な越の古名である。

陳襄が浦城の令（長官）となった。物が盗まれたとの訴えがあったので、捜索して不良を数人捕まえたが、誰もが「犯人は自分ではなく、あいつだ」と人に罪をなすりつけた。そこで陳襄はこれらの不良を集めて「某所の廟に鐘があるが泥棒かどうかを見分けることができると言われている。もし犯人ならば鐘をさすれば音が鳴るが、そうでなければ鳴らない」と告げた。部下の役人に引率させて不良たちを廟に連れてくるよう命じて、一足先にその廟に行き、秘かに鐘に墨を塗り、覆いを被せておいた。そうしておいて、不良たちに一人ずつ鐘をさすってこいと命じた。全員が終わった後で調べると一人の手だけが墨で汚れていなかったので犯人だと分かった。【巻10／436】

盗人を力ずくで責め立てても自白しないが、良心に訴えかければ自然と自白するという簡単な理屈だが、なかなか思い付かない策略と言える。

楊武（1）　不意に大声を出し、顔色の変わった人を見つける

楊武は明の政治家。地方官となり、悪人や盗賊を退治し、産業を興して庶民の暮らしを良くした。

楊武が淄川の令（村長）であった時、村で米が盗まれる事件が起こった。部下が調べても犯人を見つけることができなかった。そこで、楊武は被害者の近隣に住む数十人を役所の庭に集めて

座らせた。とりとめもないことを話していたが、突然大声で「米泥棒が誰か分かったぞ！」と叫ぶと、そのうちの一人の顔色がさっと変わり、明らかに動揺している様子が見て取れた。それでさらに声を上げて言うと、その人はますます動揺した。楊武はその人を指さして「お前が泥棒だろう」と言うと、罪を認めた。【巻10／438】

伏線として、とりとめもない話をして、犯人を油断させておく、というのがポイントだろう。この伏線がない限り、楊武の大声に不意を衝かれた犯人の顔色が変わることはなかったはずだ。人間の心理をよく衝いた策略といえる。

楊武（2）　石を泥棒の罪人として捕まえ、鞭打つ

ある旅人が「道端の石を枕として居眠りしていた隙に、懐中の銭をごっそり盗まれてしまった」と訴え出た。そこで、楊武はその石を役所の庭に運ばせた。そして「今から、罪人である石を鞭打つが、誰でも中に入って見てもよいぞ」と触れさせた。そして秘かに手下に「役所の門の外から中を窺っていて、中に入ってこない者がいたらそいつを捕まえよ」と命令しておいた。予想していた通り、中に入ってこず、門の外から中の様子を窺う一人の男がいたので捕まえて調べると銭を盗んだ者だった。石が罪人として鞭打たれるなどという前代未聞のことは見たことも聞いた

こともないので、誰も彼もが好奇心から入って見ようとするが、疚しいところがある泥棒本人だけは怖くて役所には入れなかったのだ。

泥棒から盗まれた銭をすっかり回収すると、楊武は、石を運ぶのにかかったわずかの費用を除き、全てを持ち主に返した。【巻10／438】

次の話も同じく楊武流の計略で、犯罪者の心理を巧みに読んで、難なく盗人を捕まえた。犯罪心理学の教科書に取り上げたいような題材だ。

慕容彦超（1）　桃を盗み食いした者を簡単に見つける

慕容彦超は五代十国時代の後漢を建国した劉知遠の異父弟。知略にすぐれていたのが仇となり、郭威に危険人物とみなされて、攻められたので井戸に身を投げ自殺した。

初物の桜桃を慕容彦超に献上する者がいた。運搬の途中で盗み食いされたと、引率の役人が訴えた。慕容彦超は役人を呼んで慰めて言うには「お前たちがやったのではないことは分かっている。お前を陥れようとする輩がやったことだ。心配するな。」こう言って、運搬に係った者全員に酒を振るまったが、秘かに藜蘆散という嘔吐薬を酒に混ぜておいた。酒を飲んだ者はたちどこ

ろに吐いたので、桃を食べたものはすぐに見つかった。【巻10／442】

油断させておいて、罠にかけて、目的を達成するのが中国人の常套手段だ。それはなにも犯人捜しのような些細な策略だけでなく、最近の「一帯一路」構想のように大規模な策略もそうだ。心底の目的を明かさず、あたかも相手の利益になるようなことをすると油断させておいて、秘かに所期の目的を達成する。

慕容彦超（2）ニセ銀貨を質入れした人を見つけ出し、製法を聞き出す

慕容彦超が泰寧の節度使（地方長官）となり、税金を厳しく取り立てた。いつも役所に大量の銭を保管して盛んに質買いをしていた。あるずる賢い人がニセの銀貨を質に入れた。暫くして、倉庫の役人がそれを発見した。慕容彦超はある夜、秘かに蔵の壁に穴を開けて財物を他所へ運びださせて、泥棒が蔵に入って物が盗まれた、と言わせた。慕容彦超は直ちに、街中に掲示を出し、各人が質に入れたものを補償するので何を質入れしたか申告せよと命じた。多くの人が申告しようとして詰めかけた。その中からニセ銀貨を質入れした者を見つけ出した。慕容彦超はその者を処罰せず、閉じ込めて、数十人の職人にニセ銀貨作りの技法を伝授するよう命じた。そのニセ銀貨とは中は鉄で、外側を銀で包み込んでいるので「鉄胎銀」と呼ばれた。【巻10／462】

ニセ銀貨を質入れした者は全額補償されると聞き、さらに質入れ品が盗まれたので証拠がなくなったはずと安心して自ら名乗り出たところを捕まってしまった。慕容彦超の策略が光る一件だ。

《胆智》――いくら頭がよくても胆力、つまり実行力のない者は何もなしとげられない。胆力は智から生じる。人の智を拝借して自分の智を増すことが胆力を増す秘訣だ、と馮夢龍は説く。

温造　計略で刀を取り上げ、反乱軍の兵士を皆殺しにする

温造は唐の政治家。現在の河南省に赴任した時に広大な土地を灌漑した。地元民は温造の官職名から「右史渠」と名付け、温造の功績を称えた。

唐の憲宗の時、北方の遊牧民が侵入してきて、中国を荒らした。帝が詔を発し、南梁から兵士5000人を集めて、都に来るよう命じた。まさに出発しようとしていた時に、兵士らが反乱を起こして将軍を追放した。その後、反乱兵士たちは団結して一年あまりにもわたり帝の命令を無視した。憲宗はこの件に大いに頭を悩ませていた。京兆尹（都知事）である温造は一人で行って解決してきましょうと申し出た。南梁の人たちは儒者の恰好をしてやってきた温造を見て「こ

れだとたいしたことはない」と見くびり、安心した。南梁の役所に入った温造は、今までの帝の詔は全て取り消す、と宣言して反乱に関して罪を問わなかった。当時、南梁の兵は、役所でもどこでも常に武器を携帯していたが、これについても温造は咎(とが)めなかった。

さて、ある日、ポロの競技場で宴会を催すとの布告があり、軍の兵士全員が招集された。長い食卓に椅子が並べて置かれていた。会場に入る入り口に南北に長いロープが二本張られていて、兵士たちはロープに刀を懸けてから食卓に行くよう命じられた。酒が運ばれてくると、一斉に太鼓が打ち鳴らされて叫び声が上がった。と同時に、刀が懸けられていたロープがピーンと引っ張られたので、刀が地面から三丈ほど(九メートル)の高さに宙づりになった。兵士たちは大混乱に陥ったが、どうすることもできなかった。温造はすばやく会場の戸を全て閉じさせて、兵士を皆殺しにした。これ以降、南梁の人たちは何世代にもわたって反乱を起こすことはなかった。【巻11/468】

反乱軍を力で討伐するのではなく、計略で討伐する。これぞまさしく孫子の言う「戦わずして、人の兵を屈するのが最善だ」(不戦而屈人之兵、善之善者也)というものだ。

張詠　強情な役人の首を刎ねて首枷をはずす

張詠は北宋の政治家。剛毅であることを自任し、その統治は非常に厳しかった。しかし、蜀をよく治めたので、真宗皇帝から「朕、西顧の憂なし」（朕無西顧之憂矣）と絶賛された。

張詠が益州の知事であった時、下っ端の小役人が張詠に逆らったことがあった。張詠はその役人の首に首枷をはめた。小役人は怒って「枷ははめやすいが、取りはずし難い」と文句を言ったので「はずすなんて簡単だ！」といって小役人の首を刎ねて首枷を取りはずした。見ていた役人たちは恐ろしさに足をすくめた。【巻11／473】

この文には馮夢龍が次のような評をつけている。「これほどまでの大胆なことをしないと、小役人が付け上がってしまい、止まるところを知らなくなるのではないか。」日本では、戦国時代でさえこれほど残虐なことはしなかったのではないか、と思われるが、中国では戦乱の時代でなくともあり得ることのようだ。

黄蓋　わざと油断させておいて、怠けた役人を処刑する（その1）

黄蓋(こうがい)は『三国志』では「苦肉の策」で有名な呉の武将。

黄蓋が石城の長官になった。石城の地元役人（吏(り)）はとりわけ監督しにくいとの評判だった。黄蓋が着任すると二人のグループ長を任命し、それぞれに分担を与えて「私は徳もなく、武功もないのに長官になったが、役所のことは皆目(まったく)分からない。今はまだ敵国（魏）の侵略もやんだわけでなく、軍務も多い。それで、一切の文書の処理を君たち二人に任せるので、しっかりと部下を管理し、不適切な点を見つけたならどしどし改善していってほしい。もし、私を欺くようなことがあれば、鞭打ちだけで済まないから、よ～く心得おくように！」と言い渡した。

初めは、役人たちは皆、仕事を真面目にこなしていたが、暫くすると、黄蓋が役所の文書を全く見ていないと侮(あなど)って、怠け、不正を働くようになった。黄蓋は秘かに観察し、グループ長・二人の不正行為の証拠を握るや、役人全員を呼び出し、二人の不正を糾弾した。二人は自分で地面に頭を打ち付けて（叩頭(こうとう)して）赦(ゆる)しを乞(こ)うたが、黄蓋は厳しく「先日、着任する時に訓戒したのは君たちを鞭打ちで罰せずとも、不正行為を行わないと思ったからだ」と言って、二人を処刑した。役人たちは震えあがって、これ以降、不正を一切しなかった。【巻11／474】

「この程度の不正で何も処刑するまでもないのに」と思うだろうが、中国では訓戒程度では効果がないのであろう。それにしても、中国の歴史書を読むたびに、中国では人の命が日本よりはるかに粗末に扱われていた、とつくづく思い知らされる。

況鍾　わざと油断させておいて、怠けた役人を処刑する（その2）

況鍾は明初の清廉で厳格な政治家。史書では況鍾は次のように高く評価されている。「況鍾は物事を筋道正しく処理した。権力におもねることなく、狂暴な者でも恐れず、大いに政界を浄化し、不正を働く役人を懲らしめた。」ただ、その懲らしめ方はとても真似できない！

況鍾は小役人から勤め上げて、郎官（宮中の役人）にまで出世し、三楊（楊士奇、楊栄、楊溥）の特別の推薦を受け蘇州の知事となった。皇帝の宣宗から璽書を賜り「これを活用して治めよ」との訓戒を受けた。

況鍾は蘇州に着任すると、いつも役所に璽書を持ってきたが、案件を審議せず、いつもそのまま承認していた。それで、役人たちは況鍾は能なしだと軽蔑するようになり、不正がますますはびこるようになった。通判（副長官）の趙忱は図に乗って況鍾を徹底的にバカにしたが、況鍾は素直に「ハイ、ハイ」と従っていた。
一ヶ月が過ぎてから、ある時に部下に命じて良い香のする燭を準備させ、儀礼官を呼んだ。役人が全員集合すると「皇帝からの勅令でまだ伝達していなかったことがあるが、今日それを伝える」と言って、璽書の中には「もし役人の不正を見つけたら、捕えて問いただせ」との言葉があると告げた。役人たちはみなビックリした。儀式が終わると、況鍾は役所の正殿に登り、役所の書記官たちを呼びつけ「お前は、これこれの日にこれこれの不正を働いた。どうだ、間違いないか？ また、お前はこれこれの日にこういったことをしたが、間違いないか？」役人たちは悪事を見抜かれたので、腰を抜かしてしまった。
況鍾は「わしは面倒くさいのは嫌だ」と言って不正を働いた書記官たちの服を脱がせて裸にし、力持ち四人に足を持たせて空中に放り投げさせた。このようにしてたちどころに六人を処刑し、死体を街中の市に吊るして見せしめにした。これ以降、蘇州の役所の風紀は一変した。【巻11／474】
数人程度を見せしめに処刑することは中国人にはまったく非難に当たらず、少人数の処刑で多くの部下が真面目に働くようになればオーケーということだ。黄蓋と況鍾の二つの話を読むと、現在の中国が日本よりはるかに死刑の人数が多いのかがよく分かる。単に人口が多いというのではなく、歴史的に死刑にでもしないことには犯罪を防ぐことが難しいのが中国社会であったということだ。

このような実態を見ずに「日本と中国は一衣帯水(いちいたいすい)」と言うのがいかに空論かがよく分かる話である。

《語智》── 一言しゃべるだけで、その人の智が分かるから発言に注意せよという。故事成句や「寸鉄人を刺す」風の警句が盛んな中国では、昔から弁論術が完成されていて、説得におけるレトリックの重要性を認識していた。

庸芮　殉死の危機を救った機智

庸芮(ようぜい)は戦国時代末期の秦の智者。

秦の宣太后(恵文王の后で昭襄王(しょうじょうおう)の母)は魏丑夫(ぎちゅうふ)を愛人としていた。太后の病気が重く今にも死にそうであった。そこで遺言に「私が死んだら、必ず魏丑夫を殉死させよ」と書かせようとした。魏丑夫は怯(おび)えて庸芮に相談した。庸芮は太后を訪問して次のように尋ねた。「死んだ者に物事は分かるのでしょうか?」太后は「分かるわけがない」と答えると、庸芮は「そうであるなら、太后の霊は、たとえ魏丑夫が傍に葬られても分からないでしょう。そうしたら、なぜこのように愛した魏丑夫を何も知らない死者のために殺して葬るのでしょうか? 一方、死んだ者が物事を分かるなら、太后は先王(恵文王)の死後、長年にわたって愛人を持ったことで怨(うら)まれています

ので、あの世で魏丑夫を愛撫する暇はないことでしょう！」太后は納得したので、魏丑夫は殉死を免れた。【巻19／733】

「死者に物事が分かるか？」とは二択問題だ。「分かる」という答えと「分からない」という答えがある。庸芮はそれぞれの場合において、愛人の殉死は意味のないことだと諭した。この話は『戦国策』にも載せられているが、宣太后だけに限らず、太后が夫の皇帝の死後、愛人を持つことは中国ではしばしば見られたようだ。

簡雍　酒造りの道具だけで処罰するのを即廃棄させる

簡雍は三国時代の劉備の若い頃からの旧知の仲で、参謀となり外交、内政に尽力した。率直で飾らない人柄であったが、人に応対するとき、寝台に寝そべりながら話をするなど、多少傲慢なところがあった。

ある年に大旱魃があった。劉備は穀物が足りなくなるのを恐れて酒造りを禁じた。役人がある一軒の家で酒造りの道具を見つけ、酒造りをした者と同罪とみなし処罰しようとした。簡雍が劉備と街中で、一組の男女が歩いているのを見て、「やつらは淫行をしようとしているのに、何故捕まえないのだ?」と問うと、劉備は「どうして分かる?」と尋ね返した。そこで簡雍は「やつらは道具を持っている」と言うと、劉備は大笑いし、酒造りの道具を持っているだけで処罰するのは取りやめになった。【巻20/750】

酒造りの道具を持っているだけで処罰するのは酷(ひど)いと思い、劉備の幼友達の簡雍はどのように言おうか考えた。「男女は誰でも性器がついているので、きっと性犯罪を犯すにちがいない」などといえば、誰でも噴き出してしまうであろう。つまり、「道具が備わっているからといって、即、犯罪を犯すとは笑止千万だ」と、侃々諤々(かんかんがくがく)と議論を展開するでもなく、鋭い切れ味の警句一発で簡雍は悪法を廃棄させた。

長孫晟　相手のメンツをつぶさずに要求を押し通す

長孫晟(ちょうそんせい)は北周に仕え、後に隋(ずい)に仕えた。若い頃から機敏で弓矢にもすぐれていて、機略に富み、将来は必ず名将になるだろうとの評判であった。

煬帝が長孫晟を従えて楡林(ゆりん)にやって来た。長孫晟は宿舎のテントの前が草がぼうぼうと生えたままなので、突厥可汗(とっけつかかん)の染乾自身に草刈りをさせて、隋の威厳を示したいと思い、テントの前の草を指さし「この草の根はさぞかし良い香がするんだろうなあ」と言った。染乾はすぐさま草を抜いて臭(にお)いをかいだが「特に良い香がするわけではありません」と答えた。そこで、長孫晟は「天子が行幸されるというと、どこでも諸侯自らが宿舎を清掃し、道路脇の草を刈って敬意を表するものだ。今、テントの周りが草だらけというのはさしずめ香草だけを残しておいたに違いない。」

こういわれて初めて染乾は草刈りを怠ったことで叱責(しっせき)されていることを悟り「申し訳ございません」と言うが早いか、刀を抜いてすぐさま草刈りを始めた。自分たちの大親分である突厥可汗の染乾が草刈りを始めたので、部族長たちも皆、先を争って草刈りを始めた。その結果、楡林から東は薊(けい)に至るまで、3000里（1500㎞）の距離が幅100歩（120メートル）にわたってきれいな道となった。【巻20／753】

あてこすりを言って本来の要求は言わない。それでも、言われた人は命令を正しく理解して事をなす。直接的な命令はメンツを潰すのでメンツを保ったまま、いかにしてこちらの要求を押し通すことができるか、そのためには智恵を絞らないといけない。

とにかく、中国は全てにおいてスケールがデカい！　1500㎞と言えば、本州（青森から下関）の距離に匹敵するが、その膨大なエリアの草を刈ったということだ。ちなみに、一歩というのは、左右一歩ずつ歩く距離のことで、日本語では二歩の距離ということになる。

孫沔　相手国の無理難題を見事切り返す

孫沔（そんべん）は北宋の文人政治家。辺境地の事情に精通し、軍事の才能もあったので死後に「威敏」と諡（おくりな）された。

宋の仁宗の皇祐（こうゆう）の末年（1054年）に、契丹（きったん）が宋の太廟（たいびょう）の祭祀（さいし）の時に音楽を聞かせていただきたいと要望した。仁宗は大臣たちに諮問（しもん）すると、大臣たちは「おそらく祭祀をおとなしく見るという意図ではないでしょう。拒絶すべきです」と答えた。この意見に対して、枢密副使（官房副長官）の孫沔は「この要求に対しては礼の上から退けるのが得策と思われます。次のように言ってはいかがでしょう。『太廟の音楽というのは、全て本朝の先祖たちの功績を称えるために作られたもので、他の国には適用できないものです。しかし、もし貴国の楽人が我々の音楽を演奏できるのであれば、どうぞ参加してご覧ください』。」仁宗がこのように答えるように指示すると、契丹の使者は要求を取り下げた。【巻20／763】

外交交渉において、メンツを失わないように用心しなければならない。その一つの手法は、相手の要求に対して、わざとできないことを突き付けて、相手が自ら要求を取り下げさせるのが、高等なテクニックといえよう。

馮京　傲慢な王安石を一言で黙らせる

馮京は北宋の文人政治家。科挙は地方の試験から始まり、都での最終試験まで三段階がある。そのいずれにおいてもトップの成績を修めた人を三元及第という。現代風に言えば、「県内の模擬試験で一番になり、共通一次で関東で一番になり、東大の入学試験で一番になる」ようなものだ。中国の科挙は千年以上の歴史があるが、その中で三元及第を取った人は14人しかいない。科挙は回をまたいでも受験できるが、一つの年に連続で三元及第を取る（連中三元）のはさらに難しく、歴史上、わずか三人しかいない。馮京はその最優秀な三人のうちの一人。ちなみに、他の二人とは宋庠（宋代）と銭棨（清代）。

以前から馮京は王鞏を高く評価していた。ところが、王安石は逆に王鞏を完全に見下していた。ある時、馮京が神宗の面前で強く王鞏を推薦していたので、横で聞いていた王安石は「あいつなんか、こわっぱだ」ときり捨てた。馮京はあまりにも腹が立ったので「王鞏は戊子の年に生まれたのに、どうしてこわっぱなであるものか！」と言い返した。これを聞いた王安石は、王鞏が神宗と同年齢であったことに気付いて、真っ青になりよろめいた。【巻20／765】

神宗皇帝と同じ年生まれの王鞏を「こわっぱ」と言ってしまった王安石。その点を馮京に指摘されては、さすがに傲岸な王安石も大いに動揺した、というシーン。しかし、それでも神宗の王安石に対する信頼が揺るがなかったのは立派だ。

王安石は王鞏本人に対して「こわっぱだ」と言ったのに、それを馮京はわざと「王安石は王鞏と同い年の若者を非難した」と、論点を王鞏本人から王鞏と同い年の若者全体に広げた。その中には神宗も含まれているので、畏れ多くも王安石は神宗を見下げている、というように問題の論点をすり替えた。これは論争やディベートで使えるテクニックだ！

宋均　官吏としてふさわしい人物とは

宋均は後漢の政治家。子供の頃、休日になると師について四書を習うのを楽しんだ。そうした経験から、宋均は後年、世間の人々が迷信に染まっているのを嘆いて学校を建てて教育を施した。

後漢の宋均は常に次のように言っていた「官吏というのは温厚であるのが最も望ましいが、貪欲で、金に汚く、だらしなくともたいした害ではない。最もいけないのは、情け容赦なく細かい点まで煩く言う人だ。そういう人はたとえ清廉であったとしても、人の悪事を漏らさず暴くので、

庶民は苦しむ。」人々は道理の分かった意見だと評価した。【巻20／775】

この話はいかにも中国的だ。賄賂が潤滑油として社会的役割を持つ中国では、官僚が賄賂を受け取ることはさほど悪いとは考えられていなかった。ところが、正義感を振りかざして、どんな小さな不正や違反も見逃さずびしびしと摘発する役人が最も悪質だ、と中国人は考えた。馮夢龍は「廉吏（正義感溢れ、賄賂を取らない官僚）の子孫は往々にして仕返しされて家系が断絶している。これでは廉吏になろうとする役人が少なくなる道理だ」というコメントを付けている。

日本では事情は多少異なる。田沼意次と言えば、江戸時代の汚職政治家の筆頭に挙げられるが、田沼が失脚した跡を継いで寛政の改革を断行した老中・松平定信は清廉政治家といわれ、教科書では高く評価されている。ただ、実情はといえば、田沼時代には経済が発展し、江戸の庶民文化が栄えた半面、寛政の改革の期間中は経済が逼塞してしまった。松平定信は儒学には精通していたかもしれないが、宋均の叡智を学ばなかったため、庶民を苦しめる結果となった。

盧坦　大臣の放蕩息子を褒める

盧坦は唐の官僚。正義感が強く、民を思いやる政治を行った。それを示すエピソードを紹介しよう。盧坦が河南を治めていた時、住民から納税すべき糸が期限に間に合わないと泣きつかれた。盧坦は上司に住民のために十日の延長を求めたが認められなかった。それで、自分の責任で住民に期限の延長を通知したため、減俸の処分を受けた。そのような温情溢（あふ）れる盧坦の社会正義観を示すのが次の話だ。

盧坦が河南尉（副知事）として赴任した時、上司の杜黄裳（とこうしょう）が盧坦に訓戒を与えた「ある金持ちの息子が悪人と付き合って破産してしまった。こういったことが起こらないようにしないといけない」。盧坦が反論して言うには「官僚というのは本来大臣になってもそれほど金が溜まるものではありません。もし財産を蓄えたというなら、それはきっと下々の者からむしり取ったに違いありません。もし子孫がその財産を大事に護（まも）っているとしたら、これは天が不道徳な家を富ませていることになります。それより、蓄えた金を散財して人々に還元するほうがいいのではありませんか！」 杜黄裳は盧坦の常識はずれの論理に驚いた。【巻20／775】

官吏が本当に清廉であれば財産など溜まらないはずだ。つまり、官吏に財産があるとすると、その富は不正に庶民から吸い上げて得たものに違いない。しかし、大臣の息子が蕩尽（つかいつ）くすなら庶民に還元することになるから、それは喜ぶべきことだと盧坦は主張した。

盧坦の主張の論点である「大臣に金が貯まるはずはない」という点について考えてみよう。

現在の日本では官僚になっても金は儲からない、と一般的には考えられているが、中国では昔は（そして多分現在も）金儲けをしたいなら官僚になるのが一番だといわれた。昔の中国の官僚がどの程度の収入があったかを概算してみよう。朝廷からの年棒は現在の貨幣価値で1000～2000万円レベルだ。しかし、これとは別に大量の「付け届け」があった、といわれる。中国史学の大家である宮崎市定の計算によると、その額は、だいたい給料の1000倍はあったと推測される。1000倍を最大値としても、低めに見積もって100倍でも一年で10億円になる。

古来、中国には「清官三代」という言葉があった。普通の役人（清官）でも、10年程度の在職期間中に三代、つまり100年間にわたって子孫が何もしなくても贅沢ができるほどの金が貯まったといわれている。賄賂や裏工作をせずともこれだけのお金が貯まるのが中国の役人であったのだ。悪徳官僚であれば、現在の貨幣価値で何百億円、何千億円も貯めることができた。その中でも一番有名なのは明の宦官・劉瑾で、生涯に現在の価値にして実に数兆円も貯めたといわれる。最近の例でいえば、2014年に汚職容疑で失脚した周永康の不正蓄財はなんと1兆3000億円にものぼると伝えられた。結局、中国で官僚になるというのは、昔も今も金儲けの手段でもあったのだ。それ故、盧坦が主張するように役人として集めた金を庶民に再配分するのが世の中のためになる、との理屈が成り立つのである。

《兵智》――戦いにおいては兵力よりも兵智が重要な役割を果たす。孫子は「戦わずして勝つのがベストだ」（不戦而屈人之兵、善之善者也）といい、また「戦いは奇法で勝つものだ」（凡戦者、以奇勝）ともいっているが、そのような実例がいくつも挙げられている。

高熲　狼少年的な奇策で陳を攻略

高熲は隋の文帝（楊堅）の名参謀。隋の政治体制の確立に尽力し、世の中を平安に治めることを己の任務とした（以天下為己任）。最後は、煬帝に疎まれて殺されたが、誰もがその死を悼んだ。

隋の開皇の初め頃、隋の文帝が高熲に陳を攻略する方策について尋ねた。高熲が答えて言うには「揚子江の北の我が領土は気温が低いので、収穫が遅いのですが、江南の地は暖かいので稲が早く熟します。それで、彼の地の収穫時に兵馬を召集して、あたかも今にも攻めるぞと宣伝しましょう。そうすると、彼らは農民を狩り出して、防御体制を敷くことでしょう。そうなると、せっかくの収穫時なのに、人手が足りずに収穫ができません。彼らが兵士を集めた頃を見計らって、こちらは武装解除します。こういったことを再三繰り返せば、彼らもまたいつもの掛け声だけだと、見くびってしまうことでしょう。その後、本当にこちらが兵を集めても、信用しないので、時期を見て将兵を向こう岸に渡し、不意打ちをくらわせれば必勝することでしょう。さらに、江南の地は瘦せている箇所が多く、家は竹や葦で作られています。その上、穀物倉庫は地面を掘った穴ではなく地上にあるので、こっそり人をやって風の強い日に火をつければ、たちまち燃え尽きてしまうでしょう。彼らが火事の後で倉庫を修復すれば、また放火して焼き払ってしまいましょう。数年間、このようにすれば、困窮すること間違いありません。」隋の文帝はこの策を採用したので、陳は疲弊して敗れた。【巻21/777】

隋の高熲が文帝に提言した陳をからめとる策略は、いわば狼少年的な作戦といえる疲弊作戦だ。こういった策略は中国人だけでなく、アラブ人も得意とした。例えば『策略の書―アラブ人の知恵の泉』ルネ・カーワン(読売新聞社、小林茂・訳)には、ここで紹介した話に類した話が数多く載せられている。

韓世忠　敵の度肝を抜き、戦意を喪失させる

韓世忠は北宋末の武将で、忠臣・岳飛と並び、敵の金軍と熾烈な戦いに明け暮れた。

広西賊の盗賊・曹成は多くの兵を擁して郴州や邵州を根城にしていた。韓世忠は南方の「閩の

乱」を平定したのち、軍隊を永嘉に戻した。長旅や戦闘での疲れを癒すためにしばらく休息するかに見せかけて、秘かに信径から軍を進め予章に着き、川岸沿いに延々数十里（10㎞ほど）にもわたりテントを張った。曹成たちは大軍が突然出現したので、怯えてしまい戦意を喪失した。それで、韓世忠から降伏を促す使者が到着すると、すすんで投降した。韓世忠は苦労することなく、兵士八万人を得た。【巻21／787】

虞詡　敵の侮りを誘って大勝する

虞詡は後漢の武将。智謀にすぐれ、善政をしいたおかげで、遊牧民との境の辺境地に赴任してわずか三年の間に人口が三倍に増えた。

虞詡が武郡の太守として赴任した時、遊牧民の羌族が攻めてきた。味方の兵はわずか3000人に過ぎなかった。一方、敵の羌族の兵は一万人を超えていた。虞詡は赤亭城に籠城したが、敵は数十日にもわたって攻め続けた。虞詡は兵たちに強い弓を使わせず、小さな弱い弓を使わせた。羌族は虞詡の兵は弱い弓しか持っていないと侮って、一斉に攻撃を仕掛けてきた。この時を待ってましたとばかり、虞詡は強い弓を使わせた。強矢に射られて兵がばたばたと倒れたので、羌族は驚いて退いた。

そこで、虞詡は赤亭城を出て敵を多数斬り殺した。その翌日、城の兵を全部集めて、東門から出て城壁を巡って北門から入るよう命じた。そして、北門から入ってくるとすぐさま服を替えて東門から出て城壁を巡らせた。数度、そのようなデモンストレーションを行ったので、羌族は城の中に大勢の兵がいるものと思い、恐れた。虞詡は敵が退却する頃合いを見計らって、兵士、500人ばかりを浅瀬で待ち伏せさせた。敵の逃げ道を襲うと、敵は虞詡が予想した方角に逃げていったので、待ち伏せしていた兵士と共に挟撃にして、大勝した。【巻23／832】

弱い弓で、敵の油断を誘ったり、兵隊の服を替えて、とてつもない人数がいるように見せかけたり、と一度しか使えない手かもしれないが、臨機応変の策略が功を奏したといえよう。

檀道済　土で山を造り、その上に米を撒いて米が豊富にあると偽装

檀道済は南北朝時代の劉宋の武将。度々戦功を挙げたが、実力が突出していたため、反乱を疑われ殺された。

宋の檀道済が魏と戦って、しばしば勝利を収めた。魏の領内の歴城に着くと、魏は軽騎兵を出してきて、檀道済の軍の先鋒隊や後方の部隊を攻撃してきた。魏が馬の餌となる谷の草を焼いた

ので、檀道済の軍は人馬とも食糧不足になり、引き揚げることにした。その時、檀道済から魏に投降した兵士がいて、食糧がほとんどないという内情を魏にばらした。それで、魏はチャンスと思い、檀道済の軍を追いかけてきた。檀道済の兵士は空腹で力が出なく、今にも追いつかれて殺されるのではないかと怯（おび）えた。そこで、一計を案じた檀道済は夜中に、砂で山を造らせ、その上に米を撒（ま）いて、あたかも米が積まれているように見せかけた。翌朝になって、魏の兵士がこれをみて「檀道済の軍にはまだ食糧が十分にある」と思って攻撃するのをやめ、宋からの投降兵がウソの情報を流したとして斬った。檀道済は全軍を悠々と引き揚げることができた。【巻23／833】

日本にも、これと類似の偽装工作が湯浅常山の『常山紀談（じょうざんきだん）』にも見える。蒲生氏郷（がもううじさと）の祖父である知閑（ちかん）が音羽という山城に立てこもった時のこと、敵に城の水源を見つけられて、絶たれてしまい、水が乏しくなった。弱みを見せれば敵が居すわると考え、わざと敵から見通しの効く中庭に馬を引き出させ、下僕が裸になって白い精米を桶（おけ）に入れて、あたかも水の如（ごと）くざーっとかけて馬を洗っているふりをさせた。敵は遠くから見て、城内にはまだ水がたっぷりある、と勘違いして囲みを解いて去って行った。

韋孝寛（1）　手の込んだニセ手紙で敵方の大将の仲を裂く

韋孝寛は南北朝時代の北朝（西魏、北周）の将軍。一生を戦いに明け暮れたが、実戦だけでなく智謀にも優れていた。

東魏の将軍・段琛が宜陽を占拠し、部下の揚州刺史（州長官）である牛道恒にその辺りの住民に騒乱を起こすようたきつけた。韋孝寛はこれには大変困らされた。それで、秘かにスパイを放って牛道恒の手跡を入手し、習字の上手な者に習わせて、牛道恒が韋孝寛に寝返りたいという密書を書かせた。そして、あたかも本物の密書であることを装うために、ロウソクの明かりの下で書いたかのように、ロウソクの滴をいくつか垂らしておいた。その密書をスパイを使って段琛に送り届けた。ニセの密書を読んだ段琛は牛道恒を疑って、その後、牛道恒のいうことは一切信用しなくなった。こうして、二人は互いに協力しなかったため、個別に韋孝寛に攻撃されて、捕えられてしまった。【巻23／836】

韋孝寛（2）　はやり歌を広めて宿敵を抹殺する

北斉の大臣・斛律明月（斛律光）は謀略や機智に溢れる人で、政治の実権を握っていた。韋孝寛はなんとか、斛律明月を抹殺しようとして、部下の参軍の曲岩に命じて次のようなはやり歌を作らせた。

「百升飛上天、明月照長安。」（百升が天に飛び上がり、明月が長安を照らす。）

ここで、百升とは容積の単位で一斛のことなので、斛律明月が帝位に登ることをほのめかしている。

また、さらに斛律明月が反乱を起こすような疑念を増幅させるように、次のようなはやり歌も作らせた。

「高山不摧自崩、槲樹不扶自竪。」（高山は壊されるのではなく自ら崩壊する。槲の木は援けがなくとも直立する。）

スパイを放ってこれらのはやり歌を北斉の都・鄴に広めさせた。当時、祖孝徴は斛律明月と対立していたが、はやり歌を聞くと祖孝徴はわざとあくどい噂を追加して帝に報告した。こられの讒言のため、斛律明月はとうとう殺されてしまった。韋孝寛はまことにスパイ使いの達人だ!【巻23／836】

兵法に「離間策」という策略がある。歴史に残る最初期の離間策は、戦国時代斉の田単が燕の恵王にしかけたものであろう。当時、斉は隣国・燕の名将軍・楽毅に攻められて国土の大半を奪われていて、田単が立てこもっていた即墨も陥落のピンチにあった。ちょうどその時、燕では昭王が薨去して、恵王が即位した。恵王は太子の頃から楽毅と仲が悪かったことにつけこんだ田単は「楽毅はダメ将軍なので、即墨を陥落することができない」というデマを流させた。その結果、楽毅は解任されて、騎劫が指揮を執ったが、田単の「火牛の計」（356ページを参照）に敗れて総崩れとなってしまった。

李光弼　ニセの降伏でおびきよせ、敵の陣地の地面を陥没させる

李光弼は唐の将軍。大将軍の郭子儀に取り立てられ、「安史の乱」が起こるや各地を転戦して大いに戦績を挙げた。

李光弼は軍中から何らかの技術を持っている者は誰でも集めた。その中に、地下道を掘るのが上手な銭工三という職人がいた。敵の史思明が太原に侵入してきた時、李光弼は偽って、降参するとの使者を史思明に送った。そうしておいて、銭工三に命じて敵の陣地の周りに地下道を掘らせ、堅い椿の杭を地下道の支え棒とした。約束の日、数千人の将兵を陣地から出してあたかも降伏するかのように見せかけた。敵の気がゆるんだその時、敵の陣営の地面が突然陥没し、千人を超える死者が出たので陣地は大混乱になった。李光弼は太鼓を叩いて、突撃を命じて敵兵、一万人を殺すという大勝利を得た。【巻23／837】

敵に気付かれずに落とし穴を掘って、降伏すると見せかけた瞬間に敵を穴に落とす作戦だった。

劉鄩　ロバにわら人形をくくりつけて徘徊させ、敵を欺く

劉鄩は五代十国時代の後梁の名將。数々の手柄を立てるも最後には敵との内通を疑われ毒殺された。

劉鄩は河曲の戦いで晋王（李存勗）を破って勝利に乗じてそのまま一挙に太原を陥れようとし

た。ただ、後方から晋軍が追いかけてくるのを恐れ、一計を案じた。藁人形を作って、それに旗を縛り、ロバの背にくくりつけて、城内をぐるぐると歩かせた。遠くからそれを見た晋人はてっきり兵士が城を守っているものだと思って待機していたが、数日して謀られたと知った。【巻23／839】

侯淵　捕虜にした敵兵に武器を返して、陣地に戻らせる

侯淵は北魏末から東魏かけての将軍。次々と主君を替えて幾多の戦果を挙げたが、最後には、部下に暗殺された。唐の高祖（李淵）の名前を憚って、侯深と記されることもある。

魏の爾朱栄は大都督（州長官）の侯淵に韓楼を討つように命じたが、与えた兵士は極めて少なかった。周りの人が心配して忠告すると、爾朱栄は「侯淵は苦しい時にこそ智恵を出して切り抜けるタイプだ。もし兵士の数が多いと智恵を出さないだろう。」侯淵は出征を大々的に宣伝し、城の攻め道具を多数揃え、数百人の騎馬兵を従えて、敵の領土深く潜入した。薊を出てから百余里（数十㎞）ほどして、賊軍に出会った。兵を待ち伏せさせておいて背後から敵に撃ちかかって大勝し、捕虜5000人を得た。

ところが、捕まえた賊兵に馬や兵器を一切返し、城へ戻れといって釈放した。侯淵の部下たち

は皆「とんでもないことだ」と諌めたが、侯淵はそれに対して「考えてもみたまえ、我が兵は少ないので、敵と正面から戦闘すれば力尽きてしまう。ここは奇策で当たるしか勝つ方策はない。」そうして、釈放した兵士たちが城に帰り着いた頃合いに間に合うよう、騎兵を率いて夜通し行軍し、明け方近くになって敵の城に辿り着き、城門をどんどんと叩いた。韓楼はてっきり、先ほど戻ってきた兵士たちは侯淵と内通しているものと思い、城から逃げ出したが侯淵に捕らえられてしまった。【巻23／840】

戦争に敗けたにもかかわらず、無傷で戻ってくるには、敵方と何か密約したに違いないと考えるのが中国では常識であるということだ。

傅永　かがり火の台を増やし、浅瀬の渡河場所を攪乱する

傅永は南北朝時代の将軍。腕力もあり智略にも優れていた。特に拳法に優れ、馬の鞍をつかんで逆立ちしたまま馬を疾駆させることができた。20歳の時、友人からの手紙をもらったにもかかわらず、上手に返事を書くことができないことを恥じて、その後は読書に励んだ。後に、文武共に優れていると賞賛された。

斉の将軍の魯康祚が魏に侵入してきた。斉軍と魏軍が淮水を挟んで布陣し、対峙した。魏の長史（総務部長）の傅永が「斉のような南方の人間は夜襲が得意だ。その時に、きっと淮水の浅瀬に火を灯しておくだろう。」と言った。夜になると、魏は兵を二隊に分け、一隊の兵は兵営の外に待ち伏せさせ、もう一隊は灯火台を川の深みに設置させて、火種をヒョウタンに入れて隠し持たせ「火が見えたら、灯火台に火を灯せ」と命じた。

その晩、予想通り斉軍が夜襲を仕掛けてきた。魏軍は敵を挟み撃ちにしたので、斉軍は敗れ、淮水を渡って逃げようとした。その時、合図の火が上がったので、魏の兵は灯火台に次々と火を灯した。斉軍の兵士は浅瀬がどこか分からなくなり、数えきれないほど多くの兵士が溺れ死んだり、捕まって首を斬られたりした。【巻23／851】

この攪乱戦法と類似の戦法がある。同じく南北朝の戦いで、梁軍が淮水を渡ってきた時に、川の浅瀬に目印の旗を立てたが、呉の守将の朱景はこっそりと旗を川の深みに移動させておいた。そのため、梁軍には帰りの渡河で溺死する者が続出した。

种世衡　豪華な太鼓を敵に贈り、大将を見つけ出す

北宋の宝元時代（11世紀前半）、タングート族（党項、チベット系民族）が国境を荒らしていた。

その中でも明珠族のリーダーは非常に気が荒く乱暴なので、皆、手を焼いていた。种世衡は国境警備を命じられたので、なんとかこの乱暴者のリーダーを捕らえたいと思っていた。このリーダーが鼓を打つのが大好きであることを聞いた种世衡は、銀で縁取りした豪華な太鼓を作らせた。太鼓を馬に載せて、部下に秘かに明珠族のリーダーに売りに行かせた。そうして、屈強な兵士数百人を選んで次のように訓令した。「銀の縁取りをした太鼓を載せた馬を曳いている者を見かけたら、力ずくで引っ張ってこい。」そうとは知らず、明珠族のリーダーは銀縁の太鼓を載せた馬を引いているところを見つかって种世衡の所に引っ張られた。【巻23／854】

敵の大将を捕まえたいが、正面切って攻めても、逃げられてしまったり、被害が大きくなる恐れがある。相手が油断した時にピンポイントで捕まえるための目印が豪華な太鼓であったわけだ。

賀若敦　船に乗るのを恐れるようにしつけられた馬

賀若敦は南北朝時代の北周の将軍。少年時代からすでに胆力・腕力とも優れ、軍人としての才覚を現していた。

賀若敦の陣地から逃げ出して馬ごと敵国・陳の将軍、侯瑱に投降する者が相継いだ。困った賀若敦は対策を考えた。馬を一頭、船に載せて、船の中で何度も鞭打った。再三、そうすると馬は船に乗ることを恐がるようになった。そうして、まず岸辺に兵を潜ませた後、乗船を恐がる馬を岸辺に置いて、偽って「これから一人の兵士が投降するぞ」という合図を送った。敵の兵士が船を岸辺に着けて馬を曳いて船に載せようとしたが馬は恐がって船に乗ろうとしない。そこへ、賀若敦の伏兵が飛び出して、敵兵を皆殺しにした。これ以降、陳は輸送船や投降者の合図があっても、罠かも知れないと思い、無視するようになった。【巻23／856】

こういった馬の性質を熟知したやり方は、日本人には到底思いつかない奇策であろう。日本ではとかく、武勇で敵に打ち勝つことを重んじる。それで「労なくして勝つ」という考えにはなかなか至らない。ビジネスの世界でも同じく、策略で勝つのにどうすればよいか、と智恵を絞るのが中国人だ。

度尚　兵士を奮い立たせるために兵舎と財宝をわざと焼く

度尚は後漢の武将。貧賤から身を起こし、将軍となる。規律は厳しかったものの、悪人をびしびしと検挙したり、善政を敷いたため、人々は喜んだ。

後漢の桓帝（かんてい）の延熹（えんき）時代（二世紀後半）のこと、南方の長沙（ちょうさ）や零陵（れいりょう）の住民が反乱を起こした。交阯（こうし）の守臣（知事）は乱を恐れて逃亡した。桓帝は度尚を荊州（けいしゅう）の刺史（州長官）に任命し、反乱を鎮圧するよう命じた。度尚が現地に到着して、いろいろと方策を練り賊の根拠地を攻撃したので、賊は南海へ逃げてしまった。兵士たちは賊の財宝をたんまり分配されて大喜びした。しかし、賊は再び勢力を取り戻し、卜陽（ぼくよう）と潘鴻（はんこう）の人々を従えて山谷に根拠を構え盛んに強盗を働いた。

度尚は何とか賊を殲滅（せんめつ）したかったのだが、兵士たちはあり余るほどの分け前をもらったので、命を懸けて戦う意欲をなくしていた。そこで、度尚は兵士たちに次のように言った。「卜陽と潘鴻の人々は十年もの間、強盗暮らしをしているので、戦闘には熟練している。我らの部隊は人数が少ないので、軽々しくは攻めることはできない。周囲の郡から兵士を集めなければならないが、それには時間がかかる。兵が集まるまでお前たちは自由に猟に出かけて行っていいぞ。」

兵士たちは大喜びで、みな猟に出かけて行った。その留守を見計らって度尚は秘かに腹心の部下に命じて兵舎に火を放ったので財宝は全て灰になってしまった。兵士たちは猟から戻って来ると、兵舎が焼けてしまったのを知って、大泣きに泣いた。度尚は兵士たちをなだめ、火事の責任は自分にあると謝って、次のように言った。

「卜陽と潘鴻にはまだ財宝が山と積まれている。お前たちの力を合わせれば、一挙に敵を叩きつぶして山のような財宝を分捕（ぶんど）ることができる。今までより十倍もの宝だぞ。燃えてしまったはした金のようなものなど忘れてしまえ！」兵士たちは、躍りあがって戦闘意欲を再び燃やした。

度尚は馬にしっかりエサを与え、翌日、賊の根拠地を急襲した。油断していたところを襲われた賊は一挙に壊滅してしまった。【巻23／860】

背水の陣というのと全く同じ趣旨だが、かきあつめた財宝を全部燃やしてしまうとは、さすがにここまでやるか、と唖然とする。中国では敵だけではなく、味方をも欺かないと、シビアな戦いには勝てないということだ。

趙遹　サルに火のついた松明を背負わせて敵陣に放つ

趙遹は北宋末の政治家。兵部尚書（国防大臣）にまで昇進したが、宦官の実力者の童貫とそりが合わず地方へ転出した。

宋の徽宗の政和年間（12世紀前半）、晏州（現在の桂林）の蛮族の卜漏が反乱を起こした。卜漏は輪囤を根拠地としていた。その一帯は岩山が数百仞（百メートル）の高さにそびえ、木や草が濃く生い茂っている所で、賊は石で城を築き、外周を木の柵で囲っていた。道の至る所に落とし穴を掘り、棕櫚の大木で道を塞ぎ、足元には鉄菱を撒いたので、官軍は容易に近づくことができなかった。

趙遹が討伐を命じられた。蛮族の砦の辺り一帯を偵察したところ、砦の一方は絶壁なので、賊はその険しさを拠り所にして、防御を怠っていることが分かった。また山にはサルが多く住んでいるので、人を使って数千頭ものサルを捕まえた。そして薪を束ねて松明を作り、蠟をたっぷりと塗り、サルの背中にくくりつけた。そのように準備した後、趙遹は攻撃部隊を率いて賊の本拠地を正面から攻撃した。朝から夕方まで正面からの攻撃を続けて、敵の注意を正面に引き付けておいて、その間に特殊部隊に声をたてないようにするために枚を銜ませて（口に小さな板をくわえさせて）、防御を怠っている砦の絶壁を梯子を使って登らせた。

次にサルを上に引き上げるように命じて、砦の木の柵の所でサルの背中にくくりつけた松明に火を付けさせた。サルたちは熱さで気も狂わんばかりに飛び跳ねた。賊の家や倉庫は竹や葦で作られていたので、サルが飛び跳ねるたびに火が燃え移った。賊は大声で叫びながら、サルを追い出そうとしたが、サルはますます怖がって跳ねまわるので火はいよいよ広がった。官軍は太鼓を打ち鳴らしながら柵を破って突入した。

趙遹は遠くから賊の砦が燃えているのを確認すると、砦の前に進み特殊部隊と挟み撃ちして賊を攻撃した。賊は火に煽られて焼死したり、あるいは断崖から落ちて死んだりして、数えきれないほどの死者がでた。族長の卜漏は官軍の囲みを破って逃げたが、間もなく捕まった。【巻24／870】

サルに松明を背負わせ、敵陣を火だるまにするとは、なんともすさまじい戦いぶりだ。類似の戦法に、戦国時代の有名な「火牛の計」がある。戦国時代、斉の田単が千頭もの牛の尾に火をつけて敵の燕軍の陣地に突入させた。燕の陣地は大混乱に陥って、斉は大勝利を得た。日本では戦争に馬以外の動物を使う例は少ないが、中国ではこのように、動物を戦争に使ったという記録は昔からある。例えば『史記』《五帝本紀》には黄帝（軒轅）が熊、ヒグマ、豹、虎などの猛獣に戦闘の仕方を教え、神農氏（炎帝）の子孫と阪泉という平原で戦って勝ったという伝説が載せられている。

張浚　魚を取るのを許して城の濠が凍結するのを防ぐ

張浚は南宋の名将軍。前漢の建国者・劉邦の名参謀として有名な留侯・張良の後裔ともいわれる。

南宋の紹興年間（12世紀前半）、金が京城（臨安、現・杭州市）に向かって進軍した。金軍が通り過ぎた地域の城は次々と攻略された。大変な寒さで、城の周りの濠の水が凍っていたので金の兵は濠の氷の上を渡り、城壁に梯子をかけてやすやすと侵入することができた。張浚は金人の攻略方法を聞いて、濠の魚を取ることを許した。人々は争って濠に入って魚を捕まえたので厚い氷が張らなくなった。金の軍隊は京城に到着して暫く様子を見ていたが、攻略できないと諦めて去って行った。【巻24／874】

城の濠が凍結すれば、敵は攻城機を城壁の近くまで運んでくることができる。それを防ぐには濠の氷を割らなければならない。しかし、濠の魚を取ることを許したので、住民は魚を取ろうとしてどんどん氷が割られたために、手間をかけずに城を防御できたという次第。

畢再遇　敵の馬を黒豆で足止めして敵兵を倒す

畢再遇（ひっさいぐう）は南宋の名将。勇猛果敢さでは誰にもひけをとらなかった。巧みな戦略で将兵を自在に操り、その名は遠くにまで鳴り響いた。

畢再遇はかつて、敵と戦った時、行きつ戻りつ、都合四回も戦った。日暮れに差し掛かったとき、いい香りのする黒豆をばら撒いておいて、敵に向かって攻めた。頃合いをみて、わざと負けたふりをして引き返すと、敵は勝ちに乗じて追いかけてきた。敵の馬は腹が減っていたので、いい香りのする豆が地面に落ちているのを見つけると、たまらなくなって食べ始め、いくら鞭打っても進まなくなった。畢再遇は、そこへ戻って来て敵を散々にやっつけた。【巻24／897】

「将を射んと欲せば、まず馬を射よ」という諺（ことわざ）通り、馬の性質をよく読み、敵の馬の機動力を封じて勝った。

張貴　敵兵を船底のない船に導いて溺れ死にさせる

張貴は南宋の武将で、侵攻してきた元軍に頑強に抵抗し、何度もピンチを切り抜けた。しかし最後は、体中を十ヶ所以上も槍で刺されながらも応戦したが、力尽きた。

元の軍が襄城（1272年）を包囲した時、張貴は船底のない船を百隻作らせた。中央の船に旗や幟を立て、それぞれの船の両側の舷に兵士を立たせて敵を誘った。敵兵は勇んで船に乗り込んできたが、船底の板がないので水に落ちて、一万人を越える兵士が溺れ死んでしまった。これは、いまだかつて誰も聞いたことがない奇策であった。【巻24／900】

日本では忠義心溢れる智将といえば、楠木正成の名が挙がるが、中国の歴史書を繙くと中国には数多くの楠木正成がいたことが分かる。

勾践　陽動作戦で勝つ

春秋時代、越王勾践（こうせん）が呉に攻撃を仕掛けた。越の軍隊は江南に陣取り、呉王の軍は江北に布陣した。越王は軍隊を左右と中軍の三つの部隊に分けた。近衛兵と貴族たち6000人を中軍とした。開戦の前日の夕方、左軍に命じて、声を立てないようにするため、枚（ばい）を銜（ふく）んで川の上流五里（数㎞）先に移動させた。同じく右軍は川の下流五里（数㎞）先に移動させた。そうして、夜中に左右の軍に同時に太鼓を叩かせてわめかせた。

呉軍は驚いて「越軍は二手に分かれて、我々を挟み撃ちするつもりのようだ」と恐れた。呉軍もまた軍隊を二つに分けてそれぞれ敵の越軍が移動した距離に合わせて夜中の内に移動した。越王は、夜中の間に左右に分けた軍を呉軍に気付かれないようにそうっと中央の軍の所に戻した。翌朝、開戦すると相手の守りが手薄になっている中央部を集中的に攻めたので、呉に大勝した。そして、ついには呉の都まで攻めのぼった。【巻24／902】

この部分は『史記』には簡単に「越軍が呉軍を大いに破った。そのまま三年間、呉に止まり、呉軍の息の根を完全に止めた」（越大破呉。因而留囲之三年、呉師敗）と書かれているだけだが、その裏にはこのような巧妙な策略があったわけだ。

習馬　仔馬の育成法

北方の遊牧民は多くの家畜を飼育している。とりわけ馬は貴重な財産として立派に育つよう、生まれた時から仔馬（こうま）の足腰を鍛えている。

北方の遊牧民は馬の仔が生まれると母馬を山の中腹につなぎ、仔馬を山の麓（ふもと）に置く。母馬と仔馬が互いに鳴き合い、仔馬は全力で山を駆け登って乳を得る。母馬を次第に高地に持っていくと仔馬の登る距離はどんどん長くなる。そうすることで、仔馬は急峻（きゅうしゅん）な坂も平地のように楽々と歩けるようになる。現在、馬を高山で放牧するのはこのような方法の応用だ。【巻24／907】

人間の労力を使うことなく、丈夫な仔馬を育てるにはどうすれば良いか？ 仔馬は母馬の乳を飲みたい。しかし、仔馬が母馬の近くにいれば移動距離は短いので、足腰が強くならない。それで、母馬をわざと山の上の方に置く。すると仔馬は坂を駆け上って行く。別にお尻を叩かなくとも、勝手に駆け上がって行くという寸法だ。中国人は人間の心理だけでなく、動物の心理や性質を読んで上手に利用している。全く脱帽だ！

おわりに

本書で紹介した『智嚢』の策略は実際的な行動を伴うものが多いという印象をもたれたことだろう。これを仮に「動の策略」と名付けると、「動」とは反対の「静の策略」も『智嚢』には載せられている。今回、ページ数の関係であまり取り上げられなかったが《語智》にはこのような「静の策略」が50項目ほど載せられている。「動の策略」と異なり、「静の策略」は教養がないと策略にはめられたことにすら気がつかない。すでに近代史の一部となったが、50年前の日中国交が回復した時、華やかな晩餐会の裏で、中国の「静の策略」に日本の首相が手玉に取られていた。

国交回復のレセプションで田中角栄（以下、田中首相）は周恩来から「言必信、行必果」（言は必ず信、行は必ず果たす）と書いた色紙をお土産にもらった。田中首相は決断力と実行力を看板にしていたので、この文句が大変気に入った。ところが『論語』《子路編》に見えるこの句には「そのような人はこちこちの小物だな」（硜硜然小人哉）という文句が続く。一見、褒め言葉のようだが実は田中首相を貶した言葉だったのだ。それも知らず日本に戻った田中首相と大平外相は歴代首相の指南役と称された安岡正篤から「一国の首相ともあろう者が、小物と言われて喜んで帰ってくるとは」と、あきれかえられた。

確かに「言必信、行必果」は『論語』の中ではネガティブに評価されているが、中国古典にはポジティブに評価しているものがいくつかある。例えば、『書経』には「朕不食言」（私は言ったことは必ず守る）とあり、『淮南子』には「言而必信…天下之高行也」（言ったことを実行するのは、素晴らしい行いだ）とある。また「人生、意気に感ず」のフレーズで有名な魏徴の《述懐》では「季布に二諾なく、侯嬴は一言を重んず」と「言必信」に命をかけた義人を褒め称えている。

このように「言必信」に対しポジティブな意見も存在しているものの、すでにネガティブなニュアンスが確立しているこの言葉を色紙に書いて、はるばると友好関係を樹立しにやって来た日本の首相に贈った毛沢東、周恩来はどういった意図だったのだろうか？　安岡正篤のように憤慨する人もいるが、中国の古典を読むつど、善悪こもごも常にその懐の広さに感嘆させられている私は、彼らには、決して田中首相を馬鹿にする意図はなかったと考える。これは一種のなぞかけの余興、つまり「静の策略」、とも言うべきものなのだ。つまり、戦後長らく没交渉であった隣国の首相がようやく訪問してきたので、ひとつ小手試しに相手がどのような輩か、見てやろうと二人でひそひそと話しあったに違いない。怒れば怒ったで、苦笑いされればされたで、それぞれ対応を考えていたに違いない。細工は流々、仕上を見ようと、当日は国交回復の交渉以上に二人はわくわくしながら田中首相の反応に興味津々だったことだろう。

しかし、期待はずれもいいところで、田中首相がにこにこしながらその色紙を収めてしまったので、彼らは内心がっくりしたはずだ。いたずら小僧がせっかく仕掛けたわなをすっぽかされた時の気持ちだったろう。さすれば彼ら二人のたくらみを知った上で田中首相としては、どういう対応をすればよかったのだろうか？

1.【切り返す】

「今の中国の政治に携わる人は如何（いかん）？」と問い返す。論語の「言必信、行必果」の節の最後に、子貢が「それでは今の政治家はどうでしょうか？」と聞いたところ、孔子は「まるで小物で話にならん！」と吐き捨てるように言った、とある。この論語の文句を流用して「日本よりおたく（中国）の政治家の質は私のレベルより低いのでは？」と逆襲をかければどうだっただろう？

2.【さらりとかわす】

付き添いの誰かに「言必信、行必果、の下の句に硜硜然（こうこうぜん）たる小人かな、とあるからこの色紙はワシ（角栄）にではなく、君へだ」と言って渡す。もらった人は、「私にではないですよ、（そんな小物ではない！）」と大げさな演技で反発し、その色紙を随員の間にたらい回しにする。それを見て、思わず会場が大爆笑となり、周恩来も「ＯＫ、ＯＫ、好好了！」と笑いながら色紙を取り戻したことだろう。

3.【一枚上手をいく】

田中首相が「私の本では」と言って、『孟子』の次の言葉を引用する「孟子曰く、大人は《言不必信、行不必果、惟義所在》（言は必ずしも信ならず、行いは必ずしも果たさず、ただ義あるままにす）。」孔子の言葉には当時の人々も疑問に思ったらしく、孟子は弟子からこの句について質問された。それで、孟子が孔子の本意を「不適切な言行なら約束どおり実行しない方がよろしい」と解釈した。孟子の言葉を引用することで、日本国の首相は、『論語』だけでなく『孟子』にも通暁している、と学のあるところを見せる。

4.【真っ向から対決する】

もらった色紙にマジックで傍線を引いて消し、同じく論語にある「訥於言、敏於行」（言に訥にして、行に敏ならん）という文句に訂正する。つまり、「周恩来さんよ、論語をもっとしっかりと読んではどうですか？　一国の首相に与える言葉として適切なのはこちらですよ。」とたしなめるのだ。

5.【堂々と述べる】

論語には「言必信、行必果」の節の最初の一句に、士とは「使於四方，不辱君命」（四方に使いして、君命を辱(はずか)しめず）とある。つまり、外交折衝で相手と堂々とわたりあえる人が立派な士だという。この文句をもじって、堂々と「角栄雖不敏、不辱国命」（角栄、不敏といえども、国命を辱しめず）とレセプション会場いっぱいに響き渡る声で述べてはどうだっただろう？　これには流石(さすが)の毛沢東、周恩来も「これはあなどれんわい」と心のなかでかぶとを脱いだことだろう。

日中の国交回復の折にしかけられた「静の策略」に対する私の対応案を想定問答式に紹介したが、中国との折衝では至る所こういった策略が仕掛けられていると考えておかなければいけない。というのも過去はいうに及ばず、共産党革命を経た現在でもなお中国は文人優位、つまり、文の教養が尊重される国柄であるからだ。その意味で、中国との交渉の最前線にいる日本人は古典的教養を踏まえた上で言葉の綾を活かした交渉術を身に付けるべきだと考える。その目的を叶えるのに『智嚢』は最適の参考書である。

ところで、最後の章に「パラリポメナ」という見慣れぬ語句がでてきて不思議に思った人も多いことだろう。これには、ちょっとした訳がある。私は学生時代、ショーペンハウアーを愛読していた。彼は若くして（20代に）主著の『意志と表象の世界』を書き上げ、カント以降の最大の哲学書との強烈な自負を持っていて、当時、絶頂にあったヘーゲルに対抗意識を燃やしていたが、見事に惨敗してしまった。しかし、その後、ベルリンにペストが流行するやいち早くフランクフルトに逃げ出した。ちなみにヘーゲルはベルリンに居残ったためペストに罹患して死んでしまった。

ショーペンハウアーは元来、非常に裕福な銀行家の一人息子であったため、父親の遺産で悠々自適の思索生活を送り72歳まで生きた。その晩年にまとめられたのが『余禄と補遺』、原語のタイトルではパレルガ・ウント・パラリポメナ（Parerga und Paralipomena）という。学生時代に初めてこの単語に出会った時、ギリシャ語とは分かったものの意味は全く理解できなかった。ただその蠱惑的な響きは心に残った。後に、45歳を過ぎてから古典ギリシャ語を独学し、ようやくパラリポメナとは「残り物」と分かった。今回、訳した『智嚢』は原文の五分の一程度で、主要部は第2から第5までの章で紹介したが、それ以外の章も捨てがたく、いくつかの話を抜粋してパラリポメナという名前を付した第6章に入れた。ショーペンハウアーを読んで以来、この名前をいつかは使って見たいとの思いが叶ったという訳だ。

最後に、本書を出版できたことに対して、関係者にお礼を述べたい。というのは、本書の原文をインターネットからダウンロードしたのは三年前のことで、下訳はすでに二年ほど前にはほぼできあがっていた。全文を読み、改めて『智嚢』は是非とも日本人が読むべき内容だと確信したが、出版してくれる会社はなかなか見つからなかった。半ば諦めていたところ、先年『教養を極める読書術』を刊行していただいたビジネス社の唐津隆社長が私の抄訳の『智嚢』を読み、出版に快諾を頂いた。おかげで本書がようやく陽の目を見ることになった。ここに篤く感謝を申し上げる次第である。さらに、本書制作には多くの方のご尽力を頂いた。とりわけ草野伸生さんには前書同様、全体の文章の調整および校正に多大なご尽力を頂いた。また、アップルシード・エージェンシーの栂井理恵さんにはいつも様々な面で適切なアドバイスをいただいている。これ以外にも多くの皆様の支えによって本書が完成したことに、篤く感謝を申し上げる次第である。

麻生川静男

【著者略歴】

麻生川静男（あそがわ・しずお）

1955年、大阪府生まれ。リベラルアーツ研究家、博士（工学）。京都大学工学部卒業、同大学大学院工学研究科修了、徳島大学工学研究科後期博士課程修了。1977年、京都大学大学院在学中、サンケイスカラシップ奨学生としてドイツ・ミュンヘン工科大学に留学。20歳の時の学友との会話とドイツ留学中のカルチャーショックの経験からライフワークとしてリベラルアーツに邁進することを決意。1980年、住友重機械工業入社。在職中、アメリカ・カーネギーメロン大学工学研究科に留学。帰国後、ソフトウェア開発に従事したあと、社内ベンチャーを起こし、データマイニング事業を成功させる。2005年から2008年までカーネギーメロン大学日本校においてプログラミングディレクター兼教授として教育に従事。2008年から2012年まで京都大学産官学連携本部の准教授を務める。在任中に「国際人のグローバル・リテラシー」や海外からの留学生に対して「日本の情報文化と社会」「日本の工芸技術と社会」など日英の両言語でリベラルアーツの授業を展開。2012年にリベラルアーツ研究家として独立し、リベラルアーツに関する講演や企業研修を行う。著書に『教養を極める読書術』（ビジネス社）、『本当に残酷な中国史　大著「資治通鑑」を読み解く』（角川新書）、『本物の知性を磨く 社会人のリベラルアーツ』（祥伝社）、『日本人が知らないアジア人の本質』（ウェッジ）、『資治通鑑に学ぶリーダー論』（河出書房新社）などがある。

協力／アップルシードエージェンシー

中国四千年の策略大全

2022年2月11日　第1刷発行

著　者　麻生川　静男

発行者　唐津　隆

発行所　株式会社ビジネス社

〒162－0805　東京都新宿区矢来町114番地
神楽坂高橋ビル5F
電話　03－5227－1602　FAX 03－5227－1603
URL　http://www.business-sha.co.jp/

〈装幀〉常松靖史（チューン）
〈本文組版〉茂呂田剛（エムアンドケイ）
〈印刷・製本〉モリモト印刷株式会社
〈営業担当〉山口健志
〈編集担当〉草野伸生

ISBN978-4-8284-2367-8